余祥鸿　作品

青春缺氧

QUE

百花洲文艺出版社
BAIHUAZHOU LITERATURE AND ART PRESS

图书在版编目（CIP）数据

青春缺氧 / 余祥鸿著. -- 南昌：百花洲文艺出版社, 2018.12
ISBN 978-7-5500-3126-5

Ⅰ.①青… Ⅱ.①余… Ⅲ.①长篇小说 - 中国 - 当代 Ⅳ.①I247.5

中国版本图书馆CIP数据核字(2018)第269417号

青春缺氧

余祥鸿 著

出 版 人	姚雪雪
责任编辑	杨 旭
书籍设计	张诗思
制 作	周璐敏
出版发行	百花洲文艺出版社
社 址	南昌市红谷滩新区世贸路898号博能中心一期A座20楼
邮 编	330038
经 销	全国新华书店
印 刷	南昌三联印务有限公司
开 本	700mm×1000mm 1/32 印张 7.75
版 次	2019年1月第1版第1次印刷
字 数	150千字
书 号	ISBN 978-7-5500-3126-5
定 价	31.00元

赣版权登字 05-2018-503

1

八月某天，俞璐收到广州某专修学院寄来的录取通知，他又惊又喜，因为志愿他没填此校。

专修学院信中大肆吹嘘校园师资，又安慰俞璐虽然考得不好，但属可塑之才，只要得到栽培，必成大器，接着又说决定给他机会，最后恭喜俞璐被录取，专业自选。通知书上勾了本科，删去大专，还郑重其事盖了两个印刷的红章。

在中国，大学校名越短越好，一如这所长如俄国作家名字的肯定不好。但俞璐还是很感动，失意时收到通知书，尽管山寨，好歹本科。当代社会感动不可能免费，专修学院生财有道，专业价格不菲，最便宜的每学期都将近万元，且学院国际声望颇高，生造有世界贸易成本会计、国际政治经济管理、全球计算机一体化等等专业。

俞璐见过名校录取通知书，装潢考究，像古代宫廷奏折，而手上的纸张奇差，与草纸无异，要真是草纸还有实际用途，失望之余没了心思，遂揉成一团丢进垃圾筒。

翌日，同桌小白让俞璐上他家。小白父母离异，但家境富裕，主要因为他爷爷是位久经考验的共产主义战士。这厮不学无术，成绩奇差，现被广州某职业学院录取，心情大好，向俞璐展示新购置的东芝笔记本和皮尔卡丹行李袋。

高二时，班上有一个品学兼差的学生，被家人斥巨资送往英国，他在大洋彼岸不远万里给班主任刘松寄回一封信，信中极尽悔过感恩之能事，刘松看了很受用，这厮以前没少给他惹事，现在上了大不列颠的大学，尽管三流，还是预科，但懂来信感恩，可见不一般，刘松把信带到班里念了又念，有时一节课要反复念上好几遍，夸此人现在如何如何，外国的教育真是了不起，其实他想表达的是他的教育才真的了不起！后来还把信拿去相馆过塑，逢人拿出来吹嘘一番，让人知道他桃李满世界，这封信仿佛是高级美容品，刘松顿时容光焕发。

俞璐不以为然，觉得这事没什么值得处处称道的，试问一个中国人在自己国家都念不好书，出国马上就顿悟啦？这根本是《一千零一夜》的另外一个名字——"天方夜谭"。

说者无心，听者有意。这话传到刘松耳中，若是原话效果一般，但传播过程产生质变，导致刘松一直耿耿于怀。

高考前，小白突然说将来要出国留学，结果获得一个"市三好学生"的荣誉，高考获加二十分。

那时，俞璐的三观开始产生变化。

2

原来专修学院给班上每个人都寄了录取通知书。好友方木决定去报到。

俞璐通过补录，被只招本市户籍且学费低廉的师范学院录取，计算机专业。

注册当天，师兄师姐在行政楼下用红布铺了几张桌子接待新生。俞璐问厕所在哪？师兄手指远处的宿舍楼，一西装革履秃头中年男人见状，让师兄带俞璐去行政楼。师兄错愕，抬起头问："杨科长，行政楼的厕所不是不让学生用吗？"

杨伟点点头，说："今天可以！"

3

军训没去军营，象征性在校园操练一周。大部分人还穿着原来的高中校服，队伍显得杂乱无章，课间，师兄师姐挤在窗台围观。中午，教官去宿舍指导新生如何把被子叠得像豆腐块一样有棱有角，几个走读生跟在后面，狐假虎威。

俞璐走读，由于迟到，被教官罚站半小时。天气炎热，中午达到极致，排长检查叠被子，把许多男生的被子从宿舍楼扔下。俞璐暗暗庆幸。

期间进行了一场教官与新生的篮球友谊赛，班上个头最高的夏建仁不幸崴脚，一旁抽烟的排长立马上前，检查半天若有所思，半晌说："快送医院，这烟抽完没送到，这腿治不治无所谓了。"

4

欢送走教官迎来班主任和各科教师。

班主任陶红，第一次和学生见面，为活跃气氛，让大家做自我介绍。大伙的名字充分体现了父辈未曾完成的心愿，进财啊富贵啊，俗不可耐。也有父母望子成龙心切，取总、局之类。其实搞不好日后子女在市场摆摊卖菜，熟人会喊："喂，刘总，来斤小白菜。"

"我叫朱逸群"一个体型巨胖的男生用夹生的普通话叫道。

"杜子腾。"一个瘦似竹杆的男生嘴巴没合拢就坐下，陶红让他再说一次。

"杜子腾！"

这回听清楚了，有人接道："肚子疼上厕所呗！"

下一个女生马上作了解释："我是赖月京。"

然后一个男生应运而生，知道该他排忧解难了，低头羞涩道："我叫魏生津。"

下一个男生声音更小，他说："我是沈京兵。"

陶红提醒大家声音要大，下一个女生立马响应，用爆破的声音喊到："我叫史珍香。"

陶红差点吓晕。

英语课，授课的夏老师也让学生作自我介绍，但是要用英语。夏老师在别班操作过，知道学生会拍电报，强调介绍必须包含姓名、年龄、性

3

别、兴趣爱好等等。

介绍按学号进行。

一号女生赖月京英语了得，用英语表示反对，质问为什么不从最后一号开始，学号靠前的纷纷鼓掌，班上一共三十六人，最后一号是朱逸群，他听不懂，以为赖月京介绍完毕，也跟着鼓，待别人告诉他，他叫道："驴士优先，靓驴优先！"

夏教师体现民主道："辩论是可以的，但必须用英语！"朱逸群只听见前半句，把对方比作市场七块钱一斤的家禽，夏老师急忙重申要用英语，沈京兵西片看得多，知道"婊子"是全球通用的，马上回应。夏教师老脸挂不住，打断说不许讲粗话，否则——否则后面没有了，不是后面多厉害，而是夏教师也不知道否则如何，只好留给学生想像空间。

夏老师原先觉得混到这里的学生水平不会高，不料这帮孙子正规交际英语不会，骂人的鸟语滔滔不绝，想发火，但第一次见面，想着要留下美好印象，只好强颜欢笑，用英语叫停，无奈声音太小，争吵太激烈。夏老师霍地站起来，右手食指顶在左手掌心下——这就是为什么体育竞技裁判必须懂手语——润润嗓子，道："大家都大学生了，讲话注意文明。刚才那位女同学不错，既然开了头就先来吧！"

赖月京目的达到，心花怒放，口若悬河。

后面越讲越短，且越来越没新意，轮到俞璐，他背诵前面那些人的精简句子，蒙混过关，唯独朱逸群不太幸运，偷吃之余忘记擦嘴，说自己的兴趣是织毛衣，特长是跳健美操，引得哄堂大笑，夏老师惊得张大了嘴，只有赖月京笑不出来，因为大家问为什么胖子的兴趣特长和她一样？赖月京撅起的小嘴可以搁下一只铅笔，她狠狠地瞪朱逸群一眼，用英语骂道："谁和他一样？不要脸！"

夏老师自己也笑得差不多，想责备朱逸群又严肃不起来，只好鼓励朱逸群要好好学习英语。朱逸群始终色眯眯地注视着赖月京。

5

俞璐新同桌长相敦厚，名叫矫厚根，高一已严重近视，每年都要重新配眼镜，高三去配眼镜，他对业务员说要配一副高度数的近视眼镜，业务员看他一眼，说确实要，不过这里是银行，帮不了他。

中午，俞璐跟矫厚根一块去饭堂吃饭，俞璐向来走路飞快，谁知矫厚根比他更快，他几乎小跑才能跟上，倒成了矫厚根的脚后跟。俞璐心想可能农村来的学生饿怕了，吃饭都这样。

一个两手各提一袋盒饭的人迎面走来，矫厚根向他打招呼："张师兄，饭堂打饭的队伍长不长？"

师兄道："不长。"

"谢天谢地！"矫厚根边放慢脚步边松口气，这口气还没松完，师兄又淡淡地说："不过很粗。"

来到饭堂，果然如师兄所言，且见头不见尾，因为大家都争相插队。

轮到他俩，两人争着请客，厨窗后的胖师傅不耐烦，用铁勺敲击着不锈钢菜盆，发出哐哐巨响，胖师傅吼道："到底谁打卡？别耍花招！"

找座位又是一项艰巨的任务，到处是秽物，一张干净桌子没有。好不容易坐下，发现菜里的肉少得可怜，迫于颜面谁也没说。

同台的杜子腾几片肉吃完，把饭拔出饭盒，在调戏饭盒里的两根青菜，决定不了吃还是不吃。杜子腾见矫厚根吃得干干净净，以为他吃不饱，问他要不要自己的菜。

矫厚根说："我爸说吃不干净碗里的饭，以后要娶花脸老婆。"

朱逸群差点喷饭，笑道："无知，你爸哄小孩！"

矫厚根说："我们村老人都这样说！"

杜子腾边笑边说："歪理！绝对歪理！"心里忽然害怕，偷偷伸舌头舔碗里的米粒。

饭后，俞璐跟矫厚根来到401。宿舍四张上下铺铁架床靠墙摆放，中间八张课桌拼在一起，与窗户相对的墙有一个巨大的铁皮分格保险柜，用途相当衣柜。入门处隔一小间，俞璐以为是消防栓之类，想学院真有消防意识，消防栓都建这么大，走近一看，里面传出冲水声，俞璐吓一跳，以为这东西先进，装有感应系统。忽然门打开，走出一人，当然不是消防员，是刚才遇见的师兄张菲，他嫌学院伙食差，还要排队，常常跑到校外打包，今天误食不洁，反复冲水后还有一股臭味飘出。师兄面带菜色，萎靡不振，爬到上铺倒床而卧。

学院朝西的宿舍没人愿意住，为平衡一下，设有独立厕所。矫厚根由于注册较晚，被分到这个宿舍。

矫厚根拿出勤工俭学申请书让张菲看，师兄一目十行，说："不行，你要把过去当班长和干过的先进事迹写清楚！"

"我没当过班长啊！？"

"没当过不行！你写有，谁查？家庭困难不？"

"我只是想通过这个锻炼——"

张菲打断："这样写不管用！不困难也得困难，最好是特困，还要突出重点，怎么困难怎么惨全列出来。家里谁得病？"

"我弟这几天好像感冒了。"

"那就对了，不，我的意思是你写他患个慢性支气管炎，长期服药那种。"

一旁的俞璐一惊一乍，插嘴道："这样不太好吧？"

张菲不悦道："你懂个屁！"

6

宿舍楼横截面呈"回"字型，所有房门朝中庭走廊开，中庭直望天空，如果不知道什么是坐井观天，参观一下便知。俞璐四处张望，这里完全没风景可言，唯一好看的是楼上女生晾晒的衣裳被风吹得鼓胀起来，五彩斑斓，富有动感。

上面忽然探出一个女生脑袋，她显然发现俞璐的"偷窥"行径，漠然一笑，女生虽然漂亮，但把俞璐吓个半死，俞璐连忙低头，仿佛自己不看她，她就看不见自己。俞璐低头看见朱逸群在二楼水槽洗苹果，唤他，朱逸群用手指指自己宿舍，示意他下来，俞璐下去，朱逸群把苹果啃掉大半，问他吃不吃，俞璐望着果核直摇头。朱逸群转身一脚踹开201宿舍门请他进去，1班的傅贵正和上铺的杜子腾在争论什么。

杜子腾说："朱逸群评评理，'一加一什么时候等于一？'傅贵说'一滴水加一滴水'，这是脑筋急转弯么？明明是计算错误的时候嘛！"

朱逸群规劝道："傅贵别争了，就是算错的时候。"

傅贵恨不能说自己经常算错一加一，等于三，等于八，就是不等于一，只好用事实为自己辩护，说："咱俩到厕所试验一下。"

杜子腾不肯，觉得傅贵是个读死书的学生，根本不配回答自己的问题，叹息道："你的智商太让我失望啦！"

傅贵大有杀人放血来验证的架势。

7

教《C++》的老师原是企业工程师，姓曾名公，耳高过眉，一望而知聪明人，聪明人大多绝顶，他不例外，但他面貌并不可憎，堪称祥和，生气起来像逗人笑，导致课堂纪律极差。上了几次课，俞璐感觉什么也没听懂，但他说这门课很难，初学时听不懂很正常，俞璐信以为真，《C++》是必修课，所以尽管枯燥无味，还是很认真的做笔记。

大学里体育老师的日子最好混，平日指挥男生打打篮球，然后被女生指挥踢踢键子，月末便能领到与理工科教师同等的薪水，却免去用脑过度造成秃顶的风险。所以体院每年吸引成千上万头脑简单四肢发达素质极低的人去报考。

体育课打篮球，朱逸群见到赖月京在旁观，立马为李宁作广告——一切皆有可能，一连进了两个难度系数相当高的球，同村的魏生津奉承道："看，强力中锋朱逸群不仅篮下无敌，还能三步上篮！"

夏建仁风头给抢，愤然骂道："狗屁！"其实魏生津的话是不是狗屁不一定，但肯定是马屁，因为朱逸群被拍得心花怒放，夸自己的话还是从别人嘴里说出来效果才好。打完球，他请魏生津喝了一瓶汽水。

8

社团招新名单公示。学院团委通知遴选出的同学准备竞选演讲，俞璐班上有两个人被选上，一个是沈京兵，一个是矫厚根。大家向两人道贺，矫厚根谦虚一番，讲是学校给他机会，自己能力一般云云。俞璐上前搭话，沈京兵不屑和俞璐讲话，看着梁上的灯管，对俞璐的头发说："小菜一碟，其实这学校没啥意思，我Dad公司现在保安都只要本科生，大专只能扫地洗厕所！"俞璐一惊："沈京兵，真的吗？那你怎么——"沈京兵自己给自己起了个英文名，叫"Wemen"，音译作"威猛"，所以不准别人叫他中文名，他不悦道："高中毕业我原要出国，但我Dad公司明年要listed，出去就不能帮忙了，凑合念着。"

沈京兵感觉俞璐眼睛越瞪越大，又道："listed——上市！懂不懂？算了，不跟你说，你太没culture！"

演讲当晚，大家轮番上台唱赞歌，如何爱国爱人民爱社会主义，关键看谁唱得响。计算机的师姐制作了PPT配上好听音乐，边播边唱，效果不错，一位英专女生在台上频频翻译伟人名言，仿佛名人代言人，搏得领导连连点头。第23个人很聪明，后半段突然把声音提高八度，籍此惊醒已昏昏欲睡的评委。虽然矫厚根很喜欢唱赞歌，但喜欢唱和善于唱是两回事，他显然不是这块料，作自我介绍说："嗯，我也没什么特长，也不会什么跳歌唱舞的……"

9

当夜幕降临，许多穿得花里胡哨的学生簇拥着走出校园，这些人大多是最先脱下校服的大一新生，他们穿着自认为时尚，实则土里土气的衣服，他们从郊区来到市区，没见过世面，看什么都新鲜，每天吃了饭后就约着逛街。

201宿舍第一次集体逛超市，得知试吃免费，纷纷来抢，试完吃的试喝的，还嫌促销小姐没倒满，要再来一杯。杜子腾想买个指甲刀，让专柜小姐拿他试，剪完五个指甲也没表示买不买，专柜小姐很为难，当他剪完另一只手的五个指甲，专柜小姐见他没东西可剪了，问他觉得怎么样，他说："我爸说现在的东西质量不如从前，上商场买东西，就得厚脸皮试。"专柜小姐说："你剪一地指甲屑了，我这东西还不好使？！到底要不要？"杜子腾正欲掏钱，发现自己鞋带松了，蹲下来绑，售货员以为他欲脱鞋用脚趾试刀，吓的连忙说："小朋友，我这东西其实就是你爸说的假冒伪劣，你别买，放过我吧！"

10

俞璐认识的人越来越多，其中一个叫陈粒，此公"八"字眉"V"字眼，像一个小于号和一个大于号挂在脸上，鼻梁下塌，鼻头圆圆，像极京剧脸谱里的丑角，手艺再老练的师傅描出来的面谱都没他的脸靠谱。他的嘴像卡通里一种专门当邮差送信的鸟的嘴，突出的下腭疑是夏季渴了接雨水用。他是个话痨，请俞璐吃饭堂，一张嘴像漏水的水龙头，结果一盒饭吃了几个小时。

11

周三下午，陶红下课前赶来，堵在门口，督促大家选班干，干部这东西从小学就开始流行，不同的是小学一般由老师钦点，至于钦点谁就要看谁善于伪装，谁的家长舍得送礼了。

沈京兵一马当先，搏得阵阵掌声，由于没人竞争，他顺利当上班长，大家如梦初醒，纷纷争夺团支书一职，矫厚根也自荐，起初还有三两个举手同意，表决时却没人投票了，因为陶红帮开学时代表新生发言的夏建仁说了几句好话，最终夏建仁以压倒性票数胜出，俞璐安慰矫厚根说这是假民主，矫厚根不但不领情，还说大家知道夏建仁在军训篮球赛上英勇负过伤。

俞璐忽然觉得夏建仁得的可能是同情票。

12

俞璐照张菲的方法，极尽悲惨感人之能事，写了一个勤工俭学的申请书，结果他被分配去工资最高的饭堂卫生小组，管这个小组的师兄林万斌让他去开会。俞璐没想到张菲的方法这么管用，但在饭堂干活太丢人了，本想不去，周末方木打电话向他借钱，方木的声音擅抖不已，俞璐不好拒绝。

周一，他鬼使神差去开会了，学生会主席为突显自己的领导能力，不厌其烦地强调学院功能完善，组织齐全，并把所有部门一一罗列，想不到这么小小一个学院居然有这么多部门，俞璐听得心烦意乱，一个没记住，关键是要有财务部，给自己发工资就行了。

国庆长假方木回来，两人去Z大玩，俞璐记得高二那年国庆，Z大新校区落成，搞开放日，荣誉室有一个本子供大家留言，他天真地写道要考取Z大，日后在家门口上大学。

这无论如何也不可能实现。其实俞璐从小到大各科成绩都很好，唯独英语一直不及格。俞璐觉得自己是太爱国了，所以对英语一直有抵触。回去时，公交沿着海边行驶，海面被月光耀得银光闪闪，似乎有无数架相机埋在海底往上拍照。俞璐托腮，若有所思。

俞璐开始在饭堂劳动。一天三次，每次15分钟，干一周休息一周，但俞璐被安排双份，即不休息。在此劳动的多是大二女生，俞璐第一次干活，同学都在吃早餐，他揣着盆子清理秽物，觉得很尴尬。

中午12点下课，12点半才开始劳动，起初他每天在饭堂吃饭，干完活再回家，但饭堂饭菜份量少，他要吃两份才饱，一个月的补助还不够吃饭。为图省钱，俞璐改变策略，回家吃了再赶回来劳动，时间一长胃又受不了。

只好劳动完再回家，这半个钟不好打发，他呆在阅览室背单词。一次，单词忘记读音，他看见史珍香戴着耳机坐在角落，她吃过饭经常上这儿听歌。史珍香察觉俞璐靠近，立马把电子词典收起，但见俞璐手中有香蕉便犹豫了，说："不是不借你，快没电啦。"

俞璐把香蕉搁桌上，恳求道："我用香蕉跟你换怎么样？"

"好，看在你好学份上，再借一回呗。"其实她是看在香蕉份上，因为马上又说："你这根香蕉颜色真漂亮，我还没见过形状这么好看的香蕉耶！"

俞璐接过词典，觉得亏了，香蕉是带来应付吃饭前胃囊叫唤的，她竟好意思开口，连谢谢都没一句，忽然想趁她还没吃，只要自己动作快点，没准能换回来。

不料史珍香早有防备，剥了皮先咬一口。俞璐心里咒骂，同一时间，史珍香打了个喷嚏，她骂道："谁骂我！"

俞璐忍住笑，心想还真灵。

13

俞璐第一次从林万斌手中领到工资激动不已，他想请矫厚根吃顿宵夜，因为偶尔忘记值日，都是矫厚根代劳。

矫厚根室友说他去礼堂给勤工俭学的人搬箱子了，俞璐找到他，问干这个能得多少钱，矫厚根说帮同学举手之劳，不谈钱。

14

俞璐开始在宿舍游荡。大家接触不久，不知底细，都认为对方很牛逼，某人讲个笑话，尽管不好笑，碍于颜面亦报以一笑，其实有些人傻得一望而知。俞璐总能吃到他们的味美佳肴和家乡特产。俞璐天真地以为集体生活非常美好，而方木却不这样认为。

不久，方木又打电话回来借钱，还向俞璐诉苦，说当初挑室友失策，挑了几个富二代，暑假期间刚好世界杯，一室友说没球看不习惯，要大伙凑钱买一台电视看NBA，另外两人马上同意，方木说怕看坏眼睛，他们说不凑钱也行，但不能白看，电费要多出。买电视时碰上冰箱促销，穿超短裙的美女向他们推销，那帮人又想买，方木说胃不好吃不了冷的，他们抱怨方木毛病多多。两周后，那帮傻逼发现没衣服换了，又说买洗衣机，方木不能说不穿衣服，碍于面子，凑了半份钱，由于凑的钱不多，他们打着爱国的旗号买了国产的，洗衣机买回后，那帮傻逼什么都扔进去，世界杯期间，一舍友头发在酒吧被一醉猫吐了，便剃成光头，此公逢人就说是为了支持巴西队，入学时头发还没长，无奈光头在寺庙是和尚，在燕大叫有个性，但在方木的学院会被女生讥笑买不起洗发水，那厮只好买一假发，所以洗衣机除了洗衣还兼洗假发。另外两人懒惰成性，把鞋也丢进去。万能机不到一个月就报废，方木只用过一次，代价是一个月的生活费，方木后悔万分，那帮人痛斥国产货垃圾，说家里的西门子猫狗照洗没啥问题，商议凑钱换台进口的。方木当场晕倒，醒来只好说自己有皮肤病，衣服不便混淆，要手洗。吓得帮其捡人中那厮连忙弹开。另外两人不敢勉强，忽觉全身奇痒，挠个不停。

俞璐笑个不止，推荐买松下的，说日本仔的东西比较变态，应该什么都能洗。

后来，那帮傻逼又开始商量买空调，说变频的好，冬天能用。方木再次晕倒。

15

大半学期过去，曾公讲课犹如天书，正常人听不懂。他还经常拖堂。一次，曾公上第四节，俞璐尿急，他忍着剧烈胀痛期待铃声早些响起，终于下课，但曾公没完没了，这时人心躁动，想着一会吃饭又得排长队，俞璐只想快点上厕所。曾公见大家心不在焉，发怒说谁不想听，可以先走。结果没一个人走，俞璐当然也不敢走。

师范男女比例严重失调，上厕所是一个大问题，往往女生排长队，男生厕所空着，后来学院把一些男生少的楼层男厕改成女厕，没想到现今男生人数激增，俞璐所在二楼没有男厕，上厕所要么下一楼要么上三楼，一拖堂就得排队。一次，俞璐在一楼小便，当时厕所门坏了，一男生站其身后，俞璐感觉身后目光炯炯，尿不出来，这厮也很执着，偏不上别处，两人这么耗着，僵持了十分钟，直至上课铃响，男生才悻悻而去，男生一走，俞璐心理障碍解除，下体瞬间如洪水缺堤，一泻千里。那几天他一度担心遇上那位兄弟，不知对方能否凭背影认出自己。

再者，男厕少，去的人多变得奇臭，男教师实在忍不住不会去。唯独行政楼男厕与众不同，厕所门上贴一张纸，上书："教师专用"。所属不同，校工自然偏心，清洗异常勤奋，谈不上香气四溢，但出奇干净，俞璐一直怀疑那儿尿兜里的樟脑丸也是校工自己掏钱买的，这厕所在学院算得上星级，所以吸引众生前往，俞璐一次在行政楼上课偶然发现，如厕后不禁感叹，这才是现代化厕所，教学楼那个不叫厕所，旧时农村刨个坑那种叫什么来着，对了，叫茅房！从此，俞璐常不远千里跑来方便，一次没冲水还给躲一旁的校工捉住，但热情不减。

16

大伙熟悉后不再像开学时一团和气，现在某人拿出吃的，手脚慢点都吃不上。还总能听到大伙吹牛，朱逸群说自己家很大，但吹牛的人太多，所以大家习惯打折，他见大家感觉不出他家有多大，恨不能说前院比天安门广场大，后院可以打高尔夫。

魏生津也吹，但他家门前是马路，左边是臭水沟，右边是朱逸群的家，共用的还是一堵围墙，跳都能跳过去，所以不便侵占邻舍的地，只好把房子拔高。魏生津不愧牛皮界翘楚，但吹得太多自己也会混乱，之前他对俞璐吹七层，不幸忘记，更不幸的是今天吹牛时俞璐就在跟前，并不识时务的点破："你上回不是说七层吗？现在九层？加盖了？"

魏生津狠狠瞪俞璐一眼。如此使人以为他家的房子能伸缩，比巴西打算建造的旋转房屋还厉害。

"别争了，说到底还是胖子家有钱！他家保姆都开车。上回，他爸换新车，原来的雅阁让他开，带着我们去兜风。"

"现在怎么不开？"

"他爸说现在查得紧，让他考了证再开。"

"怕什么，听说他爸跟镇上的交警队长是结拜兄弟！"

"是不是兄弟有啥关系，谁敢动他？！家里这么有钱，要我早不念了，念这书顶个屁！"

"是啊！听说他家浇花用的是牛奶。"

大家"哇"一声后鸦雀无声，扯淡的魏生津也意识到这牛吹大了，那头贡献奶水的牛也不会同意。

一阵子，大家缓过劲，接着扯。

"是不是要下雨了，天怎么这么黑呀？"

俞璐说："不是，是因为牛在天上飞！"

"牛怎么会在天上飞？瞎扯！"

俞璐说："那是因为你在地上吹呀！好久没人把牛皮吹的这么清新脱俗了！"

魏生津道："谁吹了？他家就是古代皇帝住的那种房子，带后花园的！"

这帮人吹牛不打草稿，但还是有人愿意信，像杜子腾口水滴到桌子上还没察觉。以前朱逸群私下对杜子腾吹，他怎么也不信，现经大伙这么一讲，他全信了。

沈京兵不服气："这算什么，我Dad还开supercar，懂啵？——超级跑车，一百多万呢？"天知道这次沈京兵并没有说谎，他爸负责给一家旅游公司开大巴，虽然这车将近报废，但是十年前公司购入确实花了一百多万，他爸开着这辆奔驰大巴专跑乡镇小道逃避路桥费，还经常超载，遇到交警就跑，名副其实的"超跑"。

沈京兵的虚荣心在大家羡慕地眼光中得到充分满足："我也学车了，以后不是sportscar我不开！"

沈京兵学车是假，而朱逸群确实去考驾照了。高中毕业他爸就给报了名，但朱逸群不看书，他觉得笔试简单，判断题非对即错，彩票有人中，何况这个。结果考八次没通过，想请枪手，他爸知道了骂他，说当年自己就是这样，结果给捉现行，五年内不得报考，最后花了许多钱才摆平，如果朱逸群胆敢如此干脆不要考，丢朱家脸。

朱逸群只好认真看书，但根本看不进去，再考还是不过，朱爸骂儿子没用，朱逸群就说驾校还有考24次都不过的呢。其实朱爸驾照是从广西买来，还入了系统，所以他趾高气扬。但虎毒不食子，他不想儿子知道是不想害了朱逸群，他说如果朱逸群通过笔试就奖励一千，朱逸群最后背着老爸花500块请人代考，那人考了九十分，正好合格。朱爸说他总算为家争光了，遵守承诺奖了一千块，朱逸群高兴，回来请宿舍大伙吃了一顿，心里却骂老爸傻，早点请人就能省下许多补考费。

朱逸群学倒桩，学前倒过母亲的自动波，算有点基础，补考两次过了，朱逸群以为可以上路了，教练说还要学"九选三"，朱逸群问"九选三"是不是自己选？教练当天收了红包心情好，敷衍说是，朱逸群回来就在宿舍吹，说很快把车开回来让大伙体验漂移的感觉。

教练带他过铁饼，每次都压饼，走单边桥又老是掉桥，定点停车，教练在地上画了标记让他看，他说看不到，险些从斜坡溜下。教练说我教你练车，你帮我练胆，让他配了眼镜再来。后来朱逸群不想学了，要教练教他其它。教练听了愕然，问他想学什么，朱逸群说既然"九选三"自由选，就学漂移、翘头和甩尾。教练听了瞪大眼睛半天说不出话。同车学员笑得肚子疼，问朱逸群是不是《头文字D》看多了。

17

学院举行"元旦"晚会。

晚上，俞璐和陈粒早早来到礼堂，挑前排坐下，前排配有桌子，还裹着红布。

一会，吃过饭的学生涌进场来，顿时人声鼎沸，几个佩戴工作证的学生走来连连抱歉，说第一排是为领导预留，让他们起来。

俞璐和陈粒不满，跟着大家起哄，因为这时想找位置变得很困难，大家不依不饶引来杨伟，大二学生知道此公不好惹，抱怨着起身，俞璐还在骂骂咧咧，被杨伟狠狠地瞪了一眼。现在只剩后排有空座位，但视野不太好，两人往中间挤，好不容易看见两个连着的空位，其中一张椅上放了矿泉水瓶，两人上前询问，旁边的师兄见是男生，一副爱理不理的样子，还故意把一只腿往椅上一搁，两人带着一肚子怨气继续搜索，突然发现一排有好几个位置空着，走近一看全放了东西，俞璐趁没人注意，抓起占位的书往前排塞。

台上的人做最后的冲刺准备，晚会即将开始。

一会儿走过来几个女生，她们挨着俞璐坐下后发觉少了一个位置，其中一个嘟哝着："刘芳，你的位置呢？"

扎着马尾的女生回答："刚才好像是在这儿的。"俞璐瞧她一眼，脸熟，好像在哪见过。

女生交头接耳，明白过来，但是没看到占位的书，不好发作。

陈粒真是低能，指着前排的空位，说："你们的书在那儿。"

俞璐余光感觉对方看着自己，忙别头装作没看见。

一女生说："同学，做人要厚道！"

被占座位的可怜女孩拉了拉她衣角，说："红艳，算了，我坐前面一样。"说着从两张椅子的缝隙穿过去。郑红艳余气未消，和旁边的女生嘀嘀咕咕，刘芳不停侧身安抚，她情绪才慢慢平息。

忽然灯光一黑，全场"哇"一声后静下来，随即聚光灯亮起，两束白光在礼堂打转，当白影叠一起，主持人现身宣布晚会开始，迎来一阵热烈掌声。谁料第一个节目是领导说话，立马人心溃散。

接着由大三师兄带来一支歌，从他嘴里唱出来的歌都是一个调，高低音仅体现在声音的大小上，他刻意模仿港台歌星腔调，给人感觉就是吃过榴莲，糊了一嘴。没人喝彩，他头皮发麻，骚痒难耐，做了一个甩头发的动作，终于有掌声响起，师兄没想到卖力唱半天没人响应，做这动作能博得掌声阵阵，于是拼命甩头，掌声雷动。

第二个上台的是一位大二师姐，歌曲第一句很短，但她唱完第一句后故意在结尾处拖长声音，不肯去唱第二句。

俞璐对陈粒说："我终于明白为什么现在许多流行歌的第一句都特别短。"

"为什么？"

"要留足够时间给大家鼓掌啊。"

第三首是粤语，俞璐听了一段说道："大庭广众之下怎么能唱这种歌？谁写的词？自己写的吧！'脱光光在地上躺'，多色情啊！"坐前面的刘芳忍不住扑哧一笑，小声解释道："她粤语不好，其实唱的是：'月光光照地塘上'。"

下一个是钢琴独奏，陈粒问俞璐道："你懂这音乐吗？"

"何止懂，这音乐我太熟悉了。"

"你说说，师姐弹的是什么？"

俞璐响亮答道："弹的当然是钢琴。"

刘芳乐了，旁边的女生纷纷侧目。

忽然，礼堂一阵起哄，出来一个体型很胖的师姐，献唱的是林忆莲的《我怕来不及》。她一开腔观众就坐不住了，只见胖师姐唱道："我怕来不及，我要抱着你——"

俞璐嘀咕："给她抱着是什么滋味啊？挤牙膏呀！"

旁边全给逗乐，刘芳身体先是前后摇晃，然后向旁边的女生靠去，起初她还忍得了，现在实在忍不住，哈哈大笑。

郑红艳狠狠瞪了俞璐一眼，说："你这人说话怎么这么尖酸刻薄！"说完还用手拍打刘芳："刘芳，你还笑！"

一个模仿周杰伦的男生出场。

俞璐听不下去，评价道："唱的什么鬼？比锯木头还难听！"

"你懂什么？！"郑红艳听到俞璐骂她偶像，忍无可忍。俞璐说："周杰伦嘛，你说一个歌手能把歌词唱得观众都听不出来，我也不好说什么。"

郑红艳火冒三丈，大声喝道："这叫风格！不懂不要在这里乱讲！"

俞璐不卑不亢："对，疯歌，疯子的'疯'，疯子唱的歌肯定是疯歌啦。"

郑红艳蓦地站起来，气得满脸通红，正欲指着俞璐破口大骂，刘芳也连忙站起来，拉着她，憋着笑。

台上突然出来几个伴舞的女生，由于浓妆艳抹，衣着暴露，博得阵阵掌声。但除此之外并没什么过人之处，跳起舞来摇摇晃晃，似耳水不平衡，站不稳。

俞璐直摇头，说："太不专业了，练过没有？给人用机关枪扫射也就这效果。"

刘芳偷偷吐舌头，盯着俞璐，不知这男孩还有什么惊人之语。

18

入冬，寒气逼人，学生懒得洗餐具，纷纷打包，饭堂勤工俭学的学生手冻得通红，鱼刺因为气温低也变得尖利无比，一不小心就划破手。

承包潲水的人每天把白花花的饭盒一个个叠起来，俞璐怀疑这些一次性饭盒带走后会重复使用，建议劳动时用筷子插穿表面，建议虽好，但工作量太大，林万斌总是在大家走后一个人在垃圾池里把饭盒叠起来，然后拣起筷子，神圣一插。不久发现收潲水那厮只收潲水，不再取走饭盒。

19

临近期末，俞璐发现功课落下许多。《数字电路》平日没认真听课，他想考前凭自己的聪明才智认真复习混个及格问题不大，不料这门课与英语同一天考，翻开书，里面的"与或非"把他搞得焦头烂额，想及格，整晚只能看这个了，英语虽然平时认真学了，但毕竟是弱项，一晚上显然不能保住两门。

第二天考《数字电路》被难住了，俞璐丢下笔不再写，这就是文科和理化的区别，文科再难不会难到写不出字儿。俞璐发呆一会儿，看见朱逸群魏生津在偷看，还传纸条，俞璐突然萌生一种"出淤泥而不染"的大无谓精神，交卷走人。

结果可想而知，这门课不合格。

令人惊讶的是沈京兵英语居然不及格，但他找了赵夏老师就变成合格了。

俞璐不知道个中玄机，也去找《数字电路》的授课老师，这门课的授课老师是系主任，系主任翻出试卷给他看，还一道一道题核分，俞璐尴尬不已。

俞璐鼓起勇气说："系主任，我就这科不及格，能不能网开一面通融一下？"系主任打断道："不行，我们当教师是有原则的。我已经批得很松，如果个个像你这样，我这老师怎么当？"

"我没想到你批卷这么松，否则肯定多写一会，其实只要多给我一天时间复习，我肯定及格。要不这样，先让我及格，补考我照样参加。"

"这样有意思吗？"

"只要有一科不及格，其它科考得再好也不能评奖学金。"

"这我可不管，我不能违背我的原则。"

俞璐见没半点让步的余地，冷笑道："原则？你怎么不对作弊的人讲原则？我像他们那样没准就及格了。"

"谁作弊了？"

俞璐结巴道："我，我，我半小时不到就出来了，但我敢肯定有人作弊……"

"当时你怎么不反映？现在说这些没用，回去好好准备补考吧。"

学生科将每个月国家给予师范生的助学补助巧立名目成三等奖学金，所以俞璐连这150块也得不到，他忽然明白一个道理：大学考试不仅考知识，还考人情交际。

事实上《C++》只有一个人合格，曾公没敢公布成绩，与陶红商量，决定以平时上课表现打分，陶红啧啧称赞："法不责众嘛！"

唯一及格的是高职班一男生，名叫庞光。

20

这是俞璐第一次体验没有作业的寒假，但面对大一的成绩，他茫然了。挂掉那门课像恐怖电影中的惊悚镜头在他脑海缠绕，他浑浑噩噩，但更多时候则愤愤不平。

方木回来了，每天约俞璐打球。两人在篮球场看见许多人穿着阿迪达斯最近推出的一款球鞋，由于是风头正健的麦迪代言，所以深受中学生喜爱。方木也想买这鞋，到专卖店一看：799元。鞋子用一个正方体纸箱包着，跟电器专柜的电饭锅包装有一拼。

最后，方木只买了双一百多的鞋，出了商场开始仇富："一双鞋子用得着这么包装吗？买这鞋的都是傻逼！"

挨年近晚，两人天天瞎逛，打发日子。

关口，一家类似肯德基的烤鸡店开张，推出十块钱一只炸鸡，两人为发现这种好地方高兴了几天。

21

表彰大会，俞璐麻木地坐着，听杨伟念获奖学金学生的名字，心里很难受，他默默告诫自己，一定要拿到这个学期的奖学金。

俞璐吃过一次亏，知道60分与59分是完全不同的概念，大学60分万岁。

22

201挤满了人，围着一台电脑。俞璐问谁的机器，没人理他，都在全神贯注盯着屏幕上的影片——《英雄本色》。

这是沈京兵高中时的电脑，虽然破旧，但有胜于无，引来大批同学。

李进财跑进来，抱怨这学期书费很贵，说外面一模一样，7折，谁要订书联系他。

矫厚根新调了宿舍，上学期同专业不同届，这次同届不同专业，他非常高兴，俞璐不明白有些人为什么就这么容易满足？

这个宿舍有艺术设计的小强，还有英专的冯泉。小强姓范名淦强，一次与人吵架被对方把名字反过来念，大家无意中发现原来谐音是"强奸犯"，于是只要与人不和，对方就振振有辞："信不信我把你名字反过来念！"小强觉得吃亏，去改名，派出所说他年届18，不让改。避免名字的秘密扩散，小强说凡伟大艺术家都有艺名，现在他虽然默默无名，但将来肯定蜚声中外，决定先取个艺名叫小强，寓意日后大强。

一日，俞璐听见冯泉对小强说，娱乐版报道的某艺人长相漂亮却得不到真爱，最终自寻短见是因为生肖属鸡。

俞璐说："我觉得是她不自爱造成的，与生肖无关。"

小强昨天刚被冯泉看过掌，听到有人否定预言自己即将大富大贵的大师，小强发难道："别不信，让冯大仙给你看看，保准无误！"

俞璐说："冯泉，你会算命啊？"

冯泉一脸不屑，摆出一副仙风道骨模样，只差一副薄仪款圆圈墨镜。

"麻烦看一个。"俞璐把手伸去，冯泉一巴拍掉，说："男左女右！"

俞璐又把左掌伸去。

冯泉佯装看纹，然后问道："你生肖？"

"猪。"

"不好哩！这掌纹原是不愁吃不愁喝的命，你却这么瘦，恰恰肖猪，只能说你命不合理，一世劳碌啊！"

俞璐把手抽回，欲骂什么狗屁不通。也不知道冯泉给小强灌了什么迷晕汤，小强马上说："我肖狗，大师您再瞧瞧。"

冯泉又佯装一下，说："好纹哩！"

俞璐拉过小强的手和自己的仔细比较，都是掌上三道纹，凭此断定人的一辈子，真是扯淡。俞璐把手伸到冯泉面前，说："有什么不同啊？除了指纹，掌纹简直一模一样！"

他不理俞璐，问小强道："小强，你肖什么来着？"

"狗。"

"对啦！这就是问题所在。一样的掌纹，但一个肖猪，一个肖狗，就完全不一样了，当然是肖狗的好，虽然小强和你一样瘦，但狗好动，所以瘦一点无妨，正好说明只需通过一点点劳动就能不愁吃不愁喝，好命啊！"

俞璐没好气道："把中国人分十二种命得了，生肖不就十二种么？"

小强马上维护大仙说："可以这么说。"

冯大仙沉吟："非也非也，要看掌纹才能断定。中国人和外国人还不一样呢，不能一概而论。"

俞璐说："你怎么不上马路边摆个摊？肯定火。"

大仙虽然生气，但不能与凡人一般见识，只淡淡道："你的智商太让人失望。刚才不是说了么，还要结合掌纹。这是玄学！"

小强接口道："俞璐这种凡夫俗子肯定不懂啦！"

俞璐说："你的摊应该摆到天安门广场去，马路边太屈材了。"

小强怒了，说："去去去，爱信不信，别打岔，一边去！"

俞璐恨不能马上脱下鞋子先把小强拍晕，然后再给冯泉看看脚掌，看他能不能算出今天小强有被鞋拍这一劫。

23

班干部改选，大家争得异常激烈。现在情况是谁想选个什么，与其有那么一点矛盾的同学都会反对，自然与反对的同学有矛盾的人又会赞成。最终沈京兵凭借电脑带来的影响力连任班长，夏建仁仗着陶红在一旁讲好话也成功连任，俞璐忽然明白，自己说一百句顶不上老师一句。矫厚根竞选劳动委员没人反对，全票通过。

晚上沈京兵请201全体吃饭，庆祝卫冕成功。

24

《数字电路》补考的试题比起期末简单了许多。

俞璐很快作答完毕，正欲检查，身后的魏生津用笔捅他，俞璐知道他想干什么，不理会，魏生津连捅三下，俞璐正欲转身破口大骂，这时从后飞来一个纸团，这帮人补考还想着作弊，俞璐决定给他们一个小小的惩诫，他把选择题的答案倒过来抄一遍，空投回去。

往后俞璐很少去宿舍串门，更多是和矫厚根在阅览室学习，矫厚根是极少数从不逛街的学生之一。

同在的还有1班的钟柳波，不过波波从不学习，只看报纸杂志。到点，角落那间用玻璃隔成的小房子会开门提供杂志借阅。

一天中午下起大雨，俞璐一个人呆在阅览室。一会，来了两个勤工俭学的女生，她们一路收拾过来，在俞璐面前停下，矮个女生说："我留意你很久了，经常在这看报吧？"

"是啊！"俞璐天真地以为自己天天在这学习，给人留下了好印象。

"我说奇怪，怎么上午叠好的报纸下午就乱？我留意你很久了，你喜欢四处乱坐，一次拿好几份报纸，报纸就是给你弄乱的！"矮个女生特别加重最后一句的语气，仿佛铁证如山。

高个女生接道："娱乐版明星脸上的刀疤，衣服的补丁不会也是你干的吧？"

俞璐承认有时看完确实没放回去，不过他有委托波波去放，波波放没放就不知道了，而报纸上的明星肖像被丑化就决不是自己所为，他争辩道："我用的蓝色圆珠笔，不写钢笔也没有红笔，绝对不是我干的！"

两女生相视一眼，摇了摇头。

她们是文专班师姐，矮个是梁妹，高个叫许彩虹。一次，俞璐和陈粒上她们那借杂志，许彩虹捧着本《中华道德名言精粹》读得津津有味，俞璐讽刺道："这么粗糙的道理被奉为经典，古人多愚昧，喜欢这种书的人大抵也没什么文化。"

许彩虹放下书，看怪物般盯着俞璐，半天挤出一句："想不到你还挺狂！我们来考考你，这个字怎么念？"

俞璐刚才见她指着上面的字问梁妹，梁妹显然也不会，直摇头，现在她们居然好意思来考自己！俞璐见她指的是"茼"字，脱口而出。

师姐暗吃一惊："还真懂？"

"我博览群书啊！"俞璐大言不惭。其实他初中有一个同学的名字里正好有这个字，当时这个女同学是英语老师专门钦点来收俞璐作业的，这家伙太较真，天天催俞璐交作业，不交就记名字，看到俞璐抄英语作业就去打小报告，俞璐对其恨之切切，背后常常骂她，这个字自然就记住了，所以朋友或者仇人名字里有生僻字不失为一妙用。

"我同学很有学问，认十万多个汉字，没有不会的字。"陈粒拍马附和。

师姐几乎跳起。陈粒这人吹牛不用脑，中国哪来这么多汉字，加上甲骨文也没有。

许彩虹说："哇塞，才子耶！"

"敢情好，让我再考考大才子！"梁妹说完夺过许彩虹的书，翻开一页，上面红笔圈了很多字。

陈粒还在吹："随便考，俞璐没有不懂的字！"

俞璐吓一跳，朋友仇人再多也不可能个个有生僻字啊，说："哪里哪里！"

师姐把这话当谦词，追问书上的生僻字，说："这里这里！这行，这个！"

"不不不，他开玩笑，我不会！真不会！还有事，要走了。"

梁妹不依不饶，说："不会不行，下次再考，读不出来不许借杂志。"

再去，师姐果然准备了生僻字让俞璐认。不过没能考倒他，俞璐为圆陈粒扯的谎，去图书馆借来生僻字字典研究了一番。其实师姐也没敢出太难，主要担心自己不会。

为难住俞璐，师姐从文言文古籍找来一些很偏的，像"猋"，"犇"，"羴"等等。几次下来俞璐认识的生僻字数量惊人，再往后，师姐气不过就生造一些让俞璐认，这些字似曾相识，却想不起哪里看过，俞璐不服输，约明天再来。回去苦想大半夜，问矫厚根，矫厚根也不会，查遍字典找不着，一旁的波波点醒道："不会给人耍了吧？"

再去，凡没见过的，俞璐就瞎念。字是师姐造的，反正字典里查不到，俞璐一口咬定自己认识。师姐大为惊讶："原来还真有这些字呀！"经过这事，俞璐明白：思想越深刻的人往往越容易被简单的假象所蒙蔽。

25

这学期有一门《心理健康教育》，公共课，同届不同专业一起上，课上，英专学生说话常常夹着英文单词，表示自己专业不离口，沈京兵也中文里夹着临时写在随身携带的小本子里的生疏单词，表示自己是跨领域人才。授课老师杨年轻为吸纳他，经常无原则对其进行表扬，还把他选为心理学社副社长，沈京兵不敢相信好运气这样眷顾自己，一不小心成副社长了，也不知这社规模如何？课后打听，原来这社正在筹建，现在就一正一副两个社长，杨年轻自任社长，暂无社员。

26

俞璐跟师姐混熟后，在她们心情好时不用证也可以借到杂志。

"哪儿借的？这么新！"俞璐看到台上放着几本很新的书。最上面的书名是《悬疑地带》。

许彩虹说："梁妹买的，你以为学校图书馆能借到新书？新书回来都先放在教职工阅览室。"

"谁写的？"

"马原最新力作，很畅销！"

"畅销书买盗版就行了，工具书倒该买正版，免得写出自己造的字。这本呢？"俞璐翻起最底下的。

"《平凡的世界》啊，经典！得过茅盾文学奖。"

俞璐看这书比砖头还厚，说："中篇小说集？"

"不，一个超长篇。你没看过？！"

"我只看世界名著，国产基本不看，通常字数超过三十万的我不看，好不了哪去。"

"没看过别乱讲！这书很不错，想看我可以借给你。"

"不用。"

第二天，俞璐偷偷跑到图书馆。

登记处排长队，俞璐跟在后面，百般无奈。轮到俞璐，负责登记的郑红艳跟刚来的一女生打招呼："部长，这！"

部长走近来，小声说："小郑，帮我拿这期《瑞丽》，不然一会别人借走。"

仿佛部长的满意也在排队，而且还插了队，郑红艳冲她媚笑："好哩！"

俞璐骂道："按顺序，该我！"

郑红艳一抬头，认出是俞璐，一脸庄重，说："这位同学，有点绅士风度，让一下女士没关系吧？我帮她拿本杂志马上给你办！"

俞璐说："这不是绅不绅士的问题，这是顺序问题。"

部长转过身，惊愕地望着俞璐，说："谁先谁后关系不大吧？"

本来是她们不对，现在被她们一唱一和反成俞璐理亏了，俞璐生气了，说："大不大见仁见智，纸巾擦了嘴还能擦屁股，擦过屁股的纸没人用来擦嘴吧？"

部长顿时面红耳赤，正要发作，突然一个扎马尾，大眼睛的女生快步上前，说："红艳，你去帮师姐拿书，这边我来。"随即转向俞璐："这位同学，请问你要借什么书？我帮你登记行吗？"

俞璐正在气头上，没认出是刘芳，故意把声音提高八度："我要借马原的《平凡的世界》。"

刘芳接过俞璐要借的书，忽然笑起来，但见俞璐一脸严肃，她强忍住笑，附在俞璐耳边压低声音："登记好了，但作者不是马原，是路瑶行么？"

俞璐脸上红了一片，热似发烧。

部长从郑红艳手里接过书，勉强笑笑，转过来看见俞璐，眉头一蹙，狠狠瞪一眼，想把杂志塞进一个挎在腰际闪闪发亮的手袋里，可是书比袋大多了，无论如何塞不进去，一跺脚，走了。

27

不久"非典"来了。不能随意出校，有电脑的宿舍成了共乐园。朱逸群找师兄攒了一台七千多的电脑，衬得沈京兵的落伍一个世纪。攒机时师兄问预算多少？朱逸群说要最高级，钱不是问题。师兄问音箱要几声道？朱逸群说外形好看就行。师兄给他配了2.1的低音炮，这东西好看不中用，朱逸群每天调到最大音量，一星期烧掉，师兄说可以保修，朱逸群说不用，自己去电脑城买了个6.1回来，同时还买了超大的摄像头和超酷的麦克风。然后从师兄处拉来网线，夜里除了打游戏就是和网上的女生聊天。

得知波波也把电脑带来，俞璐跑去看，进门只见黄丝绸盖着一堆东西，他掀开，不禁惊叫出声："哇塞，波波，你的摄像头怎么这么大？比朱逸群的还要大！"

俞璐眼前的"摄像头"虽然有点发黄，镜面还呈球型凸出，但是确实比朱逸群的大很多。

波波奇怪了，自己有摄像头么？他猛坐起来，说道："拜托，这是显示器好不好！"

"是显示器啊？这么小？居然有这么小的显示器！"俞璐非常失望。

按下开机键，机子运行得很慢，不是一般的慢，如果说朱逸群的电脑是20出头的青年，波波这台无疑是90岁的老人。

虚伪经不起时间的考验，朱逸群的电脑也经不起众人折腾，一个按键不知被谁摁坏，朱逸群不再让人碰他的机器，沈京兵的机子更是摸一下也不行。当月电费出来，以前一直公摊，现在不给玩电脑了，大伙纷纷表示自己没电脑用不了多少电而拒交。

朱逸群和沈京兵说他们不可能用这么多电，认定有人趁他们不在时偷用电脑，无论如何要大伙凑钱，因为这事宿舍大吵一架，两人轮流守了一段时间没捉到现行，只好设置密码，把系统锁起来。神奇的是波波的"摄像头"也能设置密码，如此一来，大伙纷纷向家人要钱配电脑。

李进财逢人便称自己在电脑城兼职，懂得多，有需要可以找他。

其实李进财的电脑当初也是师兄攒的，不料回来第二天就出了故障，来修的人说是内存坏了给换了一条，后来陆续又出现几次状况，李进财跑了几趟电脑城，知道师兄为牟利给他买的假内存。他与电脑城的人混熟了知道行情，说朱逸群的电脑最多值五千。大家听他分析得头头是道，替朱逸群可惜。

傅贵想升级电脑，李进财知道后说他可以花最少的钱配到最好的机子，他把傅贵带去电脑城，然后拿回扣。傅贵被骗了还到处炫耀，说他的主板板载八声道声卡，比朱逸群的六声道还厉害。

波波提醒道："你又没有8个音箱，爽什么？"

28

有电脑的人越来越多，电费成了大问题。

朱逸群说每台电脑装一个电表，但是并不可行，因为电表本身价格不菲。商量时大家都同意，真到掏钱没人愿意，和开学订书一样，开始都表示向李进财购买，书订回来，根本没人要，最后亏本退回。

朱逸群又说学院收的电费包括了所有用电器，风扇日光灯常开，没电脑的同学不可能一点电没用，凭什么一点钱不出？

协商结果是没电脑的学生出尾数。如此有床位的走读生又不乐意了。大家叫嚷着重分宿舍。

水电不分家。学院提供的饮用水是100度自来水，男生为享受这点免费，要厚着脸皮在指定时间内去水房与女生争。后勤经常借故柴油短缺不烧水，强迫住宿生购买桶装水。后勤给每个宿舍配置一台饮水机，水机又旧又黄，宿管阿姨可以从住宿生购买的水票里获取提成，恨不能学院天天停水，好让住宿生买她的水去洗澡冲厕所。

买了桶装水又会产生新问题。譬如一些人晚上不吃饭，半夜冲泡面，又譬如一些人总是带非本宿舍的同学来玩，也会喝掉不少。最夸张的是陈粒所在宿舍排斥他，说他饮水量太大，让他单独购水票，自己喝一桶。

月底，宿舍闹起水荒。几天后，大家发现花在饭堂瓶装矿泉水的钱比饭钱还多，这样下去很快就没钱吃饭了，杜子腾倒是没所谓，甚至有点儿高兴，本来大家凑钱买桶装水他就觉得奢侈，现在大伙不肯凑钱买水，他每天名正言顺拎着热水壶去水房排队。他的水壶保暖效果出奇的好，何时倒出都是热水，宿舍喝惯冷饮，不会偷他的。

一天傍晚，水房关了门，几个打不到水的女生用水壶到饭堂门口的直饮水机上接，路过的杜子腾看见立马跑回宿舍，把饮水机上的空桶卸下，接回半桶，这事获201一致好评，朱逸群提议每人给杜子腾一点钱，让他承包宿舍饮水。杜子腾一身力气正愁没处使，有这么一个好差事，既挣钱还锻炼身体，立马应承。他周末回家，把他爸浇灌庄稼用的塑料水管扯了回来，大伙嫌脏，他只好花二块钱在五金铺买了一截塑料管。不久，他开始偷水生涯。此法一本万利，被众多宿舍效仿，事情被经济损失最大的宿管阿姨告到学生科，杨伟大怒，次日学生科在饭堂张贴告示：严禁接水，只许直饮。告示当天被撕，但偷水者有所收敛，改在学生科办公室熄灯后行动。

院方采取非常手段，直饮水机出水口似停还流，如肾亏小便，欲罢不能，两人同时饮就变成在舔水机了。宿舍又回到水荒日子，杜子腾意志坚定，每天依然看到他在饮水机前苦苦守候的身影，下午下了课，他开始，晚自习结束，他还在，但只接得半桶水。一次杜子腾把管子接好，吃饭回来作案工具不见了，为此他赔了一个水桶的钱，他咬定是宿管阿姨干的，因为他买新桶时在阿姨那里看到一个桶很像他的，至于为什么面对一模一样的桶他能那么肯定？他说每天和桶一起的时间都超过和课本一起的时间了，即使千万个一模一样的放在一起也能认出，哪怕化成灰，也能嗅出味儿。

29

进入夏季，风扇底下好乘凉。郑红艳跟俞璐争夺阅览室风扇底下一个座位，她每天早晨扔几本书在桌面，晚上沐浴后喷上香水再款步而至。

一天，她故伎重施。傍晚，俞璐夸陈粒球技进步神速，请他喝汽水，陈粒喜出望外，说："俞哥，平时都是我请你，今晚怎么这么客气啊？"俞璐估计时间差不多，领着陈粒去阅览室，在郑红艳占的座位对面坐下，等她来到，俞璐用关切的语气问："陈粒，你香港脚好了没？"

陈粒愕然，俞璐继续说："你得注意啊，脚气会传染，别老把脚放在桌腿上蹭啊蹭的。算了，这坏习惯你也改不了了，以后自习就坐这，别四处乱跑！"

"我脚是有点臭，但没你说的这么严重吧？"

"宿舍说你一个学期洗一次袜子，这样不行，每个月至少要洗一次。"

"什么啊？我每星期洗一次！"

俞璐表情夸张："别不承认，宿舍那谁说他的仙人球被你晾在旁边的袜子给熏死了。昨晚你坐对面是吧？你不知道，你刚走，后面来了个穿裙子的女生，也把脚蹭啊蹭的！"

郑红艳吓得花容失色，连忙抽回晾在桌腿上的脚，携书而逃。

30

俞璐拿着空瓶来到201，想倒点儿水喝，才发现饮水机不翼而飞。

波波说："水机给阿姨收走了，阿姨说宿舍一个学期没买她几桶水，摆这纯粹多余，免得损坏了我们没钱赔。"

"我这有。"杜子腾从床底拎出热水壶，一倒，俞璐的塑料瓶就烫扁了。

大家围着傅贵的电脑看图片，他见图片上的女孩漂亮，依偎着傅贵，殊不知是傅贵让李进财用制图软件合成的，问道："这女孩挺漂亮，你同学？"

"我哪有这么漂亮的同学，这是徐静蕾。"

"徐静蕾是谁？"

朱逸群骂道："徐静蕾都不认识，真没文化！"

俞璐本以为不知道徐霞客算没文化，没想到不知道徐静蕾居然也被人骂没文化，心中不禁多了一个"呕吐对象"。

俞璐回敬道："那你知道徐霞客吗？"

朱逸群不耐烦，欲骂徐霞客是哪根蒜，后想不妥，这名字颇具气质，万一是尊人物自己倒失面子，不屑道："这个当然知道，嗯，我认识的明星太多，记不起来，不过肯定不是一线。沈京兵，徐霞客是港台的还是大陆？我一时想不起。"

沈京兵答道："好像是Taiwan。"

朱逸群说："哦，对了，我想起来了，是台湾的，身材挺好是吧！沈京兵，你作业写完没？借我看看。"

沈京兵瞅旁边的俞璐一眼，见俞璐故意把头扭开，说："我也在等谁写完借我copy一下呢。你去问魏生津，刚才看见他在copy。"

朱逸群又去问魏生津，魏生津说："我抄杜子腾的。"

"我就要二手的，一手还得把几道对的改成错的，麻烦。"

魏生津停下手中的游戏，把本子翻出来犹豫了，说："不借，上次借你还回来时本子全是油迹。你抄的时候老吃东西，把我本子搞得脏兮兮。"

"你现在玩的谁电脑？不借，给我滚开！"

"好好好，借你就是啦！"魏生津说完挪动身体，从屁股下面抽出本子。

"快点，下午得交。"朱逸群说完从魏生津手上夺过本子。

"抄完一块交，别弄丢！"

31

学院举办篮球赛，比赛时朱逸群相当独食，最终惨败收场，赛后大家互相埋怨。傅贵说夏建仁篮下那球不应该自己投，应该传给他，夏建仁反驳说当时拿到球差一步就到篮底了，没有传出去的道理。又说魏生津某球不应该上篮，应该传到篮下给他硬打。魏生津说俞璐盘带过多，俞璐说朱逸群盘带更多，还不得分，大家怎么不去说他？大家觉得对，先是夏建仁，说有一个球全走空了，他在对方篮下，朱逸群却硬投三分。朱逸群解释说："别人刚投中，我肯定要还以颜色！"俞璐提醒道："投中没？"朱逸群说："每球必进早进国家队，还和你们打球，也不用脑子想想！"

32

大家不欢而散，隔天俞璐退出这支队伍。

33

临近期末，一晚，宿管阿姨提前五分钟断了电，几个艺术系学生找阿姨理论，说快要考试了，搞得大家没尽兴复习。阿姨一听，马上说："是没尽兴打游戏吧！"艺术系学生说："电脑是我们买的，你管得着我们怎么用？你老不到点就断电，机子非法关机，配件都烧坏了！"

别看阿姨没念过几年书，讲理蛮厉害，说父母那么辛苦挣钱供他们读书，他们如此对不起父母啊，不孝啊等等，讲到艺术系学生无言以对。

学生扯到宿舍楼经常没到点锁门的事。阿姨听了立马去把大门给关了，气得两人咬牙切齿，大叫大嚷。平时被断电导致电脑不太正常的学生响应起来，有人开始往楼下扔东西。

"这可是民主斗争啊！没用的东西都扔下去，有用的——不值钱也扔！"有人大声提议。

大家纷纷响应，一向吝啬的杜子腾也加入战斗，他什么都舍不得扔，就用脸盆装水倒下去，阿姨正欲破口大骂："你们这班兔崽子，我明天去告杨科长，你们没有好下场！"整盆水一点不浪费，全浇到她身上。这一泼，仿佛早前偷水时的揭竿而起，大家争相效仿。顷刻大雨倾盆，大有不把阿姨淹死不罢休的架势，阿姨知道自己平日树敌太多，赶紧跑回屋里关起门打电话向杨伟求救。

杨伟偕同学院保卫科赶到闹剧才平息。

杨伟看着眼前的情景，出离愤怒了，带着人马一个个宿舍去缉凶。

34

"家丑不外扬，况且牵涉学生太多，只能从轻发落。"院长如是说。

数天后，学生科在宿舍楼门口挂了一个箱子，张贴告示，说有什么问题可以向学生科反映，只要合理一定竭尽所能。

其实这个箱很早就有，原来是学生会的意见箱，被扔到角落，由于是不锈钢材质差点给宿管阿姨的老公当废品卖掉。事发后，杨伟突然想起箱子，让人去清理，从里面倒出来许多发黄的信和一团团黑黑的蟑螂屎。

杨伟给箱子重新命名，叫"中转站"。由于名字没起好，学生把箱子当垃圾箱使，嚼过的口香糖，喝完的牛奶袋，统统往里塞。

35

考试如期而至。俞璐考完感觉很好，特别是高数应该满分。回去时见到师姐班的学生约着出去吃散伙饭。他们毕业了。

有五个人在高数考试中作弊被捉住，其中两个还是女生，他们被带到学生科接受处理，传出学院要杀一儆百，陶红去求情，当场痛哭流涕，事情似有转机。这段时间俞璐开心得像中了彩票，常常怀着报复的心理幸灾乐祸，臆想六人声泪俱下哭成一片的悲惨景况。

成绩出来。高数总评只得85分，俞璐觉得不可思议，找高数老师，高数老师装傻，看半天假装不认识俞璐，俞璐要求看试卷，高数老师解释说不能光看期末一次考试做为最终成绩，总评成绩是综合学生平时在课堂上的表现和作业的质量一起打出来的分数，更客观更科学，所以学院给每位教师一个打总评分的权利。

这学期高数老师忙于打麻将常常不备课，一次，一个例题重复讲了两遍，后来察觉，忙解释说第一次太快了，怕大家没听懂，所以再讲一遍。说完往下讲题，想掩饰过去，俞璐在下面对矫厚根说："哈哈，其实老师第一次是讲懂自己，第二次才是说给大家听的。"老师见俞璐窃窃私语，叫起他，说上课要专心，俞璐说自己很专心，老师没料这小子敢顶嘴，问现在讲到哪里了。此时正讲一道分步积分的题目，俞璐举手指出他的错误，刹时老师的脸红得发紫。

俞璐知道高数老师记仇了，但班上许多卷面三四十分的学生经他手却成了60分，忍不住骂道："卷面不及格的学生总评倒变成合格了，这样公平吗？"高数老师和颜悦色，说："做老师的总要给平时学习态度认真，但考试失误的学生一个机会嘛。"

俞璐一肚子气回来，尽管如此，他总分全班第二，奖学金指日可待。考第一的是史珍香，她又胖又矮，是公认最丑的女生——当然是男生公认——像这种女生在学院只有读书可做，如果考第一的不是她们就悲哀了。俞璐其它科比她分高，主要两人英语相差太远，史珍香考了99分，比一向英语了得的赖月京还高，俞璐屈居第二心悦诚服。

36

散学典礼上学生科痛斥住宿生暴动事件，但法不责众，最终谁也没被处罚，倒是作弊那五个学生没这么幸运了，杨伟把怒气转嫁到他们身上，全部记大过处分。

俞璐找沈京兵帮忙联系肯德基兼职，沈京兵说非典后肯德基不再招兼职，爱莫能助。俞璐很后悔借作业他抄。

学生科组织学生到居委会挂职，俞璐故伎重施，顺利入选。挂职学生有一个很动听的名字——"主任助理"。居委会大妈通常是当地局座领导的老婆，她们大部分学历不高，不懂电脑，所以需要俞璐这样的助理。俞璐装了几天孙子，大妈们都很喜欢他，分到这里的还有一个英专师姐，师姐娇生惯养，说话嗲声嗲气，还经常迟到早退，有这么一个人存在，大家越发喜欢俞璐。

37

　　周末，俞璐约方木一同去小白家。小白上学期花三万块参加职业学院组织的交流活动去了趟德国，名为培训学习，其实就是花钱在德国溜跶两个月，但小白逢人便称自己刚德国留学归来。小白换了新的手提电脑，苹果，一万八，他说在国外大家都用这牌子，用其它牌子会被笑话。

　　小白还给两人介绍他入住的酒店，饮食。

　　从小白家出来，俞璐掏出他送的钥匙扣对方说："他上次出国旅游带回来的手信也是这种东西。"

　　"哇！他这么大方！"

　　"大方个屁，说明这种钥匙扣在国外很不值钱！"

　　方木愕然："你怎么知道？"

　　"底下印着'MADE IN CHINA。"

38

　　方木找到一份兼职，帮一家叫昂立的英语培训机构发传单。挂职结束后经方木介绍俞璐也加入，负责分配任务的头目叫小曾，人如其名，面目可憎，他安排两人挨家挨户去派发传单，同行的还有两个技校生，四人累了就呆在小区楼顶闲聊，技校生一个染七彩爆炸头，另一个是非主流的人妖头。

　　爆炸头小学因为成绩过于突出，班主任留他多读了两年，初中时学校领导觉得他很有前途就多收了他三万块，到技校一年，校长认为他已经具备独立生存的能力，于是劝他退了学。

　　人妖头有过之余无不及，他个人认为周杰伦长得挺像他的，可是广告商只找周杰伦拍广告却从来没找过他，所以他抵触周杰伦代言的一切东西。人妖头从小酷爱看动画片，放《我为歌狂》时的理想是当歌手，放《头文字D》时的理想是当赛车手。俞璐听了吃一惊，担心他哪天不小心看了《阿童木》。

很快俞璐总结出，其实发多少没关系，一张不发也无所谓，只要小曾觉得他们发了很多就行。四人拿着传单爬到每栋楼的最高层，然后比赛谁跑得快，大家一口气冲下来，传单每层楼丢一张。

几天后，小曾说机构领导巡查发现他们干得不好，要扣他们半天工资。小曾还表示知道大家不容易，他也不想这样做，但领导态度坚决，他也没办法。俞璐知道机构领导根本不会去巡查，其实是小曾发现了。

第二天，小曾把俞、方两人分开，各搭配一名技校生。

俞璐领着技校生出发，那家伙说不要一起爬，分头行事效率更高。俞璐担心走散了，技校生说每爬完一栋下来就大喊一声，大家就有照应。如此效率果然大大提高，一次下来后，俞璐忘记叫，走到技校生爬那栋楼，发现他正在开人家信箱，俞璐没揭穿他，回来和方木一说，才知道方木领那厮也干这勾当，方木还说那家伙身上带了许多钥匙，问哪里来的，那厮说没事捡着玩儿。

方木说这些不算什么，在广州那样的大城市，念不下去的技校生都成了社会上的小混混，有收小学生保护费的，有在迪厅卖药的，什么事都敢干，只要能搞到钱。

俞璐感叹原来社会还有一群跟自己年龄相仿却以不同方式活着的人。

39

小曾向方木套近乎，问他家有没音响，借机构一用，为教育事业贡献一点力量。方木这一年在广州没少长见识，不被他忽悠。小曾转向俞璐，俞璐说没有，小曾说："你知道哪儿有卖吗？买一台，我们租你的。"

"我没钱，要不你把工资先结给我们，我们看看凑一块能不能买到？"

第二天小曾便以前期工作预算超支开掉他们。

从此，凡街上见到有人发传单，俞璐都会主动上前要一份，拿到的经常是一些性病医治的广告。

40

虽然成绩很好，但俞璐并没拿到奖学金。他渐渐明白成绩再好也没用，因为评奖学金额外可以加的分实在太多。因此，他决定加入社团。社团首选学生会，但学生会早已人满为患，现时只能加入"民办"社团。俞璐写了许多申请书，将求职信里优美动听的词藻提前用上，份份饱含真情，俞璐读一遍非常满意，觉得瞎子听了都会重见光明。

魏生津找到俞璐，说他现在是戏剧学社的负责人，看了俞璐的申请书非常感动，想面谈一下。

"听说你高数学得不错，周六有空没，替我去补考一下。"

俞璐没想到这人不仅会拍马屁，胆子还挺大。不愿意道："你太看得起我了，我不行的。"

"男人怎么能说自己不行！补考的题目很简单。主要是我周六要去做家教，帮个忙嘛！"

"万一让人知道——"

魏生津死缠烂打："没事！叶小丽还让杜子腾去呢！"

俞璐感到不可思议："她怎么不去？"

"女生嘛，熟人瞧见多不好！"

陆续有社团通知面试，一些刚成立招不到人的干脆直接贴出喜报公布录取名单。一下子，俞璐成了众多社团的成员，在傅贵引荐下，甚至加入了英语俱乐部。

社团逢一三五开会，俞璐原以为民办社团是为了凑人数方便假期包车回家，没想到还要没完没了开会。其实社团头头原本都在学生会混，混不过人家，才出来单干，为了体验当领导的滋味，吃饱没事就召唤社员。

41

周末电视台一档娱乐节目彩排，邀请学生当观众，魏生津说票数有限，学生科特别交待，只发给周末不回家的住宿生。

俞璐闷闷不乐。他记起上次借的图书到期了，找夏建仁要书。

"快了，就差300来页。"夏建仁轻松说道，俞璐见他正在看第二页。

"今天必须还，你还要看跟我去办续借。"

"明天我参加文学社一个活动，今天要看完这本书！"

"算了吧，我把内容告诉你就行了。"

夏建仁很高兴，让俞璐说慢一点，找纸笔记个大概。

隔天他送俞璐两张电视台彩排的票。

俞璐约陈粒一起去，电视台新建不久，环境优美，四处栽种移植回来的古树。

忽然一胖一瘦两保安走来，瘦保安问："你俩干什么？"

俞璐说："我们是大学生，贵台请我们采排节目。"

"别乱走，这是什么地方！"胖保安来势汹汹。

俞璐心里骂道：不就电视台？难道中南海？

陈粒说："我们是台里请回来的贵宾。"

瘦保安摆摆手，示意两人走。

两人正欲转身，只听瘦保安对胖保安说："两只傻逼！"说完放声大笑。

忽然驶来一辆A6，两保安马上严肃起来，车停稳后，钻出一个中年男人，他指着跟在后面的一辆奔驰大巴示意司机停车，奔驰利索停稳，下来的都是那种戴大号金戒指，穿大号皮鞋，西装革履的老男人。肥瘦保安满脸堆笑迎上前引路。

演播室里一位打扮时髦的女人不停催促一个秃头男人，秃头满头大汗，紧张地指挥大家就坐。

被安排在前排的都是略有姿色的女生，陈粒一开始也想坐前排，秃头不让，骗他说前排是预留给领导的。

彩排开始，女主持皱成一团的脸马上绽放出迷人的笑容，讲完开场白，她发现根本没人理会，不高兴了，似笑非笑盯着不远处的导播，导播喊停，主持人的脸果然不是盖的，说变就变，又皱成一团，她在导播耳边骂了几句，导播转向大家说："主持人开场白完了大家要鼓掌！明白啵？重来！"

这次大家积极回应了几个巴掌，后面几处，主持人觉得掌声不够整齐，又重来。

中场休息时，带队的学生会负责人说由于活动人数过多，学生科临时决定不予报销车费。

回到座位后大伙很消极，到了该鼓掌的时候没人拍掌了，导播很生气，不停骂人："你看你，找了些什么素质的学生回来？我早说要找Z大的！"被骂那人是副职，吞声忍气。导播骂累了，让他去倒水，副导端来一杯参茶，导演本想润润咽子接着骂，看到杯里的花旗参粗壮，想起昨晚的风流韵事，火气消掉大半，副导察颜观色，附其耳边悄悄释道："台长说这块花销不能太大，所以只好将就一下。"导演就是豪爽，一摆手："算了，老谋子那阵路边拉几个路人都演成气候，难道我比他差？摄像开机，灯光准备！"

42

李进财电脑装了电视卡，数天后大伙围在301看那天的彩排。开场先是一阵热烈掌声，其实电视台放的都是事后补录的掌声，还捕捉了几位略有姿色在这座小城市算得上漂亮的女生剪成特写镜头，让人感叹本市地灵人杰，盛产美女。

杜子腾说录节目时不小心放了一个屁，不知道有没有被录下来，他向李进财询问了许多关于屁的声音电视台如何配音的事儿。

43

晚上，夏建仁请俞璐在饭堂吃宵夜，他说："周末有个爱心义卖，有兴趣参加吗？"

"什么是爱心义卖？义工？"

"差不多吧。主要是收集大家捐出来的东西，然后卖掉。把募到的钱捐助慈善。"

大家听到义卖非常热情，把平日不用的东西都拿出来，当然也有人趁机把垃圾处理掉。波波还把平时用来擦脚的布贡献出来。

东西装进米袋，袋口太大，俞璐问谁有绳子，大家都说没有。

人和人果然不同，一些人眼里的珍宝在另一些人眼里就是抹布一团，赖月京把朱逸群送她的围巾给俞璐当绳子。俞璐知道这条围巾是大伙簇拥着朱逸群去相当高级的商场专柜以矫厚根一个月伙食的价钱买回来的，没送出去前，谁想摸一下都不肯，朱逸群自己忍不住要看也是去厕所洗了手再拿出来的。没想到今天竟落得如此下场。

义卖在吉之岛门口进行，此处是联系区红十字会才要到的地点，人流量相当大。但收集的东西良莠不齐：有摔坏的闹钟，有用了一半的蚊香，有完好的橡皮等等，最次的要数波波的擦脚布。

半天没卖出几件。

俞璐闲来无聊，把波波的擦脚布摆了个很好看的造型，由于造型奇特，马上吸引来一些顾客，但大家都表示这块布有一股怪味。

俞璐偷偷把布上的牌子扯掉，再来一个想要而嫌臭的买主，俞璐骗人说："这块布产地内蒙古，是出口转内销积压的库存品，所以多少会带有蒙古草原的马粪气息，并不是什么臭味，大可放心使用。"俞璐见对方还在用鼻子嗅个不停，继续义正辞严忽悠道："这可是上好布料，当块披肩送给女孩可高兴死她！"对方还在犹豫，俞璐附他耳边怂恿道："现在是义卖，随便还个价就卖你了，如果女孩不喜欢这味道，你让她当块擦脚布也是可以的。"

最终波波这块擦脚布凭奇特的造型加上俞璐的三寸不烂之舌以十块钱的价格兜售出去。大家纷纷采用俞璐的销售方法，很快大部分东西被推销出去。

44

庆功会上，杨伟不惜言辞表扬夏建仁，夸他是初升的太阳。

杨伟讲完，夏建仁代表参加活动的学生上台发言。夏建仁说："学生会好比太阳，我们只是向日葵，全赖学院和杨科长栽培……"

散会后，夏建仁接刚才话茬说："要说太阳，杨科长才是太阳。"杨伟拍拍他肩膀，笑道："过了过了，夏建仁前途无量啊！"

45

晚上，俞璐心血来潮来到阅览室，无意中发现坐对面的人是刘芳，俞璐这学期好几次看到她，每次都是擦肩而过。

刘芳莞然一笑，说："俞璐同学，有橡皮吗？"

"你怎么知道我名字？"

"当然，我认识你，上次你和陈粒吓跑我一个同学，今天怎么没看到他，病好了没？"

"陈粒没病，其实是这样的，你同学老占我座位……"

"哇！原来你骗郑红艳？那晚她洗了八遍脚才肯睡觉，皮都快搓下来了，害得我们宿舍的同学轮流给她打水。"

俞璐情不自禁笑出来："以前怎么没看到你在这学习？在宿舍？"

"在教室，宿舍这么吵怎么学。上次你好像还来我们宿舍收东西，组织义卖对吧？你在学生会哪个部？"

"我不是学生会的，只是帮朋友。"

"夏建仁？"

"恩，你认识他？"

"算吧，他是体育部部长，我是文艺部。你怎么不加入学生会？"

俞璐反问道："呵呵，为什么要加入？"

夏建仁突然出现，说："俞璐，走，有好节目！"

他才发现刘芳，附俞璐耳边道："哇！在泡妞？"声音虽小还是给刘芳听见了，俞璐脸不自觉红，起身和刘芳道别。

俞璐跟着夏建仁来到201，里面聚集了好些人，冯泉也来了，在摆弄朱逸群的机器。他吹嘘自己看过多少影片，现在无片可看。

"Oh，冯泉，前阵子那个外国片look了吗？"沈京兵忽然问。

"什么名字？"

"超好看，名字我忘了，讲double fly。"

魏生津说："没错，是不是顶级那部？冯泉你真该看看！"

"碟还在吗？"冯泉问。

"还了。"

"欧美还是日韩？有没有拷进电脑？"

"日本。删了。"

double fly

俞璐反问道："呵呵，为什么要加入？"

"……"

夏建仁突然出现，说："俞璐，走，有好节目！"

"我看过，是科幻片吧？"俞璐说。

"嘿嘿！懂不懂啊你，科幻片！"沈京兵冷笑道："上回我从宿舍拿来放的，真想再看一遍，里面两个女主角都超正点！"

听到这里，俞璐再无知也明白了，所谓的好节目原来就是看毛片。这种事情当然少不了冯泉，他说："其中一个长得是不是有点像某道明？"

"对！没准就是他女儿。"

俞璐说："明星女儿怎么会拍这种东西？"

"不一定，也许人家有这方面的嗜好呢！"

冯泉叫嚷着："好了好了，别吵了，关门，开始了。"

尔后，大伙开始讨论看过的黄书黄片，冯泉给大伙介绍《灯草和尚》，俞璐越听越没信心，仿佛不知道这些是多丢脸的事。

朱逸群抱着许多吃的进来。

魏生津嘴附他耳边说："该我了。"

朱逸群悄悄塞给他一张饭卡，魏生津兴高采烈，匆匆下楼。

这夜，俞璐失眠了。早上醒来内裤湿漉漉一片。

46

朱逸群给赖月京送了很多东西。赖月京跟他好了一段时间，后来又跟庞光一起，还把朱逸群的东西悉数退回。对此，大伙两种意见：一是她自己想出来的，表示她不是贪财的女生；二是庞光让她这么做，表示他的钱不比朱逸群少，完全能满足赖月京。至于赖月京为什么选庞光不选朱逸群，大伙只有一种观点：庞光学习比朱逸群好，长相比朱逸群帅。朱逸群实在太胖，跟他一起容易让人觉得是图他的钱，既然都是有钱的主，肯定选帅气的！但这种大家心知肚明的观点谁也没跟朱逸群说，都说赖月京人品不好，贪新厌旧云云。

冯泉说："切，这有什么，甩了她再找，大丈夫何患无妻。"

傅贵说："问题她甩的朱逸群呐。"

冯泉说："女人就像牙刷，牙医说了三个月换一把，对身体好！"

冯泉像个爱情专家，原因是有许多外地女生给他写信，还每天与他通几个小时电话，大家觉得他相貌丑陋却能泡妞无数，功力非凡，都喜欢向他讨教。

朱逸群决定减肥，一天只吃一餐，但一餐三人份量。后来早餐不吃，两餐照常，每餐两人份量。大家说这样下去不可能成功，朱逸群说："不吃饱哪有力气减肥？"

朱逸群经常装病，上课时间让大伙把他反锁在宿舍打游戏，彼时发现请病假全身痛遍，再想不出痛哪只好让全身开始痛第二遍。当第二遍也痛完，他开始明目张胆地逃课，来不来随性。由于沉迷电游，朱逸群长时间保持耸肩，驼背，探头等不良姿势，肉根本掉不了，当大家一致认为减肥失败，朱逸群却骄傲地说："谁说没收获，减肥以来，每天节约一个饭盒，每个二毛，一共节约了三块！"这跟杜子腾比就逊色了，杜子腾买了一袋保鲜膜，每天放一个在饭盒里，吃完扔了从来不洗饭盒，既节约钱，还省水，大家都夸他聪明，但勺子问题没解决，波波建议可以拿饭堂的一次性筷子。杜子腾采用了。

47

英专的董斜川当上学生会副主席后让饭堂员工与学生代表召开座谈会商讨伙食问题，结果两方大吵一架，饭堂老板，即院长亲戚，找到院长说要治一下这伙人，否则长了气焰以后很难管理。院长表示人数较多，不好处理，老板说起码要枪打出头鸟。杨伟想出一计，放风说只要董斜川主动向饭堂老板道个歉这事就算完了。董斜川心里虽岔岔不平，但最后还是去了。结果第二天学生科却说他犯了严重错误，要他引咎辞职。董斜川不能接受，杨伟拉他到一角，假装私心很重的对他说是院长不满，要免去他副主席的职务，但这样不好看，自己为他求了情，院长才勉强同意让他以学业负担过重主动辞职，这事不记入档案，好下台阶。

后来，学生科又把董斜川的辞职信改了，说是董自己引咎辞职。白纸黑字的辞职信与边上用红纸写的社团招录名单形成艳明对比，引来众多学生围观，不知情的学生纷纷胡乱猜测，甚至有人以为董在外面犯了事。

那天俞璐与陈粒在饭堂碰见董斜川和学生会干事在发调查问卷，董宣传道："同学们，我所领导的学生会欢迎提意见，对饭堂有什么建议可以写在问卷上，我们整理好将向饭堂反映。"问卷活动反应强烈，很多学生提了意见，个别学生还做了打油诗：菜勺小小，架子大大，包子小小，沙子大大，学生钱包小小，师傅肚子大大。

陈粒领了问卷埋头疾书，见俞璐一动不动，问他为什么不写？俞璐说写了饭堂也做不到，浪费笔墨。俞璐还清楚记得问卷上征集菜式，陈粒写了澳洲大龙虾，法国鹅肝酱。

学生会要选出一人顶替董斜川。朱逸群鬼迷心窍，突然加入学生会，选前几天，他到处请人吃饭，叫大家投他一票，他忽略一点，只顾请，没顾上哪些有投票权，哪些纯粹蹭饭吃。投票后朱逸群只得一票，吃过饭的人来安慰他："我是信任你的，别人不信任你不投你我不管，我坚决投给你。"朱逸群怒不可遏，大伙不明白他为什么发这么大火，开解道："又不是选国家主席，选不上就选不上呗，有什么大不了，下次再选嘛！"朱逸群忍无可忍，一跃而起："放屁，那一票是我自已投的！"

夏建仁接替董斜川成为副主席，大家不知道他俩原来是高中同学兼上下铺室友。夏建仁平日人缘甚好，因为他为人像一只鸭子，对什么事都一律呱呱叫好。董斜川出事后，杨伟找他去谈话，问他有什么想法。夏建仁慷慨激昂道："我们要理解饭堂员工，他们工资不高，也就千百块吧！她们想拿到奖金，饭堂老板只有从我们这些学生身上榨取，我们男生肯定不能端着一碗有两粒沙子的白饭像女生一样大惊小怪地乱喊：'这碗沙子有米耶！'。饭堂员工服务学院师生这么多年，年纪也大了，更年期的员工肯定是容易掉头发的，偶尔在菜里发现，应该大气点，别鸡肠子性格动不动就投诉，那样扣了员工奖金，自己也没捞什么好处，损人不利已嘛！三块半钱有饭有菜还有肉的伙食，哪能找到啊？比外面汤下味精，菜落地沟油，吃了得肝炎的快餐好多了。真不明白某些学生怎么想的！"

杨伟拍案而起，连声道："好，好，有见地，思想觉悟相当高！建仁，亏我平时没少在院长面前表扬你，所谓英雄所见相同，你的看法和我完全一样，学生会副主席非你莫属。下周学生会例会你就把刚才那番话修饰一下再说一次。"

确实，英雄所见略同，但大家忽略了——蠢才所见未必不同。夏建仁本质就是一块哈哈镜，歪曲事实，为的就是博取领导的欢心。

俞璐刚开始也被他的表象蒙骗，以为他是君子，真正认清他是一件事情。一次打球他忘带眼镜，他在楼下叫陈粒把眼镜扔下来，结果可想而知。他笑眯眯问陈粒怎么办？比起他此刻的笑容，蒙娜丽莎的微笑也不算什么。陈粒不知中计，还说如果丢花丛里就不会碎了。

夏建仁让陈粒带他去配眼镜，俞璐跟着一起去。

走了几家，夏建仁都不满意，最后来到一家店面时尚的他才有买的意思，一样的东西，在这里价格就不一样了，老板见三人挑半天迟迟未表示买还是不买，不再殷勤，说："我这东西都挺贵，不买就别看了。"

夏建仁说："没关系，钱我有！"

老板说："这样吧，你确定要我再拿出来给你看。"

"好好好，但我没带够钱。"夏建仁说完转头问陈粒："带钱没？"

俞璐看苗头不对，帮陈粒说句，夏建仁一时语塞，结果又没买成，最后只好回去便宜那家自己掏钱买了一副原来的款式。

48

周一，沈京兵收饭卡，说这学期学生科决定助学金不发现金，改充进饭卡里。

中午在饭堂劳动，一个师弟对俞璐说："师兄能不能帮个忙？"俞璐问："什么事？"师弟吞吞吐吐说："我，我没钱了，能不能借你的饭卡给我打份饭。"师弟瘦骨伶仃，样子楚楚可怜。犹豫之际，俞璐灵机一动，说："这样吧，师弟，我把饭卡给你，刚充了一百五十元助学金，加上原来的，一共二百，你拿去，花完给我一百九十八块现金就成。"俞璐听矫厚根说过，小强有时要现金和女朋友逛街，不得不把饭卡里的补助打折卖给同学，最低甚至打过九折，自己给师弟九九折，也不亏。

师弟惊恐地望着俞璐，直摇头，半晌，沮丧道："我没钱。"俞璐以为嫌贵，说："不用现在给，花完再给。"师弟还是摇头，绝望道："我真没钱，我不要了。谢谢师兄。"师弟声音越来越小，俞璐根本听不见"谢谢"。

晚上俞璐忘记做值日就回家了，他打电话给矫厚根，矫厚根回来说他去时师弟已经帮他做了。

俞璐糊涂了："谁？"

"新来那个患甲亢的小师弟呀，挺可怜的，月初家里刚给充三百块饭卡就丢了，在饭堂半天没找着又不敢吭声，我看见，请他吃，他只打六两白饭和一些青菜，比我还省，还硬塞我五毛钱。"听到这，俞璐有些激动，问："后来找到没？"

"后来林师兄知道，带他去挂失，哪里还有钱啊，听说哭得好伤心。"

俞璐听不下去了，他忽然觉得自己很龌龊，上次师弟肯定是饿坏了才会厚着脸皮找自己借卡的，自己虽然没像捡他卡的人那样黑心，但毕竟想着把卡里的钱卖给他，这不是趁人之危吗？和那些败类有何区别？俞璐无地自容，亏师弟如此单纯，还肯帮自己。

"师兄说师弟家特别困难，本来要把那天的工钱记到他头上，后来他见我过去了，死活不肯。"

现在，俞璐对社团活动是能逃则逃，傅贵却每周准时叫他去英语俱乐部，真不明白为什么如此痴迷。

波波问傅贵："你和曹美静是不是快成了？什么时候请客？"

"请个毛，八字还没一撇！"

俞璐幡然醒悟，曹美静是英语俱乐部负责人之一。

波波："她对你肯定有意思，否则你找她借书，她不会理你。"

俞璐说："这是什么逻辑？借个书也叫有意思？吓，有个师妹还逼我借她书呢？"天知道俞璐并没有说谎，事情是这样的：一天，一个小师妹找到俞璐说自己从图书馆借来的书里面全是唾沫印子，通过记录发现上一个借此书的人是俞璐，她找到俞璐，要他把里面的印子擦干净，说她捏着鼻子看完拿回去图书馆归还，负责验书的人不肯收。

波波说："这你就不懂了，一借一还，关系自然亲密。傅贵，你知道美静宿舍电话不？"

"知道，她昨晚打给我，问书看了没。"

"约她出来啊！"

"她主动打给我还是头一回，约出来会不会太唐突？"

"这种事不能拖，小心给人捷足先登！"

俞璐问："除此她对你还有什么表示？"

傅贵反问道："上次她是不是给你传纸条啊？"

俞璐慌了，想了想，说："好像是。"

话毕，波波叫起来："不会吧？想不到啊！这回俞璐要请客啦！"

傅贵的眼睛仿佛要喷出愤怒的火焰。

俞璐连忙解释："上次参加活动，我与别人聊着聊着不经意发展成争论，忽从天而降一小纸团，我其实也不知道是谁传的，打开一看，上面写了六个字：'吵什么，真烦人。'"

大家从惊艳中回过神。波波说："我说嘛，俞璐貌不出众，才不惊人，身无长物，美静怎么会对他有兴趣！"

俞璐问："波波，你是身子痒了呢还是五行欠点啥？"

傅贵说："我现在怎么办？"

三人争论不休，波波认为傅贵现在应该迅速出击，在燃烧中拥抱烈焰。俞璐认为，傅贵应该通过缓慢的渗透，在平静中品尝爱的芬芳，从曹美静的名字就可以看出她的性格，所以不能操之过急，以免欲速不达。

冯泉从外面回来，听到争论，说："泡妞怎么不请教我啊？"

傅贵把想追美静的事跟冯泉说了一遍。

冯泉说："肯定是马上出击啊！"

"我不知道她有没有男朋友。"

"名花有主又何妨，俺来松松土！"

俞璐说："你当你是蚯蚓啊！"

冯泉生气道："信不信？我一出手把她拿下！"说完从上锁的抽屉里翻出外地女生寄来的信，又说："这些都是喜欢我的女生寄来的信，全是主动追我啊，看，这两个还是名牌大学的高材生。"

三人围看这些从祖国四面八方寄来的信，宿舍其他人见到也围了过来，俞璐看到一张从燕大寄来的明信片，上面只写了一个英文单词加一个符号——"STOP！"。俞璐英语虽差，但不至于不懂这个单词。俞璐问道："冯泉，是不是这女孩叫你别再骚扰她了？"冯泉正在传经，被俞璐这么一说生气了，问俞璐什么意思？俞璐指着名信片，冯泉当初收到也想过销毁，但这个是众多回信中唯一一个从燕大寄来的，所以没舍得，这下好了，给眼尖的俞璐发现。冯泉马上想到要圆个谎，不能一世英明毁于一个英文单词。冯泉真不是盖的，急智比曾智伟还厉害，说人家燕大才女回信上的"STOP"是简写，全写是"SAME TIME OLD PLACE（相同时间老地方）"。大家追问姑娘为什么回信要用简写？冯泉解释说："这位女生在燕大是学生会主席同时又是几个团社的负责人，日理万机，惜时如金，能回信就不错了，她主要是想送我这个明信片，我们一般都是在QQ上通过视频聊天的，她还定期给我寄北京的特产。"

俞璐单纯地问："你和她什么关系？还寄特产！下次分我尝尝！"

冯泉带感情色彩地理解并带色情味道地回答："我们暂时还没发生关系。"

波波说："艳福不浅啊，还没搞掂？"

冯泉说："要泡就泡校花，不是校花不考虑！"

傅贵递给冯泉一包绿豆饼，说："泉哥，我终生幸福托您手上了，您说我该怎么做，全听您的！"

冯泉接过，咬起一块，绿豆饼堵住旷古历今的泡姐心得。

嚼完，冯泉道："你身高多少？"

"身高算什么？"俞璐不解，"傅贵你应该向她展示你的才华。"

"女生择偶第一是钱，第二要帅气，第三要高大，吓，还才华？"

"不会吧，才子追女孩都是说自己有才无财的。"

"放屁，'有才无财'是杂志谈笔友扯淡用的。"冯泉字字铿锵有力，仿佛是过来人。

"你怎么知道人家女孩怎样想？"

"说来惭愧，女生经常约我去她们宿舍谈心什么的，敢情我最懂女生心思。"

"到女生宿舍聊几次天就敢这样说话了？！"

"总比你连女生宿舍没进过强。"

"谁说我没进过！"俞璐一下子红了脸。

"哇，看走眼了！去过几次啊？"

"好几次。"俞璐这话一点不假。一次是帮文专女生搬书，一次史珍香借文曲星给他，条件是帮她把洗澡热水抬上去，还有一次找师兄领工资，师兄住4楼，再往上则是女生宿舍，俞璐误上的。

傅贵说："好了好了，别扯远了，说我的，说我的，我一六二啦。怎么样？"

冯泉说："曹美静一六三，你跟她走一块不协调！追别的吧。"

俞璐说："你买双增高鞋，再约上1班那个一米四八的老大，他去你就显得高大了。"

冯泉见傅贵并不完全听他的，俞璐又处处打岔，东西吃完便跑掉了。

傅贵对波波和俞璐说："你们帮我去约她行不？"

波波说："身为男人不能像驼鸟一样，面对困难就把脑袋扎进沙子里选择逃避，那是掩耳盗铃，自欺欺人。冯泉说的对，你要主动出击。"

俞璐断章取义道："波波的意思是身为男人不能像驼鸟一样，顾前不顾后，所以身为男人只要像驼鸟的头一样就行了。"

50

临近中秋，沈京兵成功泡到高他一届的英专师姐，展开轰轰烈烈的姐弟恋。师姐面临毕业，在小学见习收到月饼无数，其中一盒价值千元。沈京兵找来夏建仁，说要孝敬陶红。夏建仁问俞璐去不去，俞璐说没兴趣，夏建仁说："有个成语叫什么来着，对了，知书达礼，意思是仅知道书本知识是不够的，还要学会送礼。"

51

十一，方木回来了，瘦了整整一圈，皮肤黑黝黝，像从煤窑逃出来。

方木说在专修学院见到了高中同学王子民。王子民家里开小卖部，高中那会常常偷自家的烟回来分给班上的人渣学生。那几个人渣想烟抽自然就推王子民为老大，他们每天来到学校不是翻同学书包找作业抄，就是问黄子民要"精神"，一见王就说："老大，精神！"时间一长，每次要烟前，王都会问他们："我精不精神啊？"其实王子民长得整个朱元璋一般，一点也不精神，但那几个人为了得到烟，都昧着良心说："我们的老大当然精神！"后来刘松知道此事，展开打击，他们一个供一个，全给抖出来，刘松痛骂他们一顿，那些人事后报复刘松，给校长写匿名信，在教育局网站留言，反正把刘松往臭里抹。"

俞璐听得心不在焉，说："明天干什么？"

"要不去B师大看看。"

次日，两人在一家超市买了两瓶水，然后搭乘免费购物车来到B师大。B师大四面环山，怀抱一潭春水，风水极好。想到这里的天之骄子每天都有超市的免费车接送，两人觉得水也不该买，白坐就对了。

宿舍楼下的广场，有社团在举办活动。

俞璐问方木有没参加学校社团，方木突然伤感起来，说专修学院根本不是读书的地方，社团有两个，一个潮联学习社，一个湛雷同乡会，说是社团，其实就是学院人数众多的两个地方的人搞的帮派，他们组织的社团活动是每周一三五去学院边上的大排档酗酒，每次搞得酩酊大醉，神情三分似人七分似鬼，然后去打群架，两方周期性火拼。

"这么恐怖？"俞璐将信将疑，"没人管吗？"

"谁敢管？那帮人都是有来头有背景的，火拼之时，学院的电话全打不出去，想拿报料费都不行。这不，还有更恐怖的。"

方木把骇人听闻的经历说出来：方木祖籍潮洲，同乡室友把他介绍给学院潮汕老大，老大听方木操一口流利乡音，绝非对方派来的卧底，又见其与名震一时的马嘉爵有几分神似，就请他喝了几次酒，表态要收作小弟。方木吓个半死，假装不胜酒力，装疯卖傻高唱《义勇军进行曲》，老大以为他真醉了，放他走。方木立马跑回宿舍才躲过一劫，当晚的火拼一人重伤致残。

52

学院举办党课培训。

大伙讨论入党的利弊，发现居然百利无一害，甚至是当宇航员上太空的必要条件，尽管这种机会的可能性为零。大伙决定报名参加党课培训，努力向党组织靠拢。

开课仪式由院长作讲话，然后由同学熟悉的任课老师做专题讲座，今天首先是杨年轻副教授来讲《革命成功的心理暗示》。

俞璐很失望，原以为会请名校教授过来，请不了清华燕大，二流大学的请过来也好啊，结果又是这帮人，换汤不换药，没劲。

53

夏建仁带俞璐去礼堂打乒乓球。从种种迹象可以看出夏建仁已成为杨伟的心腹。夏建仁伺候杨伟打球，杨伟给予他教诲。俞璐的对手是一个学生模样的教师，他年轻气盛，一边削球，一边念咒："吃转儿！"尽管如此，但是球技实在太烂，俞璐把球"V"字型来打，对方左奔右跳，狼狈不堪。

回去时俞璐跟夏建仁吹，说自己把对手折磨得够呛。夏建仁眉头紧皱，说："黄老师是学生科新来的副主任，你怎么能不让他赢？"

俞璐说："体育里没有这种精神。"

"……"

两人为这事吵了起来。

54

如果说陈粒的嘴像漏水的水龙头，滴滴答答，刚开学倒能使冷清的宿舍变得热闹起来。但一个长年累月漏水的水龙头是没人喜欢的，陈粒没背景，也没混进什么社团，平日走得近的同学是个在饭堂干活的人。慢慢俞璐感觉出宿舍的人对他并不客气，还看出他们故意孤立陈粒。

301围坐在魏生津电脑前看下载的《我猜我猜我猜猜猜》。

陈粒站着看人打半天游戏，累了也想坐到床上，让大伙给挪点位置。

魏生津说："不行！你脚气太大了，坐过晚上我还怎么睡觉？"

陈粒说："我怎么没闻到？"

魏生津说："你鼻子有问题！我们都闻到了！大家说是不是？！"

陈粒分辩道："我鼻子没问题，我嗅觉很好的，我认识一个人，他比我更不讲卫生。他家门前就是一个臭气熏天的公厕，不是骗人，真他妈的臭几条街！"

沈京兵："陈粒，我这有一块擦脚布，你闻一下看抹过谁的foot？"

陈粒说："好啊，但这又怎么能闻呢？你真是太看得起我的鼻子了。"

李进财说："陈粒，你要把脚放鼻子上嗅一下就让你坐到床上，敢闻自己脚的人肯定干净！"

2班班长庄宽也怂恿道："嗅一下就好。"

陈粒像从这句话里获得了信心，真的就像米奇老鼠那样嗅了一下自己的脚，然后要坐上床去。

魏生津还是不肯："你以为嗅一下就行？李进财，万一他有香港脚你赔我新床铺！"

大家一听，争先恐后发起言来。

李进财说："对，敢嗅自己的脚不代表屁股就干净。"

沈京兵说："Shit，我每次洗脚先嗅一下呢！"

陈粒问："那要怎样才算干净？"

李进财说："起码敢舔！"

沈京兵说："No tsure（未必），我经常看到陈粒咬自己脚趾头玩呢！"

陈粒说："要不我只坐，不把脚放上床来？"

魏生津说："不行，脚不干净的人屁股和头也不会干净！"

俞璐看不下去，上次在201也是如此，朱逸群一伙联合欺负陈粒，陈粒还讨好他们。

俞璐："你们别太过分了！"

魏生津见俞璐平日就跟夏建仁比较熟，又是走读生，根本不属于哪个圈子，说："这是我们宿舍的事你少管。"

俞璐气不过来："我就要管，怎么样？！"

魏生津说："打狗也得看主人面啊！"

"那是，现在鸡巴都养狗了。"这话把所有人得罪遍。魏生津霍地站起来，吼道："有种别来我们宿舍！"

俞璐没想到维护陈粒，第二天他却开始疏远自己。

魏生津带来点心，宿舍每人分到一份，陈粒想尝尝，说平日大家没少吃他的东西。魏生津不乐了，凭空栽上肝炎见陈粒还不死心，前仆后继说自己有淋病。

陈粒说没关系，自己有梅毒，比他的淋病还毒。

魏生津说想吃可以，不许用手。陈粒低头用牙去咬，大家发现陈粒的牙齿长得不好，你一言我一语嘲笑开来，魏生津还编了一首歌：虽然你暴牙，但是别自卑，暴牙也挺好，耕田可以刨地瓜，下雨可以遮下巴，喝茶可以隔茶渣，野炊可以当刀叉，你说你的暴牙是不是顶呱呱！

这段时间陈粒情绪异常低落，常常坐在床上一个人下飞行棋。原来陈粒父母要他去当兵。

2班举行欢送仪式，庄宽专门来邀请俞璐，俞璐不想去，庄宽说："他把你当最好的朋友了，他很想你去。"

教室简单布置过，黑板写着"一人当兵全班光荣"。平时挤兑陈粒的人全来了，夏建仁也来了，他们换了副面孔说话，还拿汽水和陈粒干杯，说什么平日把陈粒当哥们儿，退伍转业回来当了官可不能忘记兄弟啊！

俞璐心很酸，附和些言不由衷的话。

55

夏建仁出钱在一家当地有名的迪厅包了房间给杨伟庆生，他喊俞璐去，俞璐拒绝了。

56

俞璐在波波宿舍与其下棋，杜子腾在旁边观战，一会傅贵也来了。

俞璐走了一步盲棋，被波波吃掉一只象，大好局势荡然无存，还被善用马的波波逼得连连退守。杜子腾忍不住说："俞璐，你应该先用车顶住他的马，然后再退炮将军。"经这么一提，战局又扭转，走了两步，杜子腾又想插嘴，波波打断道："别指手画脚，观棋不语真君子！你看傅贵半天没吭一声呢！"

傅贵脸红道："不好意思，我不会下，凑凑热闹。"

波波骂道："奶奶的，不会下？那你看什么！"

傅贵吞吞吐吐，说不出话。他把两人拉到走廊，说："你俩陪我上美静宿舍找她好不好？"

傅贵上次表示要约美静，他虽然不是思想上的巨人，但绝对是行动上的矮子，迟迟未行动。

俞璐说："都叫你找上老大，肯定显得你高大！"

"我知道，但老大不肯！"

俞璐说："你要有所表示啊，波波牺牲可大哦。"

"你俩太抠！"

中午傅贵请两人在外吃饭。饭毕，三人一起去艺术系女生宿舍。走到楼下，傅贵突然拦在两人面前，说："等等，冷静，冷静！"

"怎么啦？不敢了？要不要回去再喝两口？"俞璐问。

波波说："冷静个屁啊！现在说不敢？都上了这了！我说喝白的，你非让他买黄的！"

为了壮胆，吃饭时要了点酒，波波吵着说要喝就喝白的，傅贵觉得贵就买了两瓶啤酒。

傅贵被两人连推带拉拖上去。

一如众多女生宿舍，门口树了一块牌子，上面写着：女生宿舍，男生正步。仔细一看，原来"正"字头上一横是被人加上去的。

宿舍传出赵传的《我很丑，可是我很温柔》。

波波说："听这歌，美静该是个多么纯情的人唷！"

另外两人一致点头表示同意，可惜三人不知道女生为了营造自己的男朋友比较帅的假象，听歌只听赵传的。这与201的思想不谋而合。

傅贵几次打退堂鼓，又被波波与俞璐几翻怂恿，终于硬着头皮敲了门，结果被告知美静出去逛街还没回来。

57

次日早上，宣传栏人头攒动，大家围观一则征文启事：岁月的河流奔腾不息，文学的河流不息奔腾，为丰富校园生活，展现当代大学生精神面貌，培养新锐校园作家，学院文学社举办以校园生活为题材的征文比赛。还注明体裁不限，诗歌除外。获奖作品将在《文蕾》上刊登。俞璐知道这个《文蕾》其实是文学社每学年才出一本的年刊。

大家报怨奖项不够丰富，100块奖金太少。杜子腾说自己是写诗能手，凭什么排除诗歌。这点俞璐相信，因为杜子腾身材就挺像现代诗，一节一节，莲藕一般。

波波问俞璐打算写什么？俞璐说想把学院的阴暗面曝光。

"莎士比亚说过：'书籍是世界的营养品'，文章是教我们追求真善美，要写就写光明美好的东西，怎么能写阴暗的东西？！"矫厚根说道。他不知从哪里看回来的话，俞璐直想掐他，但口里只说："你不懂，真善美现在没人看。"

矫厚根又说："怎么会？高尔基说过：'读好书看好书，就像饥饿者扑在面包上。'"

"哪句是你说的？怎么全是别人说的话？"俞璐不耐烦道。

矫厚根最近看了几本《心灵鸭汤》之类的青春励志，人生观飞跃，现在对许多事物有自己的看法，不会苟同俞璐的观点。矫厚根接着说："培根说：'知识就是力量，书籍是人类进步的阶——'"俞璐冷笑打断道："你怎么不扑上去呀？你的面包要发霉啦！"

矫厚根已不像大一时单纯，虽然他不懂这句话的意思，但从俞璐的神态知道是在嘲笑自己。

58

不过两天，启事被涂改得面目全非，奖金后面被添了好几个零，人民币标志也换成美金，奖项还增加了：日本十八天全景双飞游，来回头等舱。豪华游轮上与深田恭子会面，共聚烛光晚餐，共泡温泉浴。

恶搞者想必是深田恭子想疯了，不过不得不承认，此人勾画出学院大部分男生内心的真实向往。

59

一时间，图书馆里刘墉、余秋雨的书给借光。

冯泉也打算参赛，编了各种借口向人借毛片，说要刺激写作灵感。他还买了一箱可乐和两斤生鸡蛋，说是要提升兴奋度。

俞璐开了一个头，写着写着，什么爱国爱校责任心强出来了，感觉不像在写小说，倒像个人简历，可能是申请书写多留下的后遗症。

波波写了篇爱情小说，内容是几男几女互相爱来爱去，作品名盗用了刘嘉亮的成名曲，小说叫《你到底爱着谁》。

俞璐拜读，果然奇文，与众不同。男主角早餐吃了不干净的东西后没了下文，紧接着天就黑了。

波波解释说，为了确保美感，要让男女主角在街灯下重逢，不能在公厕门口相遇，只好如此。还说他的小说要用跳跃的思维来阅读。

"我只听过用跳跃思维写小说，从没听过用跳跃思维看小说，你真用这方法写，保证没人能看懂。"

"你帮我修改一下。"波波丢下小说，出去玩了。

俞璐涂几笔也出去玩儿。回来桌上的稿子不翼而飞，俞璐找半天，连宿舍门口的鞋子里面也看过了，问谁谁不知道。波波得知大作不见，急起来。

冯泉从厕所出来。

"我的稿件呢？是不是上厕所用了？"波波示意冯泉，"你可是捡到什么用什么！"

冯泉道："胡说！我除了洁柔别的不用。"

"吹牛，那为什么我拿回来的报纸会被撕了这么多？你说除了报纸不用别的纸我可能会信。"

"不用找了，我抽屉没有。"冯泉见波波又去揭他被子，大叫道："别翻我的床铺，床上没有。"

"不一定。"波波仍旧不停手，"每次不见东西都在你这找到！"

俞璐也在翻冯泉的东西，他在一个箱子里发现Z大的信笺和信封，问道："咦，冯泉，你在Z大念过书？"

"噢，最近给我写信的女生多，信封用完了，凑合用。"

实情是冯泉长期去Z大买回印有Z大字样的信封和信笺，通过《大学生》、《黄金时代》这类杂志下方的交友信息找到女孩的通信地址，然后给这些女孩写信，吹嘘自己是Z大学生会主席，配上PS的玉照，女生信以为真，以为Z大高材生莫名相中自己，纷纷回信。

波波在冯泉床上翻了半天，连床板也掀开了，只拎出几条皱成一团、发黄的内裤。直到俞璐害怕，杜子腾也看完稿子，翻回第一页，对波波说："在这里。"

60

一周下来，许多学生拿着自己东拼西凑的文章到处炫耀。

沈京兵写了一篇中西合璧的杂文，逢人就说："看我杂文不笑的只有两种人，一种是idiot（白痴），另一种是illiteracy（文盲）。"

矫厚根看了沈京兵的大作，说："你写得不明不白，我看不懂。"

"这就对了，我是写给当代作家看的，就像鲁迅当年的《阿Q正传》是写给当时的作家看的，让作家得到启发后再去启发世人。"

俞璐浏览一遍，想必是鲁迅的东西读多了，文章文理不通，意境却通了，还深远。俞璐向其讨教，沈京兵讲文章不是诗词，所以不必拘束字眼词语，一个个字写的是对联，一句句写的是诗歌，一段段写的是小说，一气呵成的是杂文。

沈京兵称自己的是成熟稳重的文字，俞璐和矫厚根这种凡夫俗子是不可能看懂的。

61

结果不日公布，沈京兵的杂文居然获一等奖，意想不到的还有冯泉的散文，获二等奖，这东西看起来五光十色，但内容空洞乏味，形散神更散。当然，这是冯泉喝了5瓶加了生鸡蛋的可乐写出的东西，不仅水分多还充满气泡儿。

波波的《你到底爱着谁》也获得小说类三等奖，俞璐没入围。

沈京兵四处向女生做报告，介绍写作心得。一个热爱文学的师妹找到他，说："沈师兄，我要向你学习成为一个杂文作家。"

沈京兵说自己学别人的风格一学就像，但他的风格独树一帜，别人想学就难了。

冯泉这段时间也很狂，说学院没有湖，导致他不能写《荷塘月色》这样的散文，给朱自清火了一把，否则中学课本里应该是他的东西。

俞璐很郁闷，一度觉得自己很没用。

62

周五晚电影学社在多媒体室放映《泰坦尼克号》，吸引了许多人观看。

大三来的都是一对对，最引人注目的要数沈京兵和师姐。

傅贵想约美静，冯泉教他在纸上写："晚上想请你看电影，敢不敢去？请选择：A敢去。B为什么不敢去？C谁怕谁呀，去定了！D请让我想一下，我想我会去的。"

纸条交美静后，本想美静沉思一会，然后羞答答选D，结果美静在纸条上写道：我选E。E是新写上去的：也许可能大概不一定去！

傅贵再找冯泉，冯泉又骗其一顿饭，再教一招，说这次绝对是绝招，这招从未失败。他亲自写一纸条叫傅贵交给美静，写的是：善解人意的美静，你知道怎么才能邀请你看电影而不被拒绝吗？

这问题刁钻，是冯泉的杀手铜，如此一来就把问题推给美静，搞得宿舍平日专门帮美静出谋划策的七位女生苦苦思索不知如何应对，险些齐齐内分泌失调。

最终美静的回复只有三个字：你别去。

傅贵只好约波波和俞璐。俞璐看到刘芳，她与两个女同学一起来的。由于两方都是单数，鬼使神差的俞璐坐到了她旁边。

电影很好很成功。尾声时有女生在抽泣。俞璐余光发现刘芳虽然没有哭，但眼里闪烁着泪光。那一刻，俞璐突然萌生有个女朋友的想法。如果能给他一段《泰坦尼克号》这样的爱情，他也愿意像JACK那样死去。

散场后大家心情久久未能平伏，俞璐问傅贵有没有胆量去向美静表白，自己和波波决定舍命陪君子。傅贵一听有戏，领俞璐和波波跑到饭堂，一人一支啤酒，一口气灌完。

　　随即来到美静宿舍，室友说她逛街去了，但在门口能隐约听见里面有美静的声息，三人很沮丧。走到楼下，俞璐灵机一动想到一计，他让波波大声喊美静的名字，由于激动和口吃，波波喊出的"静"字响彻云霄，差点把夜空震出爱意。女生宿舍纷纷亮起了灯，这时傅贵大声的喊："我爱你！"这下整栋楼的窗户都探出头来，想看看哪个男生这么痴情，结果傅贵一停，俞璐和波波马上喊："我的家——！"等余音绕梁，两人接着喊："我的家——！我的天堂——！"

　　顿时，女生楼乐翻天。从美静宿舍传出咒骂声："神经病！"然后探出一个脑袋，冲三人叫道："再不走我们可报保卫处了！"三人再来一遍，傅贵大叫："我爱你——！"俞璐与波波在后面接上："塞北的雪！"这回美静的名字也省掉，惹得许多宿舍传来银铃般的笑声，只见美静宿舍窗户闪出一道黑影，三人以为美静被打动，要现身了，结果又是刚才那位，她破口大骂："再不走我们可倒洗脚水啦！"俞璐大骂一声："靠！"抬头向着她吐了一口痰，由于地心引力，这口痰没飞达目的地就往回掉，险些掉回俞璐嘴里。虽然这口痰没能像丘比特神箭一样飞上美静宿舍，完成传达爱意的任务，但对方显然领了情接了箭，俞璐送出去的区区一口痰，没多少水份，但楼上那人具备当地人少有的大方，马上还以俞璐一盆洗脚水。俞璐早料到这人是当地人中的异类，立马闪开。傅贵不信邪，还在喊，正当抬头发"爱"字的音，洗脚水从天而降，所以喝了不少，"哗啦！"一声，酒醒不少，胜过解酒汤。

　　三人悻悻而回。傅贵回自己宿舍洗澡，小强拉俞璐和波波打牌，两人没心情，小强说一缺三，不打不行。俞璐只好应付一下，他与波波联手对付小强与冯泉，打两局赢两局，不想玩了，说："时间不早了，我们明日再战。"

冯泉想赢一局挽回面子，说："不行，明日复明日，明日何其多，今天的事今天做，再来！"

"不了，一会关门我回不去。"

波波来了兴致，说："没关系，反正周末，今晚就睡这里，矫厚根回家了，有空床。"

当晚俞璐留宿波波宿舍，通宵打牌。

63

俞璐开始天天跟波波呆一起。一日，两人逛街，见到一家文具店倒闭在清货，凑钱买回一只特价足球，从此每天下午在篮球场踢。

饭堂伙食越来越差，包子皮像饭堂师傅的脸，愈来愈厚，粥像饭堂师傅的头发，越来越稀。唯一好的是傍晚有免费汤水供应，饭堂为了盈利还在学院门口对外摆摊卖面包，俞璐踢球前就去买上两只，然后到饭堂盛上一盆热汤。波波效仿，每天跟着他去买面包，两人经常为谁多出了几毛钱斤斤计较。有段时间，俞璐每天的希望就是能第一个打汤。因为波波每次都是先打一勺到碗里，再把碗里的汤倒回桶内，帮他的餐具消毒。

64

踢球的人越来越多，艺术系许多是足球爱好者，大家开始分队对抗。俞璐属于天赋好基础好那种，踢了几天技术回归，脚法越来越娴熟，但每次只要和波波一队总是输球，波波个子本来就矮，身体比例又严重失衡，整个机器猫多啦A梦的造型，身长腿短，脑袋又特别大只，从小不爱运动，现在半路出家，踢起球媲美陈粒打篮球。

每当输球俞璐就埋怨波波，要他回去好好反省。一次关键时刻又是波波失误导致输球，俞璐非常生气，恐吓波波再这样就不和他一队，要把波波送给对方，以便削弱对方的战斗力。波波心理压力过大，结果当晚做了一回鸳鸯蝴蝶梦，梦见自己长了卡洛斯的左腿，贝克汉姆的右腿，马拉多纳的双臂和戴维斯身躯，但脚掌却是唐老鸭的，十个趾头又分别是亨利，欧文，范尼等他所知道的世界顶级前锋的，至于脑袋当然还是波波的，齐达内的脑袋是要不得的。

踢完球两人坐在篮球场的椅上听广播站点歌，当中不贬一些俞璐很喜欢的歌曲。像《睡在我上铺的兄弟》。女生也很喜欢这歌，因为歌词稍改一下，就成"睡在我上铺的姐妹"了。

冯泉是最喜欢这首歌的人，他把歌词改成"睡在我床上的女人"，每当排便不畅就大声吟唱。

此歌确实经典，但与《同桌的你》相提就逊色了。两首歌系同一人唱，也同属回忆类歌曲，差异可能因为前者主人公是男的，后者是女孩，可见女孩比男孩更具吸引力。

波波心血来潮，说："俞璐，为什么我从没遇到过老狼歌中的'同桌'？"

"不知道。"

"你呢？"

"让我想想，我跟同桌倒是借过橡皮，不过她不是分我半块，而是借我一整块。我用完了就据为已有，然后呢，我那个开心啊！"

波波忽然明白为什么遇不到老狼所讲的同桌了，因为现实生活中俞璐这样的人太多。

65

两人被老狼的歌声深深打动，对校园民谣产生了浓厚兴趣，波波照俞璐建议，用他的CD录音机到201录回许多校园民谣。

周六俞璐回来参加党课培训，中午去宿舍找波波，波波不在，俞璐和杜子腾到学院外面吃饭，回来看到一个老妇人带着两个小女孩在路边摆摊卖柠檬，一块钱一只，俞璐动了恻隐之心，帮她买了一只。杜子腾看见俞璐在一堆黄橙橙的柠檬里拣了一个绿碜碜的，骂俞璐傻，说这种宁檬不能吃五毛钱都不值。一路回来，杜子腾嘀嘀咕咕："见过傻的，没见过你这么傻的。"俞璐说："我买来泡水喝的，无所谓。"杜子腾说："这种柠檬怎么能泡水！说你傻，你还不信。"俞璐说："对，我信，可是人民群众不信。其实我是买来玩的。"杜说："玩？玩什么？别装了，买都买了，傻就傻一回吧！"

俞璐躺波波床上睡觉，下午两点还得党课培训，可能担心睡过头，他辗转反侧久久不能入睡，杜子腾进来，俞璐说："我要睡了，你别说话。"说完发现这句话多余，宿舍其他人都不在，自己不理他，他一个人根本吵不了。

杜子腾坐床上看报纸，俞璐让他一个小时后叫醒自己。好不容易入梦了，杜子腾却弄醒他，说："再睡30分钟就到点，我提醒你了，我也要睡觉了。"说完爬到上辅。

俞璐给弄醒再也睡不着，他忽然不想睡了，他要教训一下杜子腾。杜的下铺是老大的床，俞璐爬过去，杜子腾此刻来到周公殿，正要敲门。

宿舍床板没有缝，俞璐在下面不能用圆规的针头扎他，只好改进工具，他用塑料袋装上柠檬，包裹紧了，绑上一根绳子，绳的另一端篡在手上，然后把柠檬抛到上铺，再迅速扯回来。杜子腾给呷得痛苦不堪。

到点俞璐不想去上课，但内心挣扎一番还是去了，签了到开始后悔，看见有人逃走，他也逃了回来。回来宿舍，波波还是不见踪影。

俞璐打开波波的CD机，里面全是校园民谣，其中又以老狼的居多，俞璐一首接一首地听，听到《百分之百的女孩》被打动了，在这首停住，反复地听。

整个下午俞璐百无聊赖，CD机的音箱质量一般，发出的声音有点周迅的娘娘腔，也不知道是谁在模仿谁，但歌词和旋律非常棒，俞璐心旷神怡，一边听一边幻想，现在女孩喜欢练跆拳道，懂自卫术，不知百分之百的女孩遇到狼，而且还是老狼，结果如何？俞璐忽然想起有次早晨，在学院广播还听到老狼的《虎口脱险》，不知老狼是如何从虎口脱险的？

傍晚时分，夕阳下山，晚霞消失，波波现身。原来波波耐不住寂寞，回去把电脑搬来。俞璐说："不是说以后不打游戏了吗？怎么又搬回来？"波波笑了，说："我说过吗？就算说过又怎么样！朱逸群每天睡觉前都说以后不再玩游戏，第二天还不是照打，我可没说以后都不用电脑啊，我这电脑用来学习的，绝对不打游戏，顶多看看碟，比201那帮人好的多哩。"俞璐不想听他狡辩，问："踢球不？""好啊！"波波说完把电源线扔在床上跟着俞璐下楼。

踢完球，两人到饭堂吃饭，碰到冯泉，得知饭堂开始有白酒出售，三人搞小资情调要了一瓶，分着喝光。饭后冯泉说要去约会就走了，剩下两人在球场边的椅子纳凉，两人看见其中一张椅子已经烂掉一半，借酒行凶，合力把椅子拆了。

回到宿舍楼，很多宿舍都关起了门，但里面不时传出声响，随手敲开一间，跑出来的竟然是冯泉，刚才还说约会，原来在这！波波说关起门的宿舍都在看毛片。原来冯泉所说的"约会"是和AV女优"约会"。

晚上俞璐与波波合力和象棋大师对决，没注意时间，宿舍楼锁了门，只好留宿。半夜冯泉回来，捂着肚子冲进厕所，同时叫道："喂，递几张报纸进来！"

俞璐抄起桌上的《特区报》从门缝塞进去。一会冯泉叫："不要这种！"俞璐又把《南方日报》塞进去。冯泉再叫："都说不要这种！"显然冯泉刚才憋屎憋久了，现在大便不畅，他痛苦地哀嚎："要有靓女那种！"俞璐不明白，问道："哪种有靓女？！"

波波说："把他床上的《南方娱乐报》给他。"俞璐走过去没看到，说："没有啊，在哪里？"波波暂停棋局，走过来，从冯泉枕头底抽出几份《明星一周》从门逢丢进去，然后把厕所门关得紧紧的。

俞璐发现一支笔掉在地上，笔和笔盖已经脱离，可能是波波拿报纸时带下的，俞璐捡起来，吓了一跳：笔尖弯了！从外观判断这笔相当名贵，价格肯定不菲。波波看一眼厕所，冯泉还在用功出恭。波波说没事，从抽屉里翻出一把尖嘴钳，手脚麻利的把笔尖扳直，然后放回冯泉的枕头底下。

说时迟，那时快。冯泉忽然从厕所出来，好在有惊无险，冯泉没有发现。

睡前冯泉终于想起那支平时爱不释手的钢笔，忽然他大声骂道："哪个浑蛋把我的书法笔给弄直了！我没法给女朋友写信了！"

66

周三党课培训，俞璐去到没看见波波，倒是发现有人逃走，想起波波说今天拉宽带，便也想偷偷溜走。学生会早料到，在门口放了一个本子，派干事守着，要出去在本子上签名。俞璐说上厕所，很快回来。对方说："当然可以，先签名，回来再划掉。"俞璐知道根本不可能很快回来，因为自己压根没打算回来，签了名将按缺勤处理。忽然，他看到本子上有朱逸群的名字，朱逸群没报名，为啥会有名字？俞璐脑海蓦地闪过：魏生津刚才出去被干事拦着！然后恍悟过来，魏生津毕竟和朱逸群一个村子出来，关键时刻还是惦记着兄弟啊！俞璐拿起笔也想效仿，手有点颤，翻开一页，大惊失色，大家为了出去，甚至连偶像也出卖了！刘德华，鲁迅，罗纳耳朵，酒井法子，克林顿和克林顿夫人等等，最绝的是《金瓶梅》里的西门庆做爱有暇也来了。

波波以每月50元跟楼上师兄拉网线，俞璐问为什么不在李进财那里拉，只要45元。波波说："他奶奶的，我偏不让那傻逼挣我钱！"

晚上睡前大家会躺床上聊天，天南地北的胡吹乱侃经常会因观点不同争论起来，争论又会演变成吵架，往往吵得脸红耳赤，非要对方认同自己的观点才停下来，这种吵架极具中国乡村妇女吵架特色，声音大不算赢，后闭嘴的才算赢，所以常常关灯后一两个小时内无法入睡。

每次很小的事情都会吵得脱离实际，譬如最先两人讨论的是弯曲的方便面煮熟了为什么变直，直的挂面煮熟了却不是弯曲的？最后可能会演变成争论为什么人们热衷把直发烫曲，却不乐意把阴毛拉直。

俞璐周末住进宿舍一事，波波宿舍也开过卧谈会，其他人没啥意见，倒是冯泉颇有微词，因为俞璐无意中发现了他的秘密。

一个周末，俞璐与波波看了一下午连续剧。晚上6点，两人去吃饭。冯泉在外面玩了一下午，回来去李进财宿舍和日本女优"约会"，把手机遗忘在桌上。俞璐回到宿舍听见手机响，以为是波波的，波波在厕所，他拿来听，电话中一把甜美女声说："冯先生，您好！我是中国移动的客服代表，您所说的话费问题我们已经查实，没有什么问题，请您再核实一遍，如果您还有什么疑问请随时和我司联系，方便再留一个联系电话吗？"俞璐说机主在厕所，心里纳闷波波什么时候成冯先生了？但还是把宿舍的电话报给对方。

波波出来，看俞璐拿着冯泉的手机，要过来拨弄一下，表情怪异。

波波把手机丢到冯泉床上。一会冯泉发现忘带手机了，返回宿舍，拿了正要走，宿舍电话响起，波波接了说找冯泉，把电话递给他，冯泉一面听一面用余光盯着波波与俞璐。挂掉后，波波打趣道："又有女孩子找你了？"冯泉说："哦，没什么，我一个上海外国语学院的网友，找我聊聊天，长相甜美，可惜身材不怎样，我不怎么喜欢，但她老纠缠。"

俞璐说："冯泉，刚才好像还有一个电话也是找你的，声音可好听了，知道你不在好像很伤心。"

"噢，是我在北京的笔友，硕士研究生！"冯泉说完又叫苦不迭，"老说要来看我，我说太远了，不要来，她还偏要来。嗯，对了，她说什么没有？"

俞璐忍住笑，说："她问您需不需要再核一下电话费。如果要改套餐可以在上班时间带上身份证去营业厅。"

人在谎言被识破，想竭力掩饰时就会不顾一切逻辑的编，冯泉说："哦，我说的那个北京女孩可能已经来了，你接的肯定不是她的电话。"

波波说："对了，冯泉，今天有个女的来过宿舍，好像来找你的。"冯泉问长什么样子。波波说："个子挺高，披肩长发，圆圆的脸，反正很漂亮，我说你不在她就垂头丧气地走了。"

整个下午俞璐和波波都在宿舍看《玉观音》，正当两人为安心的情感波折扼腕叹惜之际，一个推销信用卡的阿姨闯了进来，此外并没有其他人来过，俞璐不明白波波为什么要帮冯泉圆谎。

冯泉很感激波波，说："不是说了嘛，她是我北京的女朋友，我叫她不要来，一个女孩子多危险啊！"说完冯泉又假装关切地问："哦，对了，波波，她说什么没？"

"她问你要不要办信用卡。"

冯泉梅开二度又连中三元，一下子急了，身体开始痉挛，脑袋似乎大了许多，脸涨得通红，满脸的青春痘不再鲜明。

冯泉每晚用宿舍的电话跟女生聊天，其实是在拨打客服热线，数年前，他意外得知客服热线是免费的，还有甜美女声陪聊，从此一发不可收拾，每晚洗完澡就躺床上打，遇到男接线员，冯泉就以电话没电为由十秒内挂掉，然后再打，他跟宿舍的人说刚才打的是南海女友，留点电，现给黑龙江女友打去。

刚开始大家只知冯泉对女友很关怀，每天准时打电话，听他一讲，都会有意无意留意一下，果然每次手机里的女孩声音不尽相同，但声线都非常甜美，于是大家确信冯泉有很多女朋友，并且分布祖国各地，有集邮爱好的同学还来讨好他，要他情信上的邮票，他一概说没有。可惜冯泉英语不行，不能用英语和接线生聊天，否则大家肯定还会以为他的女友遍布世界各国，比梁朝伟还厉害。

68

俞璐也有尴尬的时候，一次早晨，波波给俞璐钱，说上火了牙龈肿痛，让他帮忙去买盒中华中草药牙膏。俞璐穿着自己剪掉衣服袖子改成的背心，趿着波波的小号拖鞋来到一家士多，对老板说："拿盒中华。"老板惊诧不已，以为俞璐是哪路大哥的马仔，忙说："小店财力有限，最贵只有芙蓉王。"

俞璐涨红了脸，忙说是买中华牙膏。

老板脸马上黑了。

69

周三，两人争着和象棋大师对弈。党课培训按参加次数算成绩，总数十次，不少于七次才能拿到结业证，波波已经旷了三次课，所以一定要去，俞璐想着次次去和少去两次同样结业，每次都去太亏，最后一次决定不去。

波波见俞璐不去也不想去。俞璐说："拿不到结业证，之前听的课全废了！"

杜子腾说："除非是学生会干部，他们一次不去也行。"

"真的？"

"夏建仁说的，据我所知他们确实没去几次。"

波波闹情绪，骂骂咧咧。但最后还是去了。

俞璐下得聚精会神。半小不到波波匆匆跑了回来，俞璐问："这么快？""偷跑回来。"俞璐吃了一惊，说："不怕拿不到结业证啊？""这种证没用，爱给不给。对了，今天超搞笑——"

今天签到后逃走的人太多，老师意外点名了，点到沈京兵时，第二排和倒数第二排同时传出两个答到。老师颇为不快，问怎么回事。

魏生津站起来，从容不迫地解释道："我是沈京兵，我本来打算去看病的，让李进财帮忙请个假，后来知道今天是你主讲就没去了，也没来得及告诉他，所以他不知道。"老师满意地点点头，说："这种带病坚持上课向党靠拢的精神值得大家学习。"说完正欲点下一个，有人急匆匆推门进来。

老师抬起头，随口问道："你叫什么名字？"

"沈京兵。"站在门口的沈京兵说，"我中午在外面lunch看到有一个老婆婆迷路，当了一回雷锋，所以late了。"

顿时哄堂大笑。

老师七窍生烟，骂道："我们学院到底有几个沈京兵？！"

沈京兵不知情，以为大家笑是因为不相信他编的谎，不信也没关系，反正自己也是瞎编的。

俞璐忽然发现波波手上有株花，仔细一看原来是棵仙人球，问他哪搞的？波波说捡的，可能是学院边上的居民修剪花草截枝扔下来的。波波找来一个漱口杯把仙人球种起，把原来杯里冯泉种来涂面除青春痘的芦荟给拔了。

晚上听见波波在大声咒骂："谁的袜子晾这儿？我的仙人球给熏死了！"原来冯泉习惯把洗完的袜子晾在芦荟上面，如此就不用特意浇水了，这也是他的芦荟美容效果一直不理想的原因。今晚走廊没开灯，他没发现杯中易主，习惯性把袜子晾上去，波波这一叫，冯泉才发现他的芦荟变成仙人球了，大吃一惊："不会吧！变种了？这不是芦荟！我的芦荟呢？！"

70

党课培训最后要求每人写一个结业总结，长期在培训上睡觉那几个学生纷纷变成向日葵，"长期在日光灯下睡觉"写到总结上就成了"长期沐浴在党组织的光辉下"。结业仪式上，院长说有个学生连续三年都参加了培训，大伙都非常佩服此人的睡觉能力。

71

学生科更名为学生处，杨伟高兴得合不拢嘴，尽管待遇没变，但是别人口中他成了处长。他属于收了好处也办事那类，夏建仁荣升学生会主席。现在夏建仁和俞璐的关系变得非常微妙。今天，他拿来一本书，说要出席文学社座谈会，让俞璐把撮要写好给他，发言时用。

此时，俞璐只看到夏建仁的势利和虚荣，而忽视夏建仁待他的好。看到书的封面，俞璐鬼使神差的答应了。

回去，俞璐到图书馆找来一本同名小说，晚上用春秋笔法写了个梗概，第二天便给了他。

结果可想而知。

人际关系好比磁铁，一旦断开，就会产生排斥。

一天俞璐在宿舍楼公用厕所如厕，旁边有人在叫："谁在隔壁？有纸吗？"

俞璐听出夏建仁的声音，答道："没有，要纸沟里掏。"

"帮个忙，我是学生会主席夏建仁！"

"主席要也上厕所呵！"

夏建仁大叫起来："人生自古谁无屎！我真是学生会主席！"

俞璐说话时用手捂着喉节，显然夏建仁没听出是他。

"什么主席，真是懒人屎尿多。用手擦擦得了！"俞璐说完离去。

为了他不至于沦落到原始人的地步，俞璐折回，捂着喉节说："我这有一张家乐福广告，私家东西，看你苦苦哀求，我放在洗手台，要觉得可以就拿去。"

　　夏建仁心想这人相信自己是主席了，那就好办，说："兄弟，我203的，帮我去取纸，在饮水机上，有人问你，就说夏主席让拿。"

　　"广告单不行么？干吗这么麻烦？"

　　夏建仁大义凛然道："人生自古谁无屎，谁能拉屎不用纸！"

　　俞璐答道："若君没有卫生纸，也可用用你手指。"

　　夏建仁蹲得脚都麻了，没见俞璐回来，实在忍不住，站起来，脖子伸长一看，果然有一张广告单，心想揉揉还是能凑合的。伸手去取，无奈墙太高，手太短，他环顾一下，确定没人随即冲向门口的洗手台。此时正好两个师妹经过，她们向主席打招呼，夏建仁一只手提着裤子，一只手捏着广告纸，当学生会主席最痛苦的事情莫过于此了。

　　俞璐去到203，一个师弟听到是自己崇拜已久的主席缺纸，立马自告奋勇，但在走廊上被班上一个女生叫住帮忙抬水，师弟暗恋女生已久，机会来了没有不帮的道理，再说抬个水花不了多少时间，结果一帮就忘事，还与女生聊起天来，女生见他一头汗水，给他递纸巾，他蓦地想起主席，说自己汗大向女生又讨了点纸，赶回二楼厕所，师弟边赶边想可能主席已经叫其他人给他送纸了，应该不会责怪自己。

　　赶到厕所门口，正好见到夏建仁，师弟问："主席你不是上厕所没带纸吗？纸我拿来了，还要不要？"

　　两个小师妹一惊，原来主席狼狈不堪是因为拉屎忘记带纸了。

　　这事一经流传，从此不论夏建仁上厕所是否大便，甚至只是路过，凡有男生看见都会关心的问："主席带纸没？我这有。"

72

　　周五是傅贵20岁生日，他准备庆祝一下。

波波问："怎么过？"

"以前都上酒吧，这回我想叫上美静，她会不会答应啊？"

波波想吃麦当劳，说："那种地方美静不一定肯去，女孩子喜欢麦当劳，你说请她吃麦当劳，保准去。"

经过上次，美静给了傅贵手机号码，说有事打电话，别带那两疯子来胡闹了。

傅贵打过去，挂掉后，说："她说去可以，但要带上姐姐，到时她会不会变卦啊？"

"都答应了，应该没问题，美静还有姐姐吗？漂亮吗？"

"不知道，我也没见过。"

俞璐说："麦当劳东西贵，这么多人要吃饱绝对是一笔不小的开销，我还知道一个好地方。"

两人望着俞璐。俞璐说："不如去德克士吃烤鸡，就在麦当劳旁边。"

"我已经约了麦当劳。"

"没关系，我们在麦当劳等，然后说没位置，把她们带去德克士。"

"不好吧？波波觉得呢？"

波波无所谓，说："行。"

周五傍晚，两人陪傅贵领了蛋糕，然后乘公交出发，正值下班高峰，车上人很多，蛋糕差点没挤扁。三人在麦当劳门口陪麦当劳叔叔坐了将近10分钟，曹美静和姐姐才姗姗而来，姐姐与她判若两人，美静衣着保守落伍，姐姐打扮时尚前卫，走在街上如果不是事先讲明，没人相信是两姐妹。

傅贵很后悔听俞璐说来吃德克士，肯定要给美静姐姐笑话了，幸亏此时麦当劳确实人满为患，只好依计划行事。五人来到德克士，傅贵问美静想吃什么，美静问她姐姐，美静姐说傅贵拿主意行，傅贵去服务台点餐，头不停往回望，他窥探很久，确信美静和姐姐没看过来，才把俞璐给的优惠券掏出来，搞得服务员以为他是小偷，差点喊保安。傅贵捧着食物回来，只有俞璐心里清楚，傅贵多点了一倍食物。

气氛相当尴尬，还是美静姐姐老练，做自我介绍说叫曹尤静，说了几句客气话把僵局打破，大家才轻松起来。

"看完了，还你。"美静借给傅贵的原来是海岩的《平凡生活》。

美静接过书，递给姐姐，说："姐，我也看完了还给你。"

"哦，书是你姐的？那我不该谢你，要谢你姐。"

姐姐笑了，把书塞进一个吊在腰际闪闪发亮的手提袋。

姐姐问道："你们喜欢看谁的书啊？"

傅贵业余爱好就是打游戏，课本以外没看过几本书，更别谈什么世界名著，他能引以为豪的就是看完《少年维特的烦恼》后发现维特的烦恼就是自寻烦恼。说到世界文学，傅贵误以为雨果是雪梨苹果之类，说："雨果，我也喜欢，好吃吗？"

姐姐不明白他的话，睁大眼睛望着他，说："你觉得《红楼梦》怎么样？"

傅贵说："《红楼梦》是世界名著吗？"

俞璐说："当然。它伟大于养活了许多以研究它为生的人。"

大家笑起来。

波波说："我念中学那会流行诗歌，海子的'面朝大海，春暖花开'迷倒多少人，现在看来特装逼。"

姐姐说："不管怎么说，总比课本要背的唐诗宋词有意思，我也曾附庸风雅过。"

俞璐说："对了，那阵子还流行改词，一次我把顾城的'黑夜给了我黑色的眼睛，我却用它寻找光明'，改成了'妈妈给了我黑色的头发，我却用它产生白色的头屑'。结果被语文老师抓到办公室，罪名是玷污文化，可怜那会我连文化是什么还不知道，更别谈玷污了。"

姐姐问："傅贵写给美静的纸条是你出的主意吧？"

"不，另有其人。"

姐姐感叹："你们学院卧虎藏龙啊！"

原来冯泉的杀手锏逼得美静宿舍无计可施，最后美静给姐姐打了电话，问题才迎刃而解。

"你们三个谁学习好？"

大家齐说都不怎么样。

姐姐说："不怎样不行！要认真学习，否则出到社会就后悔莫及了。美静不愿当老师，她的专业以后不好找工作，当初真不该让她报这个专业。"

大家兴致勃勃，美静忽然举起一块鸡块，说："这地方没肯德基好，看，还有一根鸡毛。"

傅贵说："我早说去麦当劳，他俩贪小便宜，硬要来这，便宜没好东西！"

姐姐打圆场："妹妹，这里很不错了！"

"我看看，让我看看。"俞璐接过鸡块，观察一会，说："噢，没事，这是防伪标志。"说完一口吞掉，发现大家在看着自己，才想起这是美静的鸡块。

姐姐说："上次新闻报道海南矿泉水喝死人，现在食品安全真令人担忧。"

美静惊呼："矿泉水也能喝死人？不是有QS标志吗？"

傅贵傻乎乎地问什么是QS标志。美静给他简单解释一下。

俞璐说："哎呀，原来是这样啊，我一直以为QS是去死的意思啊？"

看着的士远去，傅贵问有没有戏，波波答非所问，说："美静姐姐穿的抹胸好艳，害我忍不住瞄了几眼。"傅贵说："你追她好哩。你俩觉得美静怎么样？"

俞璐说："挺有教养，不会像非洲土著用手抓饭吃。"

"这不废话！哎，她们宿舍女生认识么？我想通过她们帮帮忙。"

"她们自称赛过七仙女。还在宿舍门口贴了个牌，自称'七金花'。"

"我看江南七怪还差不多。"

"波波呢，觉得美静怎样？"

"和她名字一样。"

傅贵面露红光，说："美丽又文静？"

波波摇摇头，说："她全名叫什么？"

"曹美静啊！"

"对，就是'超没劲'，人如其名。"

俞璐笑了："那美静姐姐可以，'超有劲'，对吧波波？"

傅贵说："波波，等我搞掂美静，保证让她说好话，到时你追她姐呗！"

三人沿着海边走，盛夏，海边的绿化带上许多人以天为被，以自己带的席子为席在纳凉。路过一片小树林，夜莺频频向他们挑逗，亏得夜色醇厚，三人可以安全的脸红，傅贵用极自然地声调说："我们不是来干那个的。"

夜莺喊道："三更半夜来这不是那个来干嘛？"

波波大声的说："我们没钱！"

回到学院，宿舍楼已经关门，宿管阿姨训了波波与傅贵一顿，却如何也不肯让俞璐进去，傅贵说白天听到阿姨骂人，她晾在门口的腊肉不知被哪个缺德鬼偷走，所以心情不好。

74

俞璐计划写部小说，主人公是波波。他答应让波波现实中得不到的，在小说里全部得到，条件是可以无偿使用波波的电脑。他经常写着写着就问波波想在第几学期恋爱，第几章开宝马。波波听了很激动，胡乱说上一嘴。

"你说话应该一句句的说。"

"为什么？"

"这样我俩的对话写进小说可以增加篇幅。"

75

小说三个星期才开了头，俞璐开始赶起来，后来发现赶没用，文字用来干什么？首先是记录观点，急切想表达什么，结果什么也没表达好。于是放慢下来，波波说，这样下去，恐怕小说写好就直接成文物了。为确保小说不日完成，俞璐每天都在构思，有的时候还被自己构思的情节感动了，由于太累，没能及时记下，闲下来又踪影全无。

这几天，灵感放低架子，说来就来，一顿饭功夫要来好几次，俞璐不敢怠慢，餐桌书桌之间奔走，结果一顿饭吃两个钟，但收获颇丰。不得已，俞璐买来一硬皮抄，随身携带，走到哪写到哪，在公园蹲着石椅写，在床上打着手电写，在饭堂边劳动边写，甚至在厕所边拉边写。

76

中午波波不让俞璐用电脑下象棋，霸占着和外省的小女生聊天。俞璐说："我打算修改一下小说，让波波在第二章失恋，第三章成为百万富翁，第四章车祸死掉。"

波波警告俞璐真这样写就要把今天请的汽水还他。俞璐拔了一根胡须给他，说："自己变！"

77

俞璐越写越难过，写长篇最痛苦的地方不是没灵感，而是写到中间忘了前面写过什么，到后面又发现前面写的东西都是瞎写。波波建议俞璐先给小说写序言。俞璐写了一篇不太满意，再写一篇。小说写着写着发现序言跟不上，无聊时又重写，小说八字没一撇，序言倒好几篇，后来又写了几篇后记，仿佛有了这些小说前后多余的东西，内容倒可以忽略不计。

实在写不下去时俞璐就抄歌，他安慰自己说小说的情绪是写不出来的，抄上一首歌词，让读者去听听，回头再看就能明白自己想表达什么了。

波波说："小心人家告你抄袭！"

俞璐说："天下文人本一家，你抄我来我抄他！谁成名不是抄袭？'花儿乐队'抄日本乐队，《几扇门》销量再好，也是抄《围城》，只是钱老已在天堂，无法告状。小四就没这么幸运，抄了个活的，还是个女的，女人嘛就是小气，所以才会打官司。"

78

今天系主任有事，班长通知大家先自习。

矫厚根在看《心灵鹅汤》。作者很狡猾，序言上说只要潜心钻研此书，必有收获。俞璐想如果真有收获就该感谢作者，万一煞费苦心读完没有收获怎么办？作者完全可以说是读者不够用心。俞璐开导其："怎么还看这种玩意？要看看我这种。"

矫厚根接过俞璐的先锋小说，说："我爸说了，人心浮躁才看这种书。"他现在不像以前那样盲目崇拜俞璐了。

俞璐惊奇道："你觉得看什么书才不浮燥？"

"我爸说了，要看就看对生活充满美好向往的书。像我这本。"矫厚根说完把被俞璐拍下的《心灵鹅汤》奉若神明地捡起。他还没完没了："我爸说了生活青睐真诚，做人老实肯干才有前途。"

俞璐说："你家田里的牛也老实，怎么不出人头地？！"

"两者不一样，你说的是牛，我说的是人要脚踏实地。"

"地里不穿鞋的农民也多的是！怎么不出人头地？！"

系主任进来，见二人争吵，了解事情后帮矫厚根说话："俞璐这是抬杠！矫厚根，别理他！"

"什么都是你爸说，你爸说，你爸说没说你什么时间出人头地啊？！"

系主任直摇头，说："俞璐，你别太过分啦！"

79

波波与俞璐在宿舍下棋，傅贵进来。

俞璐问："怎么样？"傅贵反问道："什么怎么样？"

"你和美静啊？！"

"没戏了，她想找个有房有车还要帅的。"

波波说："你不是说你叔叔买了房才把你户口从广西迁到这的吗？"

"那是我叔叔的房子啊！就算我骗她房子是我的，车子怎样变出来？"

"要有车的是吧？"杜子腾指着棋盘说，"他俩可以，一个有两个车，一个有一个车还有两个宝马，如果她觉得我们宿舍也算房子的话，你问问她选哪一位！"

"美静主要是想找个帅一点的。"

波波大喊一声："将军，没棋！"然后把卒重重的压在俞璐的帅上，说："帅有个屁用！到头来还不是被卒吃掉！"

80

沈京兵与师姐的姐弟恋进行得如火如荼，经常大秀恩爱。确定关系前，他哄师姐说她是他的一切，师姐就说他只属于她，确定关系后他说他是师姐的一切，师姐只能说她是属于他的。

一次他吹嘘自己女朋友是可以随传随到的。大伙不信。他掏出师姐送的手机就拨，嘴里念念有词，说："电话一声响，代表I miss you（我想你）！两声，代表I like you（我喜欢你）！三声，代表I love you（我爱你）！"

当响到第七声时，沈京兵的马脸挂不住了，骂道："Fucking！我是真的有事找你，还不快接电话！"

结果沈京兵输了一星期宵夜，因此与师姐大吵一架。

小强说艺术设计的女生比较奔放，天冷时会帮男友洗衣服，一些甚至连内裤也洗了，自己有女朋友就好了。不久小强真找到一个女朋友，好了没几天，女朋友也叫着要洗内裤，不过是小强帮她洗。

大家说依小强的条件就是洗内裤的命。

分手后小强感叹："当初我是因为无聊，她是因为好奇，结果我们都失望了。早知找个英专的，我发现搞艺术的女生都不太传统。"

事实学院漂亮女生基本集中在英专。

正当大家讨论又成了多少对，不可思议的事情发生了——沈京兵与师姐分了手。但凡恋爱最终没能走到一起大多是女生吃亏，师姐像张宇歌里唱的"就是爱到深处才由他"，由了沈京兵。大家很好奇：师姐这么听话为什么甩掉？

沈京兵彼时已是成熟男子，只一句便把众人雷倒，他说："Shit，她配当我马子？呸，当保姆还成！随便能操那种女人是我要的吗？以后有钱，非明星不干！"

大家哈哈大笑。

81

波波也耐不住寂寞，每天准时坐在电脑前和网上认识的小女生聊天。波波经常构思追到女生的大计，他说："能约出来，见面就送玫瑰，玫瑰代表爱情，十一支嘛，代表'一心一意'，然后烛光晚餐，最后去情侣路散步，不失时机牵她的手，可能的话，路边正好有卖唱，当然不是点唱，我把吉他要过来，亲自唱给她听，她不感动才怪，马上依偎我怀里，可能还主动吻我哦，我要学柳下惠，坐怀不乱，她自然就成我女朋友了。"

就这样，波波先把自己的幻想灌输给宿舍大伙，然后再用室友投来的钦羡目光巩固自己的幻想。

终于，波波付出实际行动。平安夜他约小女生出来，当天找冯泉借了一身西服，还拉俞璐去买玫瑰。平安夜留给俞璐的印象就是玫瑰很贵，据说玫瑰花其实是蔷薇科植物的生殖器，所以俞璐的印象又成了平安夜生殖器很贵。

俞璐问："波波，你花一星期的伙食费买这种不切实际的东西送她，她会送你什么？"波波不吭声，心里想着的是冯泉说过的一句名言："想得到女生的生殖器，就要先花很多的钱买'生殖器'送她。"

埋了单，波波别过俞璐，手捧玫瑰上路。

当晚，女孩并不像波波幻像中那样，既没依偎，也没献吻，甚至手都没给波波拖一下。波波真心喜欢人家，不敢激进。离别时女生感到愧疚，对波波说："你是我遇到过最成熟稳重的男生。"

就这句话，波波已经欣喜若狂。

经过几星期的努力，波波的网恋还是以失败告终。波波绝对是付出了全部感情和物质的，他原来每天只刷一次牙，恋爱后一天两次，但女方还是嫌弃波波，主要嫌波波老，不是她钟爱的小白脸一类。这真是为难波波，众所周知波波唯一的优势就是阅历丰富，可惜年龄不比cpu，否则波波奔30了，英特尔再研发十年也未必赶上。

小女生八九年生，受影视、网络、闺蜜三重毒害，终日对白马王子充满向往，一次听了一首《黑马王子》，女生想再不济哪怕黑马王子也行，只要是王子来一个就成。可惜波波不是——王子没这么老。波波过早体验人间冷暖，让其看起来与实际年龄相距甚远，别说王子，王子的爸爸还差一点，如果女生要的是王子的爷爷，波波就完全符合。

分手那天晚上，波波穿着找小强借来的西服（上回借冯泉的，发现衣服有异味）手握姐夫的手机，用他姐给的生活费请小女生在一家不贵也不太便宜的西餐厅锯牛扒。

席间，女生频频挂电话发短信，行为暧昧，波波问她是不是有新欢了，女生不高兴，说波波不信任他。波波说这不是信不信任的问题，是自己傻不傻逼的问题。女生低头默认，问波波怎么知道，波波说自己心思缜密，思想深远，如此雕虫小技一眼识破。女生恼羞成怒，骂道："你思想高深哈？好，你思想有多远就给我滚多远！"

波波走后，女生想起还没埋单，于是发短信叫他回来。

波波马上回电，咆哮道："你让我滚，我滚了。你让我回来，对不起，滚远了！拜拜！"

波波回来后拉俞璐去外面喝酒，喝着喝着，波波苦笑起来，大吼一声："爱情不过是有钱人游戏，哪来爱情？压根他奶奶的生殖冲动！"说完，仰着脖子咕咚咕咚喝完瓶里啤酒，然后把酒瓶一甩，拍手大呼："刺激，五毛钱值得。"埋单时老板要波波赔酒瓶，俞璐掏出五毛钱给老板，老板不接，伸出一个指头说要十元。波波醉醺醺的，借着酒劲，把一元钱加一拳头砸在桌子上，解决了事情。

隔天，波波清醒后决定给小女生写绝交信。其实波波是想通过绝交信挽回一丝复合的希望或一些重金买来送给对方的东西。俞璐想看，绞尽脑汁哄波波："你可想清楚啊，不让我看看，这么严肃悲观的信里万一有错别字就贻笑大方了！"

被这样一说，波波偷偷躲到厕所里反复看了好几遍。

82

元旦将至，天气变得异常寒冷。英语等级考试开始报名，俞璐知道自己没戏，不想浪费钱，沈京兵第一个去报，还说不通过就和米卢一起从长城跳下来。

这段时间，波波化悲愤为力量，每天晚上跟张月师姐去听讲座，回来就说找到了成功的方向，要俞璐一起去听。

晚上俞璐跟着波波与师姐来到一处小区，再深入到小区某栋楼顶层。俞璐愣了，到底什么讲座要在如此隐蔽的地方进行？进屋时，清楚看见门牌上写的是"出租房"。

屋里全是职业打扮，男的西装革履，女的浓妆艳抹。他们见师姐拉来新人，高兴不已，又是让坐又是倒茶。

交谈中，俞璐明白了，原来师姐和波波所说的非常幸运的人才能遇上的讲座是一个传销集会。所谓讲座就是小头目作成功案例经验分享，他们说守株待兔是机会主义者，要学会主动出击；酒香不怕巷子深是陈旧过时的经营理念等等从《谁动了我的奶酪》上看回来的东东。

分享完毕，要分成小组作进一步交流，所谓"进一步交流"其实是主脑觉得刚才的洗脑过于笼统，现在再来系统洗。波波晕头转向，开始唯唯诺诺，变得语无伦次，就差高呼"万岁"。俞璐这人脑子装的不知什么，比较脏，一时三刻洗不干净，他拉起波波逃之夭夭。

一路上寒风凛冽，两人瑟瑟作抖。俞璐责怪波波鲁莽，波波后悔自己一时财迷心窍，为表歉意，请俞璐在路边喝糖水。旁边一精品店清货，波波看中一烤瓷碗，将其买下。

两人回来在饭堂门口碰见刘芳，刘芳看见波波手里的碗，问他俩干嘛去了，俞璐不想她知道，抢在前头说："缺钱，刚和波波讨饭回来。"

刘芳哈哈笑，说："真的？晚上吃过饭没？要不要请你们？"

"他逗你的，这是我刚买的新碗。"

83

波波试探道："俞璐，是不是想追人家？"

"瞎说什么！"

"你最近有意无意就谈起她，不是冯泉说我还没察觉呢！"

俞璐声音极不自然，说："真不是！"

"你条件也不差，为什么不找个女朋友？"

俞璐思考片刻，说"我喜欢的类型不出意外现在应该在Z大燕大。"

"什么意思？"波波不明白，"喜欢什么样的？"

"很简单，就四个要求，菩萨心肠，天使脸孔，魔鬼身材，雅典娜智商。"

波波瞪大眼睛："作梦吧！"

"不是名校也行，就我们学院有这样的我也接受。"

"不是你接不接受，是能不能追到！没见你追过谁！"

"明天如果有女生穿裙子我就追她。"

"天气这么冷，怎么会有女生穿裙子？"

"有个性的女生才值得追！"

"同时有几个呢？"

"谁短追谁！"

晚上睡到下半夜，俞璐无故想起刘芳面对自己时的表情和自己与波波的对话，莫名就感到兴奋，觉得自己还是挺出息，可能她也喜欢自己，转身一轮又睡着了。

84

第二天早上，气温骤降，温度跌到冰点，到了皮肤直接暴露在空气中都会觉得疼痛的程度。波波和俞璐把学院转了几圈，一个穿裙子的女生也没有，俞璐心里很坦然。这天，他刻意去碰刘芳，却一整天都没看见她。俞璐不禁沮丧。天意往往弄人，隔天俞璐碰见她三次。

第一次在早上，正值就餐高峰，俞璐忙着清理桌上的秽物，她先看到俞璐，热情大方地跟俞璐打招呼，蓦然间俞璐记起与波波的约定，但总不能问人家昨天穿没穿裙子吧。课间上厕所时又碰见她，这次是俞璐先看到她，俞璐主动打招呼，刘芳也说这么巧啊。晚上俞璐心血来潮，来到阅览室，刘芳果然在，双目相交的刹那，两人都情不自禁地笑了。

俞璐翻来覆去辗转反侧不能入睡，只因满脑子全是刘芳的音容笑貌。他心想，如果一天碰见三次也不算缘份，那么琼瑶阿姨也没什么可以写了吧？

85

俞璐很久没认真学习了，刘芳的出现使他的生活起了很大的变化，可以说她是俞璐现在去阅览室学习的唯一理由。

一起学习时，俞璐给她讲笑话和趣事，看到刘芳露出甜美笑容，俞璐嘴角会扬起一丝得意的笑。俞璐感觉和刘芳一起学习，时间会过得特别的快。

等级考试前夕，大家展开轰轰烈烈的英语学习。

俞璐闲书也不看了，每天陪着刘芳学英语。一次，看见沈京兵也在看英语，书倒过来了还不知道，俞璐提醒他，沈京兵说这东西太简单，不倒着看一点意思没有。

刘芳问俞璐为什么不报，俞璐只说自己不是学英语的料。

"我可以教你。"

"现在教也来不及了吧？"

"明年你还可以报啊！"

她强迫俞璐学，教了一晚上不再勉强。她发现俞璐真是英语白痴。

俞璐说："我觉得高考要改革，凭什么一定要懂英语才能上大学？"

"现代社会不懂英语就是文盲，假如你以后成为老板，要跟外国人谈一笔很重要的生意——"

俞璐打断："我是老板，请翻译得了。英语对某些人重要，对我不重要。"

不管怎么说，刘芳学英语还是相当认真，她买回许多据称有助学好英语的书，还定下考托福的目标。

冯泉买回广外信笺，改用英语跟北京、上海外国语学院的女生通信。笔友回信上用中文写到：以后请不要用英语写信了，我不懂，还是用中文吧！

大家齐赞冯泉英语水平高，连名牌外语大学的学生都不懂，等级考试不在话下。

201的学生为顺利通过考试，临时规定，无论谁，只要在宿舍说话一定要用英语，否则罚帮大伙打饭打水，结果大伙英语没什么进步，手语倒学会了，还是自创的。

86

刘芳脸色很不好，整晚没几句，俞璐问她，刘芳说睡不好，宿舍很吵，每晚一聊就停不下来。

"我以为男生才有卧谈会，原来你们也有。"

"今天课又没听懂，我们班教语法的老头讲课真的很无聊。"

"有没有录音机？"

"干什么？"

"把他的课录下来，睡前听一下，保证酣然入睡。"

"哈哈！噢，对了，俞璐，告诉你一件事，我早上看见一个帅哥。"

"这有什么，我天天都看见帅哥。"

"我说的不是电视上。"

"我也不是电视上看。"

"上哪看啊？"

"镜子，我想看帅哥就照镜子。"

"哈哈！讨厌！"

87

俞璐发现刘芳对政治从不关心，她只对时尚刊物和时装杂志感兴趣，看报也只看娱乐版。俞璐决定改造她一下，把自己喜欢的《杂文选刊》借她，刘芳看完说上面写的全是杞人忧天的事。刘芳和大多数女生一样很喜欢发短信，明明一分钟能说完的事，偏偏要发几十条短信来说。既浪费钱又浪费时间。俞璐不止一次说她。她不听反而说："你没手机，有也会像我一样，要不你去配个手机，我每天和你发短信，省得你天天打电话。"

俞璐说："我才不浪费时间发这些无聊东西。"

刘芳呢喃道："你这人就是顽固，一点不时尚，还跟不上潮流。"

聊起《泰坦尼克号》，俞璐说："其实主人公在现实世界不存在，人性是自私的，当然一些生离死别的时刻，人会做出意想不到的选择。如果杰克不死，结局他和露丝结婚，可能早离了，旷世爱情故事也就无疾而终。"

刘芳说："我看你就特自私，我成了你女朋友，会不会对我好啊？"

"自私就是对自己好！你成我女朋友，就是我一部分，我当然会对自己好啊！"

刘芳问："假如我和你妈掉下水，你先救谁？"

"先救母亲，再救你，因为没有母亲没有我，谈何救你，倘若救不了你，我当和尚去。满意没？"

一次刘芳在翻一本星座书，这种书在大学女生，不，应该说在国内女生中普遍流行。俞璐要看，刘芳不肯。刚才她翻到一篇心理测试时偷偷瞄了一眼俞璐，再往下看，文章说此时想到了谁，就表示喜欢谁，她的脸一下子就红了。

俞璐趁其不备，抢过来，翻开一页：《哪个星座最节俭？》

刘芳探过头，问俞璐什么座。俞璐说巨蟹。文章说巨蟹的人是众星座花钱最用脑第一名，俞璐高兴的不得了，再细看，解释是：巨蟹荣登花钱用脑状元，靠的是克己和敛财的能力，巨蟹不是花钱之前先用脑，而是根本就不花钱，他们只挣钱，最高兴就是看着存折上的数字直线上升，他们像蚂蚁一样建筑起金钱的巨塔。

刘芳在笑，俞璐无语。

"记错了，其实我不是巨蟹。"

"嘻嘻，别狡辩！"

"这你也信，看我把这封建迷信的东西毁掉！"俞璐说完作势要撕书。

刘芳急道："讨厌！借同学的，弄烂了，我拿什么还人家啊？！"

88

周六，俞璐和波波到海边玩。

公交车上只有一个空座，波波坐上去，旁边一西装革履肚腩突起的大叔极不情愿的把放在上面的公文包挪开。一会，大叔拿个类似大哥大的物体叫嚷起来："喂，对，哎呀，我那10万你给我划过来没有啊？"

波波生平最烦这种人，他潇洒地掏出姐夫的手机喊道："喂，姐，怎么回事？我那50万生活费汇过来没有？最近宝马没钱加油，搞得这两天挤公交！刚汇？哦！那行啦！好咧！"

大叔立刻哑巴，用异样的眼神从头到尾打量波波。

车到站，大叔看着波波下车，小声骂道："操！还50万生活费？！你牛！"

两人沿海边走，天色渐暗，旁边的国会酒店高耸入云，巍然矗立，在深蓝色天幕下形成厚重的剪影。路过门前，酒店正举行拍卖会。

波波说："我们进去看看。"

"进场要交保证金，我们哪有钱？再说我们要竞拍什么？"

"不竞拍，我们去拍卖。"

"你有什么可卖？"

"我拍卖自己！"

百货广场上卤煮火烧的香味在晚风中弥漫，过往行人垂涎三尺。其中一档卖臭豆腐，俞璐说："冬天有三种东西闻到味儿非吃不可，一是烤番薯，二是方便面，三是臭豆腐。我们去尝尝。"

一块钱五片，两人觉得不过瘾又要了一份。波波说等两人有了女朋友一定要带她们来吃。俞璐心想刘芳肯跟自己来吃这种东西吗？

89

考试结果出来，计算机只有三人通过，奇怪的是沈京兵没过，当然也没从长城跳下来。他大骂脏话，中西合璧，中文句子夹英语单词，相当精彩。逢人问起，他就说："请你以后不要在我面前说英文！OK？"

冯泉也没过，他说笔试过了，只是口试没过。俞璐觉得如果冯泉讲英语像沈京兵骂脏话这么流畅，就不怕口试了。

刘芳顺利通过。当晚她摘掉眼镜，长发披肩，一袭黑色连衣裙把白皙的皮肤映得雪般美丽动人。

俞璐说过她戴眼镜不好看，没想为此她专门配了隐形眼镜。俞璐拿冯泉前段时间用英语写的情信给刘芳看，刘芳说知道人家为什么叫冯泉写回中文，原来英文错误太多，人家不是看不懂，而是没法看。

自习结束，她请俞璐去饭堂吃宵夜。尔后又主动要求俞璐送她回宿舍。俞璐很兴奋，认识她这么久，还是第一次。俞璐表现得相当殷勤。路上，一阵急风拂过，刘芳的裙裾飘逸起来，夜色朦胧，煞是好看，刘芳慌忙捂着，俞璐呆呆看着，傻傻地问："是风在动，还是你的裙子在动？"刘芳愣了一下，微微笑道："是你的心在动。"

90

期末。即将大考。最后几天大家开始努力学习，这几天学的东西比整个学期都要多。

小强他们还在打牌，俞璐问道："你们怎么不复习？"

小强说："搞艺术是不需要分数的！"

下午梁妹师姐回学院办事，碰见了俞璐。

梁妹混得并不好，毕业没考上教师，在市区找了份工作，和别人合租，她与那伙人关系没处好，一次吵架还被她们反锁在屋内，最后报警求助得以脱身。最近又给男朋友甩了，她的爱情观始终抱着被骗也要被帅一点的骗，她自认为很会诱惑人，结果很快被引诱了。避孕——不成功便成人，怀上的同时给甩了。

91

刘芳问："俞璐，波波是不是得罪了我们宿舍女生？她们每天晚上都在骂他！"

俞璐说："我不知道啊。前段时间他好像在追你们系一个女生，现在没听他提起，应该吹了。你们宿舍的人怎么能这样？波波其实是好人，人生阅历相当的丰富。"

"你老把他说得这么好，为什么没有女孩子喜欢他？"

俞璐不想刘芳知道波波紧张和激动时有口吃的缺陷，只说："波波没人要主要是因为他文采不好，从送出去的情书没一封回信就可以知道。"

刘芳一语道破，说："是长得不好吧！"

俞璐没料到刘芳会如此直接，一时语塞。刘芳乘胜追击："波波其实一表人才，但作为男人最重要的地方上帝偷工减料了。"见俞璐默不作声，刘芳又说："别想歪了，我说的是身高。"

尽管这段时间俞璐和刘芳一起学习，但《C++》还是没把握，考试时许多人作弊，他也偷偷把书拿出来抄。结果成绩还不错，凭借各种活动加分，俞璐获得一等奖学金。果然，艺术专业没有不及格的。可能艺术系教师担心，万一某天他的学生突发奇想，创作出比毕加索更抽象，比凡高价更高的东西，发表获奖感言时痛骂恩师就不好了。毕竟当今艺术是靠吹的，谁都有被艺评家看上的可能。

表彰大会当天，郑红艳因拿不到奖学金竟然在走廊哭了起来。波波故意上前唱起孟庭苇的成名曲："谁的眼泪在飞？"俞璐紧随其后："拿不到钱的女生的眼泪在飞！"

92

学院给每个学生发下一个邮寄成绩单的信封，让学生填上家庭住址，这活本应是教务处干的，但教务处嫌工作量大，便发下让学生自己填。信封上面铅印了学院名称，俞璐杞人忧天，担心考得差的人不知怎样向家人交待。

冯泉这学期6科全部不合格，这次班主任的评语又少有的真实，他怕家里知道，在空白处填了宿舍地址。和他一样的人很多，于是出现许多从学院寄出，转一圈又回到学院的信。

杜子腾非常谨慎，深怕家里收不到信，地址详细到亚洲，波波看了训斥道："腾哥，你会不会寄信啊？怎么不写上地球？万一寄到别的星球去给外星人收走就不好了！"

93

寒假有教师心理健康认证培训，刘芳报了，俞璐得知是杨年轻办的，兴趣索然。但刘芳非要他去，由于俞璐报名太迟，两人被分到不到培训点。

上了一天课俞璐就烦了，杨年轻把心理课上的东西翻炒，她说按《面相学》，笑起来露出牙龈肉表示此人与家中兄弟姐妹关系不好。俞璐故意大声提问："杨教授，按你所说，如果那人是独生子女怎么办？"

杨年轻没料到自己的真知灼见会有人质疑，一时语塞，恨之切切。

第二天换一老师，同样乏味，俞璐听着听着脑袋一沉睡着了，醒来发现时间过半。从此学会睡觉。

今天讲座已经进行了3个小时，会场空气很混浊，俞璐实在睡不着，恍惚中听到主讲人说："先到这里，这方面的其它问题以后再说。"俞璐奋力鼓掌，场内顿时掌声雷动，大家正欲离场，却听主讲人提高嗓门兴奋地说："谢谢，刚才讲完第七个问题，下面再讲第八个问题。"俞璐真有冲上台捏死她的冲动。

如真有天遂人愿这回事，主讲人头顶的日光灯此时应该掉下来。

晚上俞璐打给刘芳诉苦，刘芳说专心听课就不会觉得时间漫长了。

次日课间，俞璐跑出去给刘芳打电话，手机一直没人听，搞得他坐立不安，后来偷走出去，来到刘芳培训的学校，郑红艳说刘芳病了，在医院打点滴。晚上刘芳打来电话，俞璐安慰她说："没事的，我也病了。"

"骗人，我病了都不懂得关心一下。"

"我说的是真的。"

"真的？什么病啊你？"

"相思病啊，打的忘情水。"

刘芳破涕为笑，说："正经点！"

培训结束，回去还要写总结，俞璐半天写不出几个字，最后结论是那几天蚊子不多，但大家做得最多的事情就是拍掌。

94

过年前俞璐与方木去了小白家，小白泡了个90后，现正同居。

方木钦羡地叹气："小白今非昔比，交了小女友，还开上小汽车了！"

这学期方木也谈了一场恋爱。方木很纯情，被室友戏称为梁山伯，但对方却不是祝英台。女为悦己者容，男为悦己者穷！为满足女友日益增长的物质需求，方木只好不吃早餐，不吃宵夜，不买衣服，后来实在吃不消，方木开始教育她，女友觉得不像在谈恋爱，更像接受教育，不久就和他分手了。分手后，女生四处说方木吝啬，没准祖上三代全是会计，不打折的东西不买，牙膏用完要挤，挤完还要剪，担心和他一起一条内裤要穿十年。

方木熟练地掏出香烟，他学会抽烟。俞璐知道他抽的不是烟，是寂窦。看着他，俞璐感叹青春无常，自己是幸运的。

年初一，俞璐接到陈粒远方打来的长途电话。新兵营压力很大，陈粒每晚睡着会梦游，梦游时高呼"一二三四"，每喊一声都用脚后跟叩击床板，雷霆万钧。同室战友纷纷惊醒，醒来看见是陈粒呼叫，便叫他名字，陈粒马上跳起喊："到！"

夜间集队，陈粒动作不够别人快，老给班长罚，后来趁别人睡着他就起来踢乱别人鞋子，才免每次被罚。

高中初中同学聚会俞璐都没去。方木去了回来说，结账时发现个个穿的衣服口袋奇多，不同位置放不同数目的钱，大家互相盯着对方给多少才决定掏哪个口袋。

95

开学后天气依然寒冷，宿生把干衣机加满水当洗衣机用，干衣机不堪重负，不日而终，碰上梅雨绵绵，衣物干不了，宿生苦不堪言。

熬了数天，气温丝毫没上升，有钱的纷纷买回许多新衣物，朱逸群买了超多内裤，他认为找到解决方法，只为校规所困，不能只穿内裤披着棉被去上课。

矫厚根每天把衣物穿了脱，脱了穿，用体温把衣服烘暖，一身衣服穿数天。这段时间，下午操场总是空荡荡，早上倒是有人运动，以此抵御寒冷，忘却刚穿上身的衣服是湿的，名副其实冻并快乐着。

96

"俞璐，今晚我不去阅览室了。"

"怎么啦？"

"今天'三八'，我和宿舍同学约好去逛街。"

俞璐叹口气："中国怎么没有男人节？我也想庆祝，说什么男女平等！当男人一点都不好。"

"呵呵，你们男的不是有父亲节么？"

"这节还没条件过，就算有也不敢明目张胆啊，不被开除才怪。"

"哈哈，好了，回头给你带好吃的，你喜欢吃什么？"

"奥利奥！"

隔天晚自习，刘芳姗姗来迟。俞璐在画商标，纸上画了各式各样的商标，高中历史课，俞璐无聊就给书上的人物化妆，给他们穿的衣服添商标。

刘芳看他全神贯注的样子很是可爱，问道："画这个干什么呢？"

"来，看看你穿什么牌子。"俞璐说完去扯她衣服。刘芳今天穿的连衣裙，马上紧张起来，嚷道："干什么干什么！？"

俞璐指着自己衣服上的彪马，说："看，这个是我画上去的！让我瞧一眼，马上能画出来！"

刘芳惊奇道："自己画上去算不算侵权啊？"

"还有这鞋子，这袜子。完全DIY，怎么能算侵权呢？真要告我，我就说是污迹，碰巧污成这个形状。"

刘芳深怕他一会还要展示画上"CK"字样的内裤，连忙喊道："行了行了。"说罢转过去，把衣服拉起一角，然后转回来让俞璐看。俞璐很失望，说："这几个英文字母什么意思啊？牌子没见过，该不会是名牌！"

刘芳生气了，说："不懂别乱说，这是威丝曼，讨厌，你别摸！"

"好好，别生气。"俞璐见她生气的样子这么诱人，哄道："我给你设计一个专属的个人商标——'WAN'。"

97

大二开始白天公共课，下午选修课，没课时自由安排。

冯泉选修日语。俞璐吓一跳，问波波："冯泉英语还没过，选日语做什么？"

波波说："他是为了能听懂日本爱情动作片里那些兴高采烈的男女说了些什么。"

每个学生最少选两门，刘芳选了四门，分别是：日语，英语演讲，礼仪交际和计算机基础。《计算机基础》是为其他专业的学生开设的，计算机专业的学生没人会选，波波是被俞璐逼的，而俞璐是因为刘芳选了。

授课的男老师是个话痨，俞璐听得无聊，找刘芳说话，结果刘芳被老师不点名批评，于是刘芳不再理俞璐，专心听课。

俞璐又找波波聊天，问波波觉得这课怎样，波波抱怨拉他来，说要不是女生比较多，早跑了。

波波瞥一眼台上的青年教师，他正津津有味地回答女生的提问："为什么要先开显视器再开主机？这个主要是担心短路，万一烧了，从经济学的角度考虑损失不会太大，看，我们这门课还能学到经济学呢。"这位男教师不时穿插几个自以为幽默，其实一点也不好笑的笑话来哄女生，令俞璐气愤的是选这门课的女生果然没脑，居然笑了。青年教师又说："开机顺序很重要，大家一定不能错，还有问题吗？"

俞璐故意捣乱，说："老师，我有问题。"老师一看，是刚才那小子，本不想理会，但大家目光聚焦过来，只得假装大度道："请讲！"

俞璐问："老师，为什么不先开音箱？音箱更便宜！"

青年教师万没想到有学生提这种问题，编教材的人也疏忽了，他支支吾吾想搪塞，俞璐说："所谓顺序这东西重不重要就见仁见智了，餐巾纸擦完嘴勉强还可以擦屁股，但擦过屁股不能擦嘴吧！"

大家乐了，窃窃地笑。男教师顿时脸红耳赤，俞璐还不过瘾，接着说："不会有人不讲顺序吧？"男老师气得直瞪眼，正要发作，刘芳及时把俞璐拉了出去。

俞璐还选修了一门《计算机动画设计》。上课当天知道是曾公授课顿失好感。说句公道话，别的老师通常半节课才把学生搞晕，曾公只需一句，他讲："汇编语言简单的形式就是数字规律存在的证据……计算机的编程理论永远不会被完全学完，但我们必须要全部掌握才能编出好的程序，下面我们来进一步学习新的编程理论……"

99

又有篮球赛。英专班不仅买了新球衣，女生为表扬男生上一次赢了计算机，用班费订制了一条横幅。标语是：事实告诉我们，历史有着许多惊人的相似。

俞璐和波波看到，马上跑到学院外面，把人家宣传淋病医治的横幅扯了回来，用红砖在背面写上：历史因为计算机的问世而改写！

朱逸群风格依旧，五人篮球给他变成一人运动，惨败收场，事后大伙不欢而散。

下一场对艺术设计。俞璐退出比赛当观众。刘芳给他递过来一瓶水，说："先喝口水。"俞璐头也没回，紧紧盯着场上比赛，不一会，比分拉开，俞璐班的同学都不再为自己班加油了，结果不言而喻，艺术班的学生欢呼雀跃，计算机班又大败，俞璐暗自高兴：看你朱逸群怎么牛！

散场后大家到外面吃饭，路上，俞璐把喝完的水瓶从中间扭成麻花状，瞄准波波，右手拇指一旋，瓶盖弹射出去，波波侧身躲过，盖子一飞冲天。刘芳被吓了一跳，俞璐得意地哈哈大笑，把冒白烟的瓶子往路边一丢，刘芳看着直皱眉："你怎么能这样？！"

波波对刘芳说："这是给低学历的人创造劳动机会。"

100

晚自习，俞璐吃刘芳带来的瓜子，俞璐不会嗑这东西，无论怎么咬都吃不到里面的仁，啃一口丢一个，瓜子碎一地。

刘芳说："别把瓜子壳乱扔啊！"

俞璐说："我在给低学历人士创造就业机会。"

"你要学波波说话，请离我远一点！上那边去吃，别让人以为是我扔的！"

"好好，不吃就是啦。"俞璐说完站起来，把身上的碎壳拍到地上。

"俞璐，你班辅导员是不是批评你了？"

"对，你怎么知道？她说我没有集体荣誉感。切，她又不是第一次说我，我实在不想反驳什么。"

"你不能因为不喜欢某人就退出比赛吧！这是集体活动！"

"她也是这么说我的，我觉得啊所谓集体誉荣感不过是没能凭个人能力获得荣誉的人提出来的，以掩饰自己的无能。"

刘芳瞪大眼睛，半天说不出一句话。

俞璐说："我挺倒霉的，从小没遇过一个好老师，现在上大学了辅导员又是这样虚伪的人。"刘芳直摇头："话怎么能这样说，你太偏激了！"

初中看郁秀的《花季雨季》，俞璐就非常渴望到这样的班级念书，高中看了王蒙的《青春万岁》，尽管是女中，还是有到那个学校插班的冲动，可惜两位作者都没告诉他书中的学校在哪里。

101

早晨没来得及吃早餐，课间俞璐拉着波波溜去饭堂，许多人在看NBA。俞璐觉得如果学院把看NBA作为一门选修课，保证没人会不及格。可惜学院不知道学生的需求，这么多人围在这里看球不学习，虚度光阴。

大家突然激动起来，大呼小叫，拍桌摔凳，俞璐关切地问是不是火箭输球了？一个同学回答说停电了，学生会的人去打小报告，学生科派人断了电。

中午，夏建仁催俞璐交这学期的团费，俞璐翻遍口袋没有。怎么会呢？前两天才向家里要的钱，不会丢了吧？一惊，想起昨晚请刘芳吃宵夜花掉了。晚自习时还纳闷自己口袋为什么会有钱呢！原来是团费！

夏建仁不依不饶，让俞璐今日交清，否则记入黑名单，以后所有团员活动不让参加。俞璐心里骂道：交了这么多年钱，什么时候有过团员活动啊？！夏建仁还威胁说不交团费很可能拿不到毕业证。俞璐只好去找波波借钱。

以前俞璐把很多钱用在买书上，如果说文能穷人，恋爱更能穷人，和刘芳一起后俞璐觉得钱不够用了，向家里要钱的频率也高了。

俞璐开始画漫画。晚上刘芳在学习，他就在画，一天一幅，画好了就给刘芳看，刘芳说好，第二天他贴上邮票就往报刊寄，刘芳说不好，他就改，直到刘芳不耐烦一律说好。他每天翻投过稿的报刊，看看有没有登自己的漫画，但每次都失望。

晚上刘芳把俞璐买来的画纸包话梅核了，两人吵起来，口角变成械斗，刘芳用指甲掐他，俞璐用头发扎她。结果战争以俞璐手臂被抓出几道血痕告终，刘芳得意道："看你以后还敢不敢！哇！血迹还是心形的呢！"

102

一周后，俞璐终于在当地一份晚报看到了自己的作品，激动不已，拿着报纸冲到刘芳面前。刘芳说是要好好庆祝，问他要不要把波波也找来。

"好，我去宿舍叫他。"

"我也去。"

"算了吧，波波宿舍像狗窝。"

"没关系，我就想看看狗窝是什么样子的。"

饭堂里，不远处的叶小丽和史珍香正窃窃私语，叶小丽说："你看，高职班的男生比我们班的男生还丑撒。"

俞璐听见，大声对波波说："波波，我才发现咱们班的女生和成高班的男生最般配！"

波波马上附和："是啊，天造地设！"

吃过宵夜，俞璐送刘芳回宿舍，临别刘芳问他："你为什么老和她们过不去？"俞璐不知道"她们"指的是谁，反问刘芳，刘芳叹口气，说："就你们班的女生。"

"她们都在背后说我坏话。"

"你怎么知道哟？"

"我感觉到呀。像叶小丽，什么小丽，其实就是大丑！比我还自恋，说什么下辈子投胎一定要做男人，然后娶个像她这样的女人！真变态！"

103

俞璐除去阅览室翻杂志外，还去传达室看有没有汇款单，虽然他知道稿费不可能这么快寄来，但不由自主就去了。

刘芳奇怪俞璐不用写作业，俞璐说："写这些有什么用，又挣不到钱。"刘芳每次听见都对其进行说服教育，晓之以理动之以情，遇上俞璐心情不好就会赔上几句吵嘴，刘芳改用捏的，痛得俞璐哇哇叫。

作业是要交的，俞璐硬着头皮找矫厚根，矫厚根以为找他讨论题目，热情洋溢站在跟前。起初，俞璐还认真看，判断对错再抄，个别地方还稍做改动，后面肆无忌惮，拿到就抄，目标不再局限矫厚根，反正抄谁的都是抄。

晚自习，刘芳带来一女同学，就是以前和刘芳一起看迎新晚会的胖女孩，没见一段时间她又丰满了，如果以前是1.25升的可乐，现在就是2.5升。

她说："我们英专每天都要背单词，期末还得背语法，你们计算机轻松多了，还有闲情逸致画画。"

"我们有时作业也挺多的。"

刘芳说："反正俞璐也是抄，他才不会自己写。"

俞璐说："天下大学生本来就一家，你抄我来我抄他，你的字这么丑，他抄不抄你的我可管不着。"

刘芳涨红脸，俞璐没注意到，还不停逗胖女生。

晚自习结束，俞璐说送刘芳回宿舍，刘芳摇了摇头，俞璐给自己的热情麻醉，没感到刘芳的冷漠，问她是不是不舒服，刘芳直撅嘴。

俞璐躺床上睡不着，起来打电话，接通后传来一段录音："很不幸，你拨打的用户正在生气，请稍后再拨！"录音一完，电话便挂断了。

重拨，亦然。

第二天晚上，俞璐到阅览室，刘芳坐那看书，叫了她两声都不理人，俞璐坐下，刘芳干脆把头扭一边去。俞璐说："看，奥利奥！"

刘芳还是不作声。

"不理我是吧？那我走了。"俞璐走两步又折回来，说："你怎样才不生气啊？我不是已经买了你最喜欢吃的奥利奥了么？"

"是你最喜欢吃的吧！"

"我知错了，昨晚不该顾着和别人聊，冷落你。"

"你上辈子是一条鱼，一条大嘴巴的鱼，贪吃，所以被我钓上来晒成鱼干，就剩这张大嘴巴。"

104

刘芳高兴时也会拿俞璐的工具画上一会，俞璐总爱对她画的东西评头论足。这晚，刘芳来了兴致，画了起来。天气热，蚊子多，俞璐一边拍，一边指点，刘芳不听他的，俞璐把笔夺过来，刘芳把画护在怀里，这时，一只蚊子恬不知耻，狡猾的往她衣领里钻。俞璐趁机把画抢了过来，说是打蚊子。

刘芳温怒，骂道："讨厌！"

"改不改？不改不让你画了。"俞璐说完要把画收起来。

"好好好，我改。把橡皮拿来。"

"给！这擦了，还有这，这也要改！"

刘芳越擦越不耐烦，俞璐话音末落，她已经把橡皮屑统统倒到他头上，接着得意地放肆大笑。

自习进行到一半，忽然听到邻桌男生动情而真诚地轻轻赞叹："啊，真香！"

前两天刘芳澳门一个姑妈过来，送了她一瓶香水，今晚她特意喷了一点，听到有人闻到了，这时她非常期盼着什么，果然，俞璐也说："是啊，真香。"

刘芳怦然，说："你闻到了？"

"是啊，今晚饭堂宵夜烧的肯定是鸡蛋炒河粉。"其实俞璐闻到，但他不愿满足刘芳的虚荣心。

刘芳生气了。"你！好啊，我让你鸡蛋炒河粉！"说完用手在俞璐手臂上死命地掐，俞璐眼泪快流出来了，求饶道："上次结痂还没好呢！"

刘芳嗔怒道："看你还敢！"

105

五一方木回来，两人去侨大玩，被保安拦住，保安问："你们干什么的？"

方木说："我们是这里的学生！"

"学生证拿出来看一下。"

俞璐硬着头皮假装真诚道："其实我们是来观光的，久闻贵校大名。"

这下保安得理不饶人，说："我们单位不对外开放！"

两人恳求道："您就让我们进去参观一下嘛。"

"不行！"

这时两个奇装异服的人走了进去，俞璐说："你怎么不去查他们？"保安反问道："我为什么要查他们！"

两人不死心，换了一个校门。两人在校门守着，见两个学生往里走，紧随其后。保安问前面的男生说："你们几栋的？"男生答："16栋308。"保安示意他们进去，又问俞璐与方木。方木答道："16栋309。"保安也示意他们进去。

前面的男生猛回过头，惊讶地看着两人，心想：308是走廊尽头，哪来的309？

进去后，俞璐问方木："保安怎么会看出我们不是这里的学生？"

"当然能，因为我们没染头发，没打耳洞。"

俞璐留意一下，果然如此，这里生源主要港澳台华侨，学生相当前卫。

但是这里以人为本，教师宿舍建在半山腰，学生宿舍也建得很宏伟，自己学院把学生宿舍建在角落，冬凉夏暖，还不通风，简直是草菅人命，价钱还不便宜，每人每学期600元，八人一间，一年一间宿舍就为学院创收9600元，学生一年到头住不到八个月，平均每月房租1200元。

两人打完球饿极了，迫不急待奔往饭堂，这里饭堂巨多，从一号到N号。吃饱，上厕所。毕竟是华侨大学，比较崇洋，指示牌也是西式的，左边是戴三角巾的倩影，右边是握烟斗的黑影。但厕所里面就不崇洋媚外了，很中国，还典型的农村味儿。

两人闲逛，发现校园一处围墙的铁条给人折了，草坪给走出一条路。俞璐说肯定是谈恋爱的人干的好事，早知从这进来，不用看保安的脸色。

方木突然很感概，说大城市的女孩太现实，谈过的给他都是这种感觉，两人真心谈钱当然不是问题，但问题是没钱。和女孩逛街，女生什么都看，他只看价格牌，有次谈的居然提出要他买钻石，要求买手机买MP3可以理解，这个实在太过分，虽说钻石恒久远，但真要买一颗就破产。

106

五一回来稿费才到，拿着八十块，俞璐一点喜悦没有，除去买邮票信封的钱，根本没挣到钱。又画一段时间，许多俞璐认为不如他的漫画都登出来了，却没他的，有点气馁了。

一星期后，收到一封某杂志来信，起初俞璐精神为之一振，直夸这家杂志社人性化，直接把钱寄来，省得自己跑邮政。结果拆开一看，杂志社说采用了俞璐一幅作品，感谢他的大力支持，寄来手机彩铃卡一张，让他的手机充满个性，希望再接再厉。

岂有此理！俞璐回信痛骂：为什么不给现金？编辑复信说创刊不久，资金不足，暂不发稿费，再奉上赞助商的铃声卡一张。俞璐拿着两张卡直跺脚，晚上转手送给刘芳。

刘芳很开心，请他吃宵夜，问是不是又发表作品了。俞璐支支吾吾。她劝俞璐把画画当成业余爱好挺好，千万别钻牛角尖。

这样说的还有波波。于是俞璐转行写短篇小说，每天一篇。终于发了一篇，拿给刘芳看，刘芳说他思想阴暗，上次写偷东西，这回写打架。俞璐把责任推给饭堂，说："吃进去全是黑乎乎的脏东西，吐出来的怎么可能是光明？"

其实最恶心地是编辑。一次，俞璐让波波帮忙发电子邮件投稿，结果波波忘记发附件，对方却回：大作已收到，欠火候。后来发现无论发什么过去，都回复同一内容，哪怕鲁迅在世给投稿，哪怕发去的东西是骂编辑的，编辑一概讲好，只是略欠火候。

107

这段时间俞璐最痛苦的莫过于上机，功课掉得厉害，现在完全听不懂。旁门左道的东西拜波波所赐学会不少，波波教他硬盘格式化，俞璐上课就拿机子做实验，可能像俞璐这样的人为数不少，网管早有防范，机房DOSS系统设有密码，但总有漏网之鱼，俞璐每节课坐不同位置，终于找到这条鱼，不日，机子报废，俞璐学有所成。

108

刘芳的笔记本关不了机，周末回去修了，俞璐在阅览室构思小说，一直心不在焉，一下午没写几个字，傍晚去找波波踢球。

波波气急败坏地骂道："谁拿了我袜子？"见没人理他，他接着骂道："他奶奶的，那个傻逼把我新买的袜子拿去穿了！"还是没人理他。

波波翻箱倒柜找出一双旧的，他盯着手中的袜子，用鼻子嗅了又嗅，满脸狐疑："这袜子是不是我的？"俞璐说："是不是你的你还不知道？！"波波说："我的袜子有三个洞，但这只只有两个。"俞璐用两只手指拎过来，看了看，给波波一个满意的答复，他说："很简单，一个破产被另一个兼并了。"事实证明俞璐说得对，不久波波的袜子就由两个洞变成一个洞。

当晚俞璐状态甚佳，连进几球，周末学生处没人，大家尽兴而归。吃完饭回宿舍上网，俞璐点开网页，弹出一个论坛，上面注明有问必答。俞璐捣鼓半天给人踢了出来。波波一看，原来俞璐在妇科咨询询问笔记本电脑不能关机是怎么回事。波波说这是网上医院，根据记录，他怀疑冯泉患了皮肤病。

一个昵称"胖得帅"的发帖询问皮肤痒是怎么回事，网友对他的问题很热心，回复帖比寿面还长。"胖得帅"在补充上说自己比较胖，有一个网友听说他胖，跟帖问他平时吃什么，怎么才能长胖。又有网友在后面跟帖问楼上那人是吃什么，怎样能减肥。可想而知这又是一个胖子，一瘦两肥相映成趣。

当晚下起大雨，冯泉没有回来。第二天大早，冯泉敲门："开门啊，我没带钥匙！"俞璐被吵醒，去开门，冯泉手上拎着一只很大的白色塑料袋。

原来冯泉真得了皮肤病，他不好意思上医院，偷偷去药店买药，不见起效，听说有网上医院，上去咨询，结果遇托，给他开了很多药，昨晚他是回家要钱。

网上医院开的药也不管用，他痒得不行，只好去正规医院，医生只给他开了两种药，一种内服，一种外涂，医生叮嘱他要按时服药，还说外涂药屁股就不用擦了，他屁股也就没擦了。

109

波波帮俞璐申请了一个QQ号，网络神通广大，往往网上的新闻，要过上几天报纸才有。在波波指点下，俞璐上网技术进步神速，但是写作变得越来越随便，原来一天一篇，现在三天一篇，有时甚至一星期才一篇，写得少并不代表质量好，全不获发表。早前发的也迟迟未见汇款单，他想不会因为自己一稿多投人家不给稿费了吧？

学院为方便毕业班找工作开设了一间电子阅览室。今天教普通话的老师病了，下午不用上课，刘芳说去阅览室自习，俞璐说去电子阅览室更好，两人吵起来，结果各干各的，俞璐上了一下午网，五点钟林万斌来关门，俞璐依依不舍。回到阅览室，刘芳还在，拉他坐下，给一张形声字读音表，说是今天普通话课的学习内容，俞璐看不进去，见楼下有人踢球，叫坐刘芳对面的波波下去，波波说："我要看完今天的报纸。"俞璐说："你早上不是看了吗？"波波说："早上看NBA了。"俞璐说："别看了，跟我下去吧，没文化的人才看报纸。"这句话把阅览室正在看报的人气得侧目而视，把正要伸手从报架上拿报纸的人吓得连连缩手。刘芳眉头直皱。

踢球时，俞璐又与学生会的人吵了起来。

踢球的人越来越多，经常因场地和打篮球的人争吵。今天踢到一半，打球的跑到学生处告状，学生处派来的师兄是打球那边的哥们，护着他们，俞璐与师兄吵了起来，大家不欢而散。

晚自习，俞璐和波波在总结比赛。俞璐说自己的进攻已经很犀利了，但波波防守这块还是差一点，被对方假动作一晃就过。谈得正欢，刘芳突然插话说周末想去Z大，让俞璐陪她去。俞璐只知道踢球有进攻防守，不知道其实谈恋爱就像踢球，也有进攻防守，有时甚至还有假动作。俞璐问为什么突然想去那儿，刘芳说："我有个澳门的亲戚儿子在那念书，你性格跟他很像，他是那学生会主席，我介绍你认识，你跟他会成为好朋友的。波波也一块去。"

110

周末一行三人来到Z大。Z大的建筑气势磅礴，图书馆大楼呈一本打开的书，中间一条梯级山径惯穿整座山，连接亚洲最长的教学楼，寓意"书上有路勤为径"。

俞璐与波波比赛看谁先爬上山顶，俞璐一口气冲了上去，到山顶时已经气喘吁吁。

波波紧随其后，站到栏杆边。两人凭栏发呆，一会，刘芳也追了上来，在背后柔声道："这儿实在太美了。"

"是啊，刘芳，知道吗，高考前，我曾起誓说如果让我考上这里，我愿拿十年寿命跟上帝交换。"

说完俞璐忽然想，刘芳会不会觉得自己命贱，动不动拿来跟上帝换东西，阳寿恐怕不长了。俞璐本想补充："当然那会我学习不太认真，最终上帝没答应。"不料刘芳身后接道："哼，那你肯定长寿，你英语这么烂，不可能实现！"

下了山，两人手牵手在校园漫步，波波识趣地跟在后面。刘芳一路上不停说他的那位亲戚的儿子的风光事迹，俞璐听得心猿意马，说不要给自己介绍这号人，怕被瞧不起。波波倒是表示非常有兴趣认识一下。

来到宿舍楼的商店门口，刘芳说口干，让俞璐去买瓶水。俞璐和波波出来不见了刘芳，一会刘芳从一栋楼背后走出来，俞璐问她上哪了，她说打电话，问打给谁，她轻描淡写地说是朋友。

中午，刘芳挑了一家湖边的饭堂，说吃饭凉快些。打饭时正巧碰见了刘芳那位亲戚的儿子，他长得又白又胖，和朱逸群有一拼，刘芳居然说自己和他很像，吓！真是侮辱！俞璐恍然大悟，刘芳那句话根本就是引诱自己去。俞璐忽然觉得这个"碰见"也值得怀疑，可能根本就是刘芳和他约好在这个时候出现的。

原来刘芳和白高胖还是初中同学，他在这里应该算位人物，许多打饭的学生看到都主动问好。他打了几样最好的菜，说这顿饭他请。

白高胖口才了得，口若悬河，滔滔不绝。但不知道为什么，他越是显能，俞璐就越瞧不起刘芳这位朋友，不停数落大学学生会的种种不是，把自己参加学生会那些不愉快全抖出来。白高胖并不计较，乐呵呵地聆听俞璐的另类口才。倒是刘芳受不了，打断俞璐，说："他向来爱夸张。你别当真。"

白高胖只是礼貌地笑，看得出，是因为刘芳的存在他才不计较。

俞璐总结道："天下乌鸦一般黑，你们这虽然是名校，但应该差不远。"

刘芳说："他就这德性，你别理他。"

俞璐生气了："哎哟，你怎么老接嘴？你是我代言人还是我肚里蛔虫？就算是，也不一定知道我想什么啊？少开口，喝你的饮料！"

波波桌下偷偷扯一下俞璐衣角，小声说："她饮料早喝完了。"

俞璐去买一瓶回来，扔到桌上。白高胖很宠刘芳，他看俞璐买的是碳酸饮料，马上又去买回一瓶矿泉水。

下午白高胖领三人参观校园。来到一处攀岩壁，白高胖露了一手，他虽然胖，但是相当敏捷，攀到了顶，俞璐也欲一显身手，待几乎爬到顶时，不幸失手，坠落数米被安全绳拉住了。"当心！别乱晃！"负责拉牵引线的工作人员在下面大喊，俞璐听了心里顿时很感动，结果此人接着说："你挂的是进口绳，不要磨坏了！"俞璐顿时感激全无。

经过篮球场，白高胖忽然说："俞璐，你皮肤黝黑黝黑的，看着精神，特喜欢打球吧？下次约几个同学过来打场友谊赛。"

俞璐说："好啊，现在就可以来一场。"

刘芳说："已经很晚了，下次吧。"

俞璐说："要不你先回去！"

白高胖打圆场，说："还是下次吧，今天你们也没穿对鞋子。"

波波附和："下次，下次。"

回来路上刘芳显得闷闷不乐，俞璐问她说："走这么久，你怎么都不开口说话？"

刘芳怄气地说："我又不喝东西，开口干什么？"

俞璐说："看不出你这么小心眼。"

刘芳急了，发狠道："我是小心眼怎么了？！"

111

第二天在波波宿舍。

俞璐问："今天有什么课？"

波波说："我也不知道。"

"数据库作业写完没？借我抄抄。"

"我也在等别人呢！"

"算了，不写了，来，摆棋，好久没和你大战了。"

"你不用陪刘芳吗？哄回她没？小心跟别人跑了。"

"不会的。"俞璐边说心里边安慰自己，"爱情就是两个人之间的互相信任。"

"就算是'believe'中间也藏了一个'lie'，别把爱情看到太纯真。人家有老板的财力，民工的体格，领导的口才，你拿什么跟人家比？"波波把俞璐数落得一无是处。

俞璐给刘芳打电话，刘芳不肯接，看到来电显示就掐断。俞璐向冯泉借来那些用剩儿毛钱的磁卡，在街边的电话亭一个接一个的打，坚持了一个中午，刘芳终于接了，俞璐说："我以后乖乖听话了。"刘芳说："下次再这样就不原谅你了。"晚上俞璐觉得头很晕，中暑了。

俞璐小说也不写了，一天到晚泡在网上，他觉得自己无论如何用心，也不可能比论坛上的帖子精彩，还有，百度什么都有，不需要学习。

波波说谷歌才是全球最大的搜索引擎。两人争论起来，俞璐为证明自己是对的，把"星期天为什么叫星期日，不叫星期七"输入谷歌，结果答案是百度知道。波波厚颜无耻在谷歌输入"为什么天生我波波这么聪明？"，结果答案还是百度知道。

余杰说过："榜样的力量是无穷的。"俞璐开始逃课，其实逃课也玩不了什么，但上课也学不到什么，所以还是不去为好。

晚上俞璐向刘芳描述在网上的趣闻："你知道吗？英国有个网站，叫丑陋球星网，专门负责搜罗长相奇异的足球员，中国的李铁居然榜上有名。"刘芳不作声，等俞璐说完，问他为什么不去上普通话课。

俞璐还想和刘芳进一步分享，刘芳打断他，说："网上那些都是夸大其辞，有什么好扯的！波波说你昨天选修课也没去，是不是？"

俞璐说："对了，忘了问你今天点名没？"

"你先回答我为什么不去上选修课？"刘芳生气了。

"我去电子阅览室查资料。"

"你平时不是都在波波宿舍上网吗？你可以晚上去他那查啊！"

俞璐见刘芳一面严肃，说："每次去波波都在用电脑，老占他电脑不好。"

"那你就可以不去上课了？"

俞璐今天还在论坛上看到有人说"不逃课的学生不是好学生"。他说："什么课都不逃，跟什么课都逃没什么两样，读大学，关键是学会思考问题的方法，逃课没有错，但是不要逃错课。"

刘芳冷笑道："你少跟我贫！今天的课你怎么办？"

"自学就行，你不是说过我很聪明么？"

"你厉害，上回绕口令怎么没给念得波波一样结巴？"

"那些没用，学来没意思。"

"你这人就这样，不学无术，还赖学的东西没用？！"

"我不学无术？吓，我觉得教育部应该对这个成语的解释进行修改，不学无术的正确理解应该是不要浪费时间学那些不切实际的东西。"

"你成天上网有意义？"刘芳见俞璐不还嘴，又问："不是说写东西吗？东西呢？"

"在波波宿舍。"俞璐说完马上后悔了，应该说放家里，生怕刘芳让自己去取。

其实俞璐曾经数次下决心不去上网，但却做不到。每次与刘芳吵完架，他总是在上网的冲动和不上网的理智中挣扎。一次，理智战胜冲动，俞璐高兴了一会，自语道："为了庆祝这次理智战胜冲动，去看波波上一会网吧！"

端午是周末，俞璐和刘芳，波波与学前教育的小师妹四人一块去公园。大家玩得很开心，但天公不作美，下起了大雨，雨停后气温骤降，大家又冷又累又饿，出来见到路边有小吃摊，碳烧卤烤的香味在空气中弥漫，诱得俞璐垂涎三尺，他说要吃这个，刘芳怕不卫生，波波和小师妹说随便。俞璐上去要了四只烤翅，俞璐见摆摊的阿姨带着一男一女两个小孩，说："下这么大雨还摆摊？"

"不摆不行，手停口停。"阿姨熟练的摆弄着烤炉上的物件。

小男孩在抢小女孩手上的纸风车，俞璐逗他："你的风车呢？"

小女孩抢答："被戴大帽子的人抢了。"

俞璐听不明白。

东西烤好大家围坐开吃，刘芳咬了一口就不要了，俞璐吃得津津有味。忽然一群城管围拢上来，不容分说将炉灶桌椅推倒掀翻，碳撒了一地，风吹过红彤彤的。城管拍拍身上的灰土，然后大模大样坐上执法车，准备离去，队长说："快点收了，一会回来还在就全部装车！"

另一个胖乎乎的跟着骂道："就是因为你们这些人，我们过节也要加班！"

阿姨吓得脸色惨白，连忙点头："是，是，是。"

俞璐看不过眼，胃口全倒，这伙人真像一伙强盗，他大声喊道："不是有他们，你们早就掉饭碗了，没事干扫大街去，环卫工人缺口挺大的。"

两个城管听见马上往回走。队长用死鱼眼睛狠狠地瞪着俞璐，指挥手下道："把东西全收了，树旁拴的三轮车肯定是这摊的，也收了！"

阿姨一听就哭了，两个小孩见妈妈哭了也嚎啕大哭，俞璐气不过，把手里的烤翅往地上一摔，怒吼道："有本事你们冲我来！"

大家全惊呆了，刘芳更是吓得花容失色，连忙拉住俞璐，说："你疯了，你管这些干什么？"

两个城管就要冲过来，波波连忙挡着，说："大哥，误会误会，他喝多了。"

俞璐被刘芳和小师妹死死拉着，刘芳急得快哭了，两人拖着俞璐走了很远，俞璐嘴里还在骂："谁喝多了！是爷们就过来！"

队长发飙道："给我收！"手下马上跳下车忙乎起来。

阿姨与城管抢了起来，队长不理俞璐了，与胖城管拖着阿姨的三轮车一阵小跑。阿姨母女抱头蹲在地上哭，小男孩用双手死死的抓住三轮车，潮湿的路面被拖出一条长长的印子。

114

回去车上，波波和小师妹责怪俞璐。俞璐说："《杂文选刊》说了，容忍这种土匪行径，习惯这种野蛮执法的市民就是一盘散沙！"刘芳一直不吭声，想着什么心事，俞璐只顾生气，没注意到她的眼睛布满血丝。

在宿舍门口，刘芳站着不上楼，良久，忽然说："这种事是你管的吗？"

"《杂文选刊》说了，容忍这种土匪行径，习惯这种野蛮执法的市民就是一盘散沙！"

刘芳生气道："你还说，不是你，起码阿姨的东西还在，现在好了，连三轮车都没了！"

俞璐哑巴了，心里很难受，但转念一想，当时不是刘芳拉着自己，自己肯定就挺身而出了。于是说："当时不是你拉着我，我早——"

刘芳狠狠打断道："早怎么了？早怎么了？冲上去打架？！你就逞强！"

两人无语。

半响，刘芳叹气道："你以后不要再管这种事情好吗？"

"难道看见就当看不见，让社会不公吗？"

"我知道你有个性，但这事不该你管！"

"那该谁管？"

"难道你还不明白，在中国有个性是要付出代价的！你今天要真冲上去，后果就不堪设想了，出个什么事，你对得起爸妈啊？你爸妈教你当英雄？"

俞璐不吭声了。其实俞璐并不想当英雄，当时只是觉得阿姨和两个小孩可怜，回来经大家一讲就后悔了，怪自己一时多嘴，但俞璐接受不了刘芳这种长辈式教训人的语气，俞璐要面子，说："我妈就是这样教我的，下次再有这事，我还管，你怕事，你走开，别拦着我。"

刘芳发狠道："你妈也是个笨蛋！"

俞璐一拳捶在宿舍门上，铁门震得哐哐响，刘芳吓了一跳。俞璐嘶吼道："你说我可以，别说我妈！"

刘芳从惊恐中回过神，说："哇，现在才知道你这么孝顺，向我逞强？你今天怎么不冲上去英雄救阿姨？就你自尊心强！"刘芳越说越委屈，泪水从眼睑滑到鼻尖。

俞璐全身颤抖，说："你，你，要不是你们拉着我，我就——"

刘芳打断道："就怎样？你说啊？我才知道你这人原来还这么大男人主义！"

俞璐拳头关节咯咯响。

良久，刘芳哀怜地说："你能不能保证以后再也不管这种事了？"

俞璐坚决道："不能！你胆小，下次走开，别跟着！"

刘芳长长叹一口气，说："我们分开吧！"

俞璐抬起头，瞪大眼睛看着刘芳，刘芳低下头让泪水从鼻尖滴到地上，淡淡地说："我们不适合。"

115

回去后俞璐一直心神不宁，打去电话，关机了。

尽管俞璐知道刘芳是无心的，但也不能原谅她，男孩子可以没有爱情，但是不能没有尊严。

116

俞璐与波波拎着啤酒，越过女生宿舍，来到楼顶，然后爬上蓄水箱，坐在上面喝啤酒。

波波说："第一次？"

俞璐点点头。波波说："初恋都是刻骨铭心的。你还要痛苦一阵子。要不再找一个，这样忘得快。"

"我从来没有这样绝望过。"

借着酒劲，波波说："这算什么！我曾想世上什么伟大的人活着有重要意义而非死不可，我愿意替他死去！"波波的神情不像开玩笑。

波波童年时曾有一个幸福的家庭，一家四口，他还有一个姐姐，父母经商挣了很多钱，本来生意可以越做越大，日子应该是越过越好的。不料，波波初中时父亲染上赌博，还在外面玩女人，母亲和父亲吵翻了，父亲卷走钱和小三到外面买了房子同居，母亲带着姐弟俩艰难度日，谁知父亲不知悔改，不久债主拿着波波父亲写的欠条把铺封了，母亲积劳成疾，受不了这样的打击，一下子就病倒了，病来如山倒，积蓄很快便花光，母亲患的是心病，不是药物能治的，姐姐只好把房子卖掉，又拖了一年，眼看就不行了，姐姐带着波波去找父亲，看到父亲现在的处境比自己好不了多少，只好去求亲戚朋友借钱，又撑了半年，母亲还是去了。这年波波才15岁，以前有生意往来的亲戚怕他们跑了债，假装好心，便宜租一间十平方的小房子给姐弟俩住，面对母亲患病欠下的巨债，姐姐为了让波波能继续念书，高考后放弃上重点大学的机会，出来打工。后来小三跑了，父亲又回到波波身边，每天借酒消愁，混沌度日。姐姐为了减轻家里负担，出来两年就嫁人了。

波波没有任何家庭温暖可言，每次父亲酒后对其施暴，他就跑去超市捏方便面，还不解恨，就捏巧克力。高三那年，波波被防损捉住，防损千方百计引诱波波只要承认偷窃，此事既往不咎。波波信以为真，签字画押。事后他们通知波波的家人与学校教师来领人，波波说他们不讲信用与他们发生肢体冲突，商场报了警，波波被带到派出所，波波的行为虽然不道德，但是不至于违法，若经派出所处理，出去后就讲不清了。高考波波发挥严重失常，后来为了生计去了东莞打工，工厂那种流水线的工作枯燥乏味，他整天在空气污浊的车间拿着钳子不停的重复毫无意义的机械劳动，生不如死。

波波决定复读，但学费是问题，姐姐去求各方亲戚，没人肯借，还说波波没希望了，让其自生自灭。连姐夫也说就算考上又能怎样？大学学费又是一笔巨大开销。在大家的奚落声中，波波打了三年工存够了学费，考上了大学。

波波喝完瓶里最后一口酒，说："我活着所做的一切就是要把那些曾经瞧不起我的人一个个踩到脚下！"

"我们虽然不能选择自己的出身，但是可以选择自己的将来。别把社会想得太黑暗，世上美好的东西多着呢？我们现在不都上大学了吗？尽管我们对我们学院有诸多不满，但比起许多人好多了。我想我和你结果还是一样的，毕业以后找份好工作，追求自己喜欢的女生，然后创造未来，实现人生价值！"说完俞璐觉得不像波波在安慰自己，倒像自己在安慰波波了。

但波波并不领情，波波说："那是不可能的！不管你把社会粉饰得多太平，都改变不了我真实的生活！打工那几年我的世界观就发炎了。所谓的人生价值就是你有多少钱！"

俞璐叹口气，说："不要只向钱看！要向前看！波波，要相信人定胜天！"

波波冷笑起来，道："人定胜天是胜利者说的，失败者从来没有发言权！我永远不会原谅他！"

"你这么恨你父亲？"

波波脸上的肌肉颤动起来，说："不是我绝情，只是对这种人无须讲感情。知道当年高考我为什么发挥失常吗？"

俞璐摇头。波波说："我不想付出全部努力和心血去争取那本来就应该属于我的东西，我宁可牺牲未来也要让他们知道他们错了！"

俞璐不知该说什么。

波波接着说："我是社会底层爬起来的，谁也别给我脸色，迟早要还！"说完又猛灌完一瓶啤酒，以五毛代价，换来奇妙的一声，他拍手大呼："刺激！刺激！"

117

晚上睡不着，俞璐从床上爬起来眺望窗外，夜已深，一切安静下来，与自己格格不入。

刘芳离开了，俞璐很不适应，他终日和波波厮混一起，寻找精神上的慰藉。每天不知多少网友主动加波波为好友，波波可谓QQ王子，Q名与时俱进，用过的有：敢笑杨过不痴情、暴发户气质男、中国俺最坏、帅得想毁容。

俞璐的Q名老掉牙，吸引不了人。冯泉说帮他取了一个，叫"大痔若鱼"。俞璐发现冯泉的脑子与一般人还真不一样，连Q名也这么猥琐，但万变不离其宗，有：乱试佳人、善解人衣、丁字裤穿反了、千首观阴、肛正不屙、勃大茎身。唯期末时不太黄，叫"发粪图墙"。

波波除了聊天还喜欢斗地主，这个游戏凭分数晋级，最高级别是帝王，波波为了这个称谓每天辛勤耕耘。

俞璐不在乎分数，但在乎胜负，他宁可逃牌被多倍扣分也不肯让对方赢一局，很快变成负分，负分后变本加厉，破罐子破摔，牌好时浪着打，明明一下子能赢的却一张张出，折磨对方，牌不好就逃，强退后又故意回到原桌，发言说怎么网络这么差啊？老断线！气得对方想砸掉自己的显示器。后来，俞璐负了十多万分，他把QQ昵称改成帝王，许多人看到他的称谓都不敢和他打，直夸厉害，波波第一次看到也惊叹不已，问他哪里盗回来的帝王号，再仔细看清楚，奇怪，怎么分数前面有一个负号？才明白不是系统加冕的帝王。

波波偶然也打斗气牌。一次俞璐喊他下去踢球，波波发送请求退出，对方不同意。刚才波波出错一张牌，但从牌面说不至于会输，波波很珍惜分数，不想强退，俞璐催，波波再发，对方还是不同意，每局只能请求两回，这下波波生气了，每次出牌都故意拖到超时，对方以牙还牙，大家就这么耗着。

少了波波，俞璐叫场边一个看球的师兄顶替，这师兄刚面试回来，一肚子气，踢起球比戴维斯还猛。学院最近办了函授班，晚上有社会人员来上课，师兄一个大脚把球踢得九楼高，掉下来正好砸在一个来上课的妇女面前，妇女被从天而降的皮球吓晕了。大家惊呆了，回过神来，师兄赶紧把女人送去医院，一会折回来借钱，说女人醒了，要求做全身检查。

事后学生处把球没收了，说是凶器，还贴出通告说以后任何人不得在篮球场踢球，否则处分。下午派学生会的人守在那里。打篮球那帮人一度神气活现。

118

俞璐在报纸上看到一篇摘自网络的文章，标题是《三十岁女人给年轻MM的忠告》。大意说作者阅男人无数（其实很可能是被无数男人阅），结论是男人没一个好东西。不知女作者是否更年期提早了，抑或从小被各式男人骗至三十岁，她语调阴暗恐怖，列举各种男人不是，其中一条俞璐很为恼火，她劝告女生千万不要招惹贫穷出身或贫困生活超过两年以上的男人。

俞璐觉得这种东西在网上当茶余饭后谈资就算了，怎能刊于报上！一度怀疑编辑的水平，再度怀疑作者就是编辑本人。他常常会臆想，刘芳不会是因为看了这破玩意才和自己分手的吧？

119

俞璐和波波开始约着逃课去电子阅览室，他愈发迷恋网络，情感和生活的挫折很快被上网的快乐所弥补。

中午下了课，陶红让俞璐留下，要和他谈谈。陶红娓娓细数俞璐的不是，把踢球出事的责任也推到他身上，说他带的头。俞璐什么也不说，因为他知道若反驳，陶红会谈更长时间。

被训完，饭堂早已人山人海。为防插队，每个窗口都用水管焊了一进一出两条道，朱逸群从后走来，他虽然体态笨重，但插起队来相当敏捷，一个箭步插进队伍的前面，还在得意地奸笑。平日插队的人多如牛毛，俞璐见怪不怪，他和波波经常也会这样做，但今天不知为什么，可能是角色起了变化，俞璐怒从心头起，恶向胆边生，刚才若不是被陶红训话，自己根本不用排长龙，他一怒之下冲到窗口前要打饭，朱逸群居然指着他说："同学别插队啊！"然后示意俞璐看看后面长长的队伍，俞璐一拳捶到厨窗的玻璃上，指着他说："你他妈的！有种再说一遍！"打饭师傅和正在排队的学生全惊呆了，其它窗口的师傅也都停下手中的活儿，时间在这一刻定格，只剩下厨窗玻璃在震荡。师傅怕事，连忙说："好啦，别吵了，都饿坏了，先给你打，小伙子火气这么大干什么呢？"

拿着盒饭退出时，俞璐狠狠瞪了朱逸群一眼，朱逸群想说什么，毕竟做贼心虚，看见俞璐一脸愤怒，大有吃不了饭就吃人的架势，只好把眼睛瞅向一边。

俞璐纳闷朱逸群怎么又胖了，会不会衣服还裹着一个？

120

今天在电子阅览室上网，波波发来一个软件，俞璐一接，屏幕就黑了。俞璐问怎么回事？波波说是他在黑客网上下载的木马。俞璐问有没有可看到键盘输入痕迹的软件？波波说有，说完忽然明白过来，两人相视一笑。

121

冯泉在宿舍说看到刘芳与一男的在一起，波波问男的是不是很胖？

冯泉说："对头，你也知道？"

波波说："俞璐，我早说了，人家名牌大学本科生又是学生会主席，你拿什么和人家比？"

冯泉说："波波你说什么呢？胖子什么时候当学生会主席了？你搞错了，我说的和刘芳一起的是朱逸群！"

波波和俞璐同时脱口而出："不可能！"

冯泉说："真的，听说朱胖子正在追她，快到手了。"

波波说："俞璐，你先冷静，眼见为实。"

俞璐怎么也不相信，刘芳和白高胖一起还能接受，如果是朱逸群就绝对不可能！而冯泉却信誓旦旦。

俞璐喃喃自语："不会，不会！"波波："难说，现在女孩子现实的很！"

隔天在饭堂劳动，果然见到刘芳与朱逸群在一起。俞璐怎么也想不明白。干活时他心神不宁，一直在想要不要给刘芳打个电话。

他说了"喂"就好久说不出话，刘芳问他什么事，俞璐说想和她聊聊，刘芳说约了朋友，晚一点再打来，俞璐说现在想见她，刘芳说马上要出门。俞璐说晚上在阅览室等她，不见不散。

俞璐感觉刘芳漂亮了。问她："你怎么会跟他在一起？"

刘芳反问："谁？"

俞璐不说话，过了一会刘芳说："这是我的事，你不用管。"

"你不是说最讨厌胖子么？"

"我没说过，那是你说的好不好？别把你的想法安我头上！"听到刘芳这样说，俞璐顿时泄气，她从来没有这么偏袒过自己。

"胖子都好吃懒做。"

"这不要紧，说明他不穷，你见过哪个穷人长得胖？穷人嫉妒胖人才这样说。再说他为了我会减肥。"

"他骗你的，以前他也对我们班的赖月京说过。再说减肥后他会很丑的！"

"你怎么知道？"

"因为我初中有一个跟他长得很像的同学，只是比较瘦。"

刘芳有些不耐烦，一本正经道："我不想谈这些！"这时手机响了，刘芳看了一下号码，然后又看俞璐一眼，走到旁边去。她在回避自己，俞璐感到很伤心。

122

天气越来越热，朱逸群穿一条裤衩在宿舍走来走去。

现在201长期关着门，俞璐去敲门，传出魏生津的声音："暗号！"

俞璐骂道："放屁，开门！"

魏生津说："不对！暗号不对不开！"

一会，门开了，俞璐一看是傅贵开的门。

朱逸群见傅贵把俞璐放进来，骂道："你这傻逼，怎么把外人放进来？"

俞璐自言自语道："胖子才傻逼。"

"你说什么？有种再说一遍！你以为我是吃饭长大的啊？"

正当大家纳闷朱逸群不吃饭到底吃什么长大的时候，朱逸群也意识到自己失态了。俞璐骂道："我说你傻逼，听见没！"

朱逸群相当激动，不顾生物学上的可能，急不择语骂道："操你妈的，王八哈巴狗！"所谓英雄无不冲动，俞璐一听朱逸群骂娘了，冲上去就给他一耳光，朱逸群早就提防着，闪身避了一下，但反应迟钝，还是挨了半记。朱逸群迅速起身捉住俞璐的衣领，两人扭打起来。那场架打的十分激烈，可惜余华当时不在现在，否则又可以推出一部力作。

当然有四两拨千斤这种招式，但这只属于武侠小说，所以这场架打得非常符合科学精神，俞璐受伤了，还不轻，主要因为俞璐犟，只管出击，不顾防守。陈粒以前被他们奚落，双拳难敌四手才忍让，自己要替陈粒把仇也报了。宿舍其他人拼命拉住双方，波波闻讯赶来，来到边打朱逸群边假装劝架。俞璐被拉出门去，朱逸群也被拉至宿舍窗口，两者距离最少6米，朱逸群还感觉到自己被打，莫名奇妙，莫非俞璐是"街头霸王"里那个四肢可以任意伸缩的怪胎？

朱逸群发现了波波的不怀好意，开始骂骂咧咧。

宿生围观的同时还在窃窃私语。沈京兵也来看戏，还不忘煽风点火。朱逸群省悟，说："我有钱，就是要玩你女人怎么着！"

俞璐又要扑上去，被波波和傅贵死命按住。

波波马上用余华小说《活着》里最后那句话来骂朱逸群，朱逸群气得咬牙切齿，脸一阵红一阵白。

事后两人被保卫科带到学生处接受处理。陶红当作不知情不肯到场，黄主任认出俞璐，露出一丝常人不易察觉的奸笑，说："你们班主任没脸来，你们说这事怎么弄？每人挨一记处分得了！"

幸亏系主任出面，跟杨伟说尽好话，又在黄主任面前狠狠地把俞璐和朱逸群臭骂一顿，学生处才同意不处分。

系主任把俞璐领到楼梯间，说的一席话让俞璐终身难忘。系主任说:"年纪不小了,还这样胡闹!再有下次,我肯定不会管你!以前你找我理论分数,我觉得你宁愿不合格也不作弊,当时真的挺感动,但现在,哎,我不想说了,如果还想让我瞧得起你,做出点成绩来。其它我就不多说了,希望你自己学会考虑问题。"

此时,俞璐觉得,也不必说什么对得起父母,对得起老师,或许能对得起自己的青春,对得起自己的良心就够了。

俞璐不敢回家,寄居在波波宿舍。波波给他买回茶叶蛋消肿,烫得他哇哇大叫。俞璐埋怨波波:"你为什么要拉着我?"波波说:"你打不过他的。"俞璐发狠道:"你到底帮谁?"波波叹气:"当然是帮你。你知道为什么学生处会知道吗?"俞璐摇摇头,波波说:"是沈京兵。那天矫厚根在学生处搬桌子看见他去告密。"

俞璐心里超想灭了沈京兵。

期间,刘芳打来一次电话,问伤着没有,俞璐逞强,说没有。刘芳问为什么动手,俞璐说朱逸群骂人。刘芳说谁先动手就是谁不对。俞璐说不管谁,骂他母亲就不行。刘芳冷笑起来,说:"你以为这样很英雄吗?把人打伤,人家身上的伤疤有多丑,就表示打人的你品德有多坏!"俞璐说:"朱逸群带给我的是精神上的伤害。"刘芳说:"你不用说了,他身上的伤疤把你的品质暴露无疑!"俞璐一气把电话挂了,他知道朱逸群肯定说被打得很重,搏刘芳同情。

123

俞璐上课戴着鸭舌帽,同学背后说刘芳离开了俞璐,俞璐不甘心就去打人,还说刘芳应该选朱逸群,人家这么有钱,俞璐一个去饭堂勤工俭学的学生怎么配得上。

如果讲刘芳与朱逸群刚在一起时还有所顾虑,这事之后两人明显就走在一起了。

俞璐浑浑噩噩,选修课能逃则逃,必修课选着来逃,去上课也是趴桌子。

今天他又喝酒了，头脑一热给刘芳打电话，接通后开始胡言乱语："我没有有钱的老爸没有标致的五官没有健硕的体格却有一颗爱你的心。"

刘芳说："你是不是喝酒了？我听波波说你现在经常喝酒。"

"看来你还是挺关心我的。"

"别自作多情。"

"还记得我们第一次见面吗？迎新晚会上我坐你旁边把你给逗乐了。"

其实刘芳第一次见到俞璐是刚入学的一天中午，她在宿舍走廊晾衣服，发现有男生在偷窥，俞璐给她的第一印象是这小子真傻。但她却从来没对俞璐提起过。

俞璐还在胡言乱语："他爱你多久？爱你一万年也就是宇宙飞船从地球到火星的时间而已，我爱你一万光年啊，还是用蚂蚁来爬！"电话那头不作声，俞璐开始唱起歌来："我愿为你，为你变成童话里你爱的那个白痴……你要相信，相信我们像像童话故事里——"

"别唱了，我们已经分手了！"

俞璐突然很想对刘芳说，其实自己对《泰坦尼克号》的爱情观很认同，如果她是露丝，他也会像杰克那样为她死去。

但是刘芳没给他机会，刘芳说："俞璐，你还没成熟，或者说永远也不可能成熟，你性格像个大男孩，可能会有小姑娘喜欢这款，可我不喜欢，我已经成熟了，我希望我的男朋友能作为我的靠山，可以让我感到舒心，安全和可靠。你明白吗？"

俞璐嘶喊道："我怎么不成熟？！像冯泉他们看许多毛片，像夏建仁他们会拍马屁才叫成熟吗？如果是，我也可以做到！冯泉说的没错，你就是贪朱逸群的钱！"

刘芳有点讨厌俞璐了，说："随便你怎么想吧！"说罢把电话挂断。

俞璐在听老狼的《昨天今天》，眼泪莫名奇妙的流出来：

当爱过的人又再出现
你是否会回到我身边
电话那边流着我的眼泪
你也知道那是为了谁
时间带走的日子会相信
我所交给你的心
过去的温柔让我颤抖
我还想着从此以后

是谁遇见谁是谁爱上谁
我们早已说不清
是谁离开谁是谁想着谁
你曾经给我安慰

写在心里的话也会改变
是曾经躲避的誓言
昨天不懂的事又会重来
你的心是否依然在
别在意今天能不能永远
想我的时候不会孤单
散开的头发遮住了肩膀
你的心是否和我一样

124

热闹过后是空虚。对于年轻人，可怕的不是失恋，是无所事事，是莫名其妙的无聊，俞璐看不到前途，弄不清生活的意义和价值，迷茫而无助。

晚上他和波波又爬到楼顶喝酒。俞璐说他不想读书了，他觉得自己不可能再学好，也无法再像以前那样生活，更不可能争气给系主任看。

波波说："不读书你能干什么？在这好歹能混个毕业证。你知道吗？你现在的想法和我当年一样。来，今晚我们不醉不归，醉了好好睡一觉，明天醒来就没事了！"

当晚两人喝了十多瓶酒，聊了很多，从学院到社会到全世界，后来话题无聊到了极点，两人讨论为什么南极有企鹅，北极没有，北极有北极熊，南极没有。

125

第二天醒来，俞璐并不像波波所说的没事了，所谓借酒消愁愁更愁。俞璐只能通过一次次的放纵来麻痹自己，才能找到心理上平衡的支点。

生活变得麻木不仁。俞璐和波波在电子阅览室装木马疯狂盗号，用盗来的号疯狂加人，他们只加女的，搜罗了全国各地QQ头像漂亮的女生，开始不分昼夜的聊天，对方不肯视频就发去一些恶搞信息，或用木马攻击对方。

126

大三学生毕业了，林万斌留校，张菲师兄由于没钱交齐所欠学费不能领毕业证，俞璐很想知道他怎么找工作，但话到嘴边问不出口。

再去电子阅览室发现木马没了，原来许多学生投诉在这上网被盗了号，林万斌全面杀毒。波波又上黑客网下载了比原来更牛的木马。

俞璐直夸道："波波，好样的，你天生就是当黑客的命，再过三十年你就到参选十大杰出青年的岁数了，到时非你莫属。"

波波回敬道："你天生就是羡慕我当黑客的命！"

127

人在江湖走，总会遇高手。

波波最近聊了个女网友，对方叫"杀人时跳跳舞"。俞璐发现她的Q名独一无二，全国就一个，于是盗用了，她只好改名，叫囡囡。

不久波波说囡囡被他征服，非要从广州过来和他见面。俞璐不信，向波波要电话，打过去问囡囡为什么喜欢波波，囡囡说波波是电脑专家，她就想找这种人当男朋友。俞璐乐了，说："我也是电脑专家啊！"

波波急了，说："听他吹，如果有破坏专家，他就是，还非他莫属，还是正宗的！"

过几天囡囡真来了，波波六神无主，整个中午在宿舍踱来踱去，大家劝他别这样，他说："我坐立不安。"俞璐说："那你躺下来呗。"

忽然波波手机响了，俞璐抢着接，波波紧张地问："谁？"俞璐故作深沉道："她呀！"

波波更加紧张了，问："她说什么？"

俞璐缓缓道："她说打错了。"

128

囡囡一个人来的，她长得很胖，QQ上她自称虽然不漂亮，但身材绝对魔鬼。俞璐总算明白，原来魔鬼也是有很多种身材的。

波波好心，请她吃了一顿饭，吃过饭，俞璐暗示波波走人，但囡囡纠缠不清，非要到他们学院，两人没办法，只好带她回宿舍，幸亏杜子腾在，他真是放屁专家，一个响屁就把囡囡给吓跑了。

囡囡走后，两人如释重负，波波说："我马上拉黑！"俞璐说："她走时要宿舍电话。"

波波紧张起来，问："给了？"

"给了。"

波波大叫道："啊，你怎么还给她？！"

"没关系，给的是杨年轻搞的心理健康咨询热线。"

129

继囡囡之后又有两个网友要求见面，见面回来，俞璐与波波意识到恐龙不灭绝对人类绝对是一种危害。

经过几次打击后，波波签名档变成：长得如花不是你的错，但跑出来吓人就罪过！

俞璐有了许多靓号，但长期隐身，主要因为号码是盗回来的。一天，一个昵称肖怡的女生发来信息说给俞璐介绍一些好听的歌。俞璐回信息问什么歌。

肖怡发来：《THEMEFROMSILKROAD》。俞璐百度一下，是首纯音乐，译作《丝绸之路》。俞璐听后觉得还可以，问谁唱的。

肖怡回："喜多郎。"俞璐问："哦，喜多郎我喜欢，我常吃。"肖怡发来一个晕的头像。

俞璐忽然想起什么，说："不好意思，看错了，喜之郎才是果冻，怪他名字没改好。"对方很久没回信息，俞璐又发："喂，晕这么久的？"

肖怡发来一条空信息。俞璐想此女生果然新潮，居然想到发空信息，给人无尽的想像空间。于是他按回车，回赠一条，表示想像无法表达。一会肖怡发来信息说俞璐QQ版本太低，可能收不到她发的图。这回轮到俞璐晕了。

130

后面俞璐又与她聊了几次天，每次她都给俞璐介绍一首歌，像施恩的《ONLY TIME》，俞璐听得心旷神怡。俞璐感觉她品味与众不同。

波波问："长得怎么样？视频过没？"

"没。"

"不像你风格啊！以前不肯视频就往黑名单里拖，这回怎么啦？"

波波发视频过去，肖怡没有接也没关，半天才回："一定要看吗？"然后就拒绝了。俞璐马上又发过去，对方又拒绝了。俞璐发："不接把你号盗了！"肖怡马上回："你敢！"

俞璐再发，发现对方头像黑了。

数天后，一个陌生号码："把QQ密码还我。"俞璐回："真搞笑，我都不认识你，怎么知道你密码啊？"对方说："前两天你不还说要盗我的号吗？"俞璐一激灵，问："你是肖怡？"对方回："对，还我号！"

俞璐好几天不见肖怡上线，以为她把自己拉黑了。原来是给人盗号了，他发去："我开玩笑而已，你真给人盗号了？"

肖怡回："你能帮我盗回来吗？"

"我试试。"

俞璐找波波，波波果然厉害，把号盗回来，还把盗号那小子电脑黑了一把。

肖怡很高兴，不停表示感谢。俞璐资料上看到肖怡与他是同一个城市的，说："要真想谢我就请我和波波吃顿饭。"肖怡说："好啊，你们定个时间。"

"波波，肖怡请咱俩吃饭。"

有过前车之鉴，波波说："你傻了，恐龙请吃饭你也敢去？小心吃了你！"

俞璐发视频过去，说："先看看人，我们不能和恐龙约会。"

根据经验，俞璐和波波对肖怡都不报太高期望，结果视频接通，一个清新脱俗的女孩出现在他们眼前，波波一度以为是幻觉，等反应过来，拍着俞璐肩膀说："小子，艳福不浅啊！总能遇到漂亮女孩儿。"

俞璐说："恐龙说请吃饭，咱们去吗？"

波波说："去！为什么不去？"

131

傍晚，在肯德基见面。肖怡较视频上更可爱，一双清澈灵动的大眼睛显得人很单纯，她还带来一个同学，长相也可以，名叫赵飞燕。

趁波波上厕所的间隙，俞璐问道："你们胆子真大，轻易敢出来跟网友见面？不怕我们是坏人么？"肖怡笑了，说："你们不会干坏事的，你们不像。"

俞璐语气坚决地说："我当然不会。"然后偷偷瞄一眼厕所方向，轻声道："但波波难说啊。"

波波从厕所回来，说："喂，我不在时，俞璐有没有说我坏话啊？"

两女生哈哈大笑。

"我们表面不像坏人，但是有位名人说过，表面越像好人的人，往往这种人善恶都是一念之间。"

赵飞燕问："谁说的哟？"

俞璐说："俞璐说的呗。"女孩问："有名吗？"

俞璐说："嗯，挺有名的，我想能想出这么个道理的人都不会太笨的。"

肖怡和波波乐了。

俞璐给她们说起小时候的事，小学第一次上课，老师教小朋友上学要带纸巾，为加深记忆，便提问小朋友知道带来干什么吗？俞璐那会特单纯，坐半天不敢说一句话，这时记起妈妈说过每节课都要勇敢举手发言，眼看就下课了，连忙举手，老师注意到他了，见他半天没吱声，便叫起他。俞璐站起来，大声说擦屁股。结果哄堂大笑，连老师也忍不住，剩下俞璐一人百思不得其解，这有什么好笑的？下课后教师找到俞璐，教导他下次要说擦鼻子，俞璐懵懂的点头。

"又不掉鼻涕，我擦什么鼻子，要擦也是用手擦，其实我就是想带来擦屁股的。"

女生花枝乱颤，俞璐说的真话全给当成幽默。

赵飞燕说："别人说你小时候有趣，我还不信，你小时还干了些什么哟？"

俞璐听不明白，睁大眼睛看着她，说："什么？"肖怡赶紧偷偷向赵飞燕打眼色。赵醒悟道："没什么。哎，吃东西，这东西挺好吃。"

回来后波波说："肖怡对你好像有意思啊！"俞璐说："别傻了。你不是说过不再相信网恋吗？"

冯泉得知肖怡漂亮，向俞璐要QQ号，俞璐不肯。冯泉不停吹嘘，说只要他一出手肖怡就怎样怎样。

于是打了一场赌。

两天后冯泉说肖怡已经完全陷入他设的爱情陷阱里不可自拔。

晚上，俞璐看见肖怡头像亮了，向她打招呼。她问俞璐是不是把她的号告诉了别人。俞璐说是。

肖怡说："你没经我同意怎么能这样啊？我删了他了。"

"别删啊！"

"为什么？"

"是我同学，我们在打赌呢，他说几天就可以泡到你。"

"你们真无聊。"肖怡说完便下线。

132

往后宿舍电话一响，冯泉抢着接，每次都说是肖怡找他。

一次波波趁冯泉接电话的时候偷偷拔了电话线。冯泉还对着话筒讲得兴高采烈。

晚上波波对俞璐讲起这事，还忍不住笑，俞璐问冯泉没女朋友是从哪里学来的这么多恋爱理论去指导别人泡妞？波波说："这些所谓追女孩的经验网上论坛多的是。"

俞璐说："那他自己为什么交不到女朋友？"

"可能是他只看帖不回帖，上面写得很清楚，只看不回的人是可耻的并且是没人要的。"

133

临近期末，大伙未雨绸缪忙于作弊事宜。

俞璐来到久违的阅览室，课本新得可怕，他心里凉了半截，这学期拉下的功课太多，短时间内无论如何复习都不可能通过考试了，不作弊就只能坐以待毙。

他决定作弊，波波与他不谋而合，两人一拍即合。

波波说："就这样定了，明天考《数据库》你坐我旁边，我给你占位置。"

俞璐说："这科不行，这是必修课，我俩不在一个班考，怎么传纸条？"

"怕什么，朱逸群他们都换到我们班来了。监考老师不管的。你旁边都有谁？我来找他们换。"

134

最终俞璐只有一门必修课不合格，考测科居然全部优秀！《网络技术》甚至比矫厚根还高一分，矫厚根平日极认真对待这门课，他不服气，闷闷不乐，俞璐记忆中这门课是高数老师的老婆刘产任教，她从不提问学生，她认为提出一个问题比解决一个问题重要，复习时只让学生提问，她根据问题难度在随身携带的本子上作记录，作为期末打总评分的依据，还不允许任何学生事后复查卷子。

考前一天俞璐提了一个连自己都不清楚想问什么的问题，结果受到刘产的青睐。矫厚根提的问题比俞璐简单，得分自然比俞璐低。

而《C++》任课老师则根据学习态度打分，她认为女生的态度要比男生好，所以女生普遍通过。俞璐波波等几名男生的名字较为女性化，因而也受到青睐。

不合格的是《数据库》。这门课俞璐考前认真复习过，还是没信心，答完卷子感觉许多题目都没有把握，正准备掏出事先准备的纸条，无意中窥见邻桌波波的试卷，一看之下，不由大喜过望，自己的答案居然和波波的一样，便欣然交卷。

出了考场，俞璐对波波说："刚才对了一下试卷，前面的选择题和判断题我们答案全一样，及格应该不成问题，看来只要我们认真复习是不需要作弊的。"

波波脸色大变，说："当然一样了，我都是抄你的，我看你写得这么快，以为你会做！"

135

放假前外联社负责人找到俞璐，说有个辅导中心招教师，问他去不去。俞璐上学期加入该社，只参加过一次活动，想不到负责人还记得自己，他听说待遇不错就去了。

辅导中心在一个高档小区，教室是王教师把自家的客厅改成的。同来有十多个人，大家轮流进房间面试，俞璐为了能留下来，把写申请书的句子用上，从王老师流露出的眼神，俞璐知道自己成功了。

被留下的还有庄宽，叶小丽和史珍香。王老师将其他人送走后与他们开会，说了一系列注意事项，反复强调不能与学生有任何联系。她给大家安排课程，叶小丽辅导语文，史珍香辅导英语，庄宽辅导高中数学及初二数学物理，俞璐教初三数学物理，王老师自己教一个小学奥数班。

辅导班其实就是让学生先做题，然后进行评讲。每次课两小时，报酬二十五块钱，。

王老师要求每人出十份试卷，大家非常积极，都说没问题，庄宽说他高中书本还在，叶小丽也说能借到小学教材。

俞璐回去把自己当年初三的课本翻出来，一晚上出了两份题。

寒假开始上课，本来所有科目都分提高班和培优班，但每种班都只招到两个人，所以就合在一起上，俞璐所教的物理班四人中两个是穷学生，两个是富二代，富二代中一个叫李帅，人不可貌名，在其身上找不到一处与帅相关的地方，不过他依然觉得自己很帅，这也不过分，因为他的参照物是另一个富二代秦寿生，俞璐觉得他不认识冯泉可惜了，否则他就是非常非常的帅！

秦寿生此人非常有民族自尊心，地理课上老师提问世界最长的河流是哪条？他回答长江，老师告诉他是非洲的尼罗河，他爱国心重，立志有朝一日填平尼罗河，哪怕填不平，填它三分之一也行，好让长江成为世界第一长河。可惜他不知道长江只是第三。

两个穷学生学习很认真，两位富二代压根不是来学习的，不停捣乱，俞璐起初还一视同仁，后来发现根本做不到，只好把精力放在两个穷学生身上。

秦寿生全身名牌，并且每次来穿的篮球鞋都是不同款的阿迪达斯，来上课的学生的鞋子都是放在门口的鞋架上的，唯独他的王老师会帮着拎进来，并且王老师每次还说："寿生，王老师又帮你把鞋子拿进来了，还是拿进来的好，这么贵的鞋别让人给偷了。"

一次，秦寿生无聊，把自己衣服上彪马商标的尾巴给扯掉。俞璐看到直皱眉头。一个穷学生说太糟蹋东西了，秦寿生不以为然，说："怕什么，我家还有一件一模一样的。"

李帅见俞璐的裤子也是彪马，说："哇，老师也穿名牌，商标怎么褪色了？"

秦寿生说："俞老师你穿的是不是真货啊？"

"假的，我自己画上去的。"

四人很惊讶，俞璐把自己以前历史课上给历史人物化妆的事说了一遍，还教他们画了几个商标，他们啧啧称奇，觉得这个老师与众不同。

还有一次李帅与秦寿生争论NBA赛事胜果，他说："马刺总是刺伤骑士骑的马，所以明天马刺必胜！"

秦寿生反驳："凭什么骑士骑的就是马，骑牛骑羊不行吗？"

俞璐知道秦寿生喜欢篮球，于是投其所好，跟他聊篮球，他渐渐变得听话。

做题时李帅频频把头伸过去偷看两个穷学生的，俞璐说了他几句，李帅反驳是因为对方写的字太草了，所以才使他如此辛苦。俞璐叫他不要这么轻狂，李帅居然说年少不轻狂，对不起爹娘。俞璐超想抽他，但心里叫自己要冷静。

一会，李帅又跟秦寿生讨论电脑游戏，李帅说："人在江湖漂，没钱没地位，谁借我点钱呀？我要充点卡。"

俞璐打断："花钱升的级不叫本事。"李帅一听来劲了，问俞璐道："兄弟多少级了？"

俞璐说："你把试卷写完，下节课我和你说。"李帅不依，一个劲追问俞璐还玩什么网游，其实俞璐什么网游都不会玩，但为了唬住李帅，他装得很在行，想起宿舍大家玩得最多的就是魔兽，就说魔兽。李帅问他用什么族，俞璐随口说魔兽族。李帅吃一惊："什么？魔兽族？兽族吧？"俞璐连忙说对。

回去后俞璐打电话问波波魔兽怎么玩。波波说："你不是从来不打网游的吗？怎么突然有兴趣？"俞璐让他别管，只管教他。波波讲半天，俞璐略懂皮毛，幸好李帅也是初学者，信以为这个老师真是游戏高手，从此对俞璐言听计从，渐渐把两人的距离拉近了。

137

今天李帅又不肯做题，俞璐让他赶快写，李帅说看完手上的《世界未解之迷》就写。俞璐问还差多少。李帅轻松地说："快了，就差200来页。"俞璐见他正在看第二页，感觉这话似曾相似。

李帅惊呼起来："我知道比萨斜塔为什么斜了！"其他学生全停下来问为什么。李帅说："设计师吃的伟哥是水货。"俞璐原以为他只是顽皮，没想才初二，思想如此脏乱差。

俞璐威胁道："你不要逼我逼你啊！"

李帅开始低头托腮，故作沉思状，俞璐知道他其实是在打瞌睡，昨晚肯定是打通宵游戏了。良久，李帅醒来，说："老师到点了。"俞璐看一眼自己的表，知道李帅故意把他自己的表拨快了。李帅见俞璐不理他，敲俞璐的表，俞璐烦了，说："敲什么敲？"

"这表慢了，落后就要挨打。"

王老师正好进来，李帅马上改口："我说飞利浦让我们做得更好。"

138

王老师这女人很厉害，她能搞掂那些有钱人家里的女主人，让她们心甘情愿花高价钱把孩子送到这里。

学生走后，王老师很喜欢把大家留下来开会，询问一天的情况。大家老实，说有钱孩子都不是来学习的。老师说刚起步，所以要把他们留住，以后学生多了，就劝退他们。王老师还说来这的学生家长素质都挺高的，要俞璐他们提升一下衣着。事实，来这里补习的非富则贵，从学生带来的草稿纸就可以看出，李帅演算用的信笺红色抬头铅印着"市政府上访接待室"。

俞璐去吉之岛买回两件衬衫，中午回家热出一身汗，就挂在阳台晾，下午干了穿回来。为了省钱，俞璐骑车往返，为了不迟到，常常骑得超快。

139

俞璐哄得住学生，另外三人不行，尤其史珍香为人呆板，忍受不了富二代的顽劣，经常与他们争吵，一次还给学生气哭，学生回去向家长搬嘴，家长打来电话投诉，王老师要撵她走。叶小丽和史珍香姊妹情深，说王老师若撵史珍香，她也不干。

晚上大家走后，王老师留下俞璐，在他面前不停数落史珍香，还问俞璐说得对不对。俞璐陷入两难，附和无疑伤害史珍香，还会树敌叶小丽，不附和吧，又会得罪王教师，折中一下说小赖能力一般，但责任心还是挺强的。这算一句中肯的话，但王老师只听了前半句，因为她很乐意俞璐站到自己这边。

140

结果王老师还是撵走史珍香，还不肯马上给她结算工资，让她两个星期再回来取。

临别一起吃饭时，大家都说王老师的不是，史珍香说从学生那里打听到王老师不过是S小代课教师，私底下偷偷拉自己班的学生回来办什么奥数班，所招的初中生也是通过给佣返点，让其他教师介绍过来的。

庄宽说王教师嫌他教的班人少，居然把她上初三的儿子放到他的高中班一起上课。

叶小丽出主意道："史珍香，既然王老师绝情，你私下联系学生断她财路，上次不是有个家长给你留电话么？"

俞璐盘算过，他们每天早出晚归拼命挣课时，不足王老师所得零头。王老师很狡猾，算四人工资时是按课的次数算，向家长收费时却是按小时算，并且要价惊人，每个学生十次课收八百，算下来，一个月可以挣十万，比大学教师一年收入还高。她还常常巧立名目收什么试卷费喝水费的。俞璐跟她到小区门口印过卷子，一毛钱一张，她还要跟老板讨价还价，一个学生总共才十二张，她却收每人五十元。

史珍香最终没有成功，原来王老师生性多疑，近乎病态。给史珍香留电话的家长其实是王老师亲戚，故意安排来试史珍香的，王老师以此为由扣了史珍香一半工资，说是不诚信的代价。为了不再出现这种情况，王老师要求以后但凡有学生或家长在场，俞璐他们互相之间不得谈话，还不能叫对方全名，从此大家叫俞璐只能叫小俞老师，庄宽就变成了小庄老师，好比伊朗为禁止官方使用外国语汇，把披萨饼改称"弹性烤面包"。

王老师又去请来一个以前在民办学校上班时认识的老师来顶替史珍香的位置，这人受过王的恩惠，对其毕恭毕敬。

王老师通过关系又找来一个B理工在读研究生，还管吃管住。但大家不肯让出课时，所以研究生暂时负责辅导她大儿子英语，结果没三天又被撵走，走时还要被检查行李才放行。

事后王老师找来俞璐和庄宽，说："你俩说是吧，我跟他又不熟，谁知道他会不会把咱家的东西藏在行李里面带走。"

怎样否定这句话而不得罪王老师，似乎还没有人知道，所以两人都不吭声。

141

王老师的家庭很特殊，她与前夫离异后带着儿子与现在的丈夫结合，生下小儿子。小儿子念初三，大儿子念高二。王老师对大儿子明显偏心，大儿子问她要钱马上就给，小儿子只能从父亲处才能要到钱，两个儿子补课，小儿子是看哪个班人少就搭上去旁听，大儿子是她开出的工资里最高的，每小时四十块。

她的丈夫整天吹个葫芦丝，不怎么理事。

142

课程结束，俞璐拿到四千多，足够交学费。寒假过半时，传出学院下学期可能要搬到郊区。原因是学院现时人均用地面积不足，被省教育厅黄牌警告。王老师一个劲追问学院会不会搬迁，俞璐打电话问波波，波波说得到可靠消息，院长发挥所长，和上级领导吃过几次饭桑过几次拿，把事情摆平，应该不用搬。王老师安心，说开学后继续开班，约定他们周末接着来教。

143

快开学时小白打来电话，让俞璐和方木上他家。小白换了女朋友，他豪爽的把女朋友介绍给两人认识。小白的女朋友艳丽无比，像范冰冰。小白问她午餐想吃什么，女生说随便。于是小白请俞璐和方木去吃西餐。

吃到一半，女生嗲嗲地说要上洗水间，待女生走开，小白问两人觉得怎样，俞璐说："好吃，我还是第一次吃西餐，这地方很贵吧？"小白一愣，然后狡黠一笑，扔给方木一根金装五叶神，说："你觉得呢？"

方木说："漂亮，身材一流，难怪你瘦了，吃不消吧？"

俞璐问："什么大学？"

小白脸一沉，说："没念大学，我们学院附属一个中专的学生。"

俞璐明白过来，说："女孩子不仅要外在美，还要内在美。"

小白脸露喜悦，说："她里面也美，我看过了。"

144

学院最终还是搬迁，当天再现暴动光景，宿生把一切不要的东西从楼上扔下，顷刻，中庭全是垃圾，景象一片狼藉，仿佛鬼子进过的村。

新学院位于郊区，院长说能拆的东西都要拆了带走，杨伟雇来许多大卡车，宿生纷纷把行李打包，杜子腾到处捡别人不要的东西。

晚上俞璐收拾铺盖，次日乘公交前往。当地长途公交的服务对不起这座城市的称谓，售票员把汽车当压缩机，恨乘客不是货物，挤得罐头公司甘拜下风。

公交不直达学院，到站无车可转，倒是当地黑摩的热情，见汽车靠站像苍蝇见屎一般，围上来吆喝。这伙人驾的全是该拿去废品站称重的烂铁，俞璐挑的车经改造，前半截是摩托的前半截，后半截是三轮的后半截，两者神奇焊接起来。雇此车俞璐主要考虑到车夫比巴金还老，万一是辆黑车，估计还能招架。

路上下起小雨，老车夫停下，鼓捣一阵，雨篷装卸，车成了小屋，俞璐惊喜不已，透过雨篷，看见车夫卖力蹬踏，很是感动，到学院给了五块钱不用找零。

145

新学院校址前身是所落魄贵族高中，贵族高中当年招纳贫困山区优秀学生免费入读，获得高考升学率极高的口碑，骗得许多暴发户把子女连同巨额学费一起送来。随着暴发户子女远超山区学生人数，升学率神话不在，学校办不下去，被当地政府收购。从建筑上可以看出贵族高中当年的风光，但许多设施只建了一半，教学楼也只有半边，另外半边地基上的钢筋还暴露在空气中。校园四处是建筑用的沙堆，碰上矫厚根一样视力的准会以为是人造假山，原来打算建图书馆刨出的大坑大雨过后成了池塘，可惜没有荷花。

146

宿舍六人间，搬迁前学生处发下表格，让学生自由组合，俞璐和波波商量了杜子腾，矫厚根和老大，空下一个下辅，大家把杂物堆到上面。

老大是怎样一个人？俞璐初中的体育老师说，男人若近视超过五百度就算半残，而东北人又普遍认为男人身高没超过一米五，算是半残。老大两者兼具，可以报名参加残奥会了，事实却不能。大家觉得他日后找工作会比较麻烦。

学生处广播通知室长中午开会，大家面面相觑，俞璐提议马上选一个，宿舍一致选杜子腾，杜子腾却之不恭，只好服从。大家凑钱买了十张水票，杜子腾贵为室长，光荣地去扛水。

杜子腾回来传达会议精神，说新学院要求有新面貌，宿舍要干净卫生，东西要放整齐，床铺要常清洗，今后学生处随时检查，每月评一次文明宿舍。

为应付检查，大家开始轮流做值日。

俞璐期望一段新生活，但新生活不是渴望就会来，因为太多旧元素无法割舍，譬如补考。上学期由于意外，他和波波《数据库》都要补考，这门课很难，每年许多人不能通过，并且该科老师不会像其它科老师那样出很简单的补考题目，所以不认真复习，补考永无止境，至今还有师兄因这科拿不到毕业证要回来补考。

波波完全不复习一心想着作弊，俞璐虽然看了几天书，但还是没把握，尽管如此，补考两人都戏剧性地通过了。

当天，补考学生坐满教室，大家交头接耳，做最后冲刺。当监考老师进来后大家惊呆了，因为监考老师是当年监考《高数》，抓了五个作弊学生的范剑，他监考是出了名的，不给借笔借涂改液等一切东西，防止大家把纸条夹着传递，考试中途不让出教室，最要命的还不让提前交卷，别的老师管你爱交不交，碰上严格的顶多按制度办事，三十分钟后方能交，唯独他按他定的规矩，写完也不许提前交，实在没事干睡也要睡够一个钟才给交。

这还不够，范剑玩出新花样，他让大家起立，然后按他随机分配的位置来坐。大家纷纷抱怨，俞璐也开始抱怨，因为新位置离风扇很远，睡觉也不给自己好位置。

试卷上的题俞璐好像都见过，但真要答半天写不出几个字，正欲趴桌子小睡一会养足精神好蒙题。哇！桌上暗藏玄机，数据库的所有公式甚至一些例题都抄在上面！俞璐四处张望，一位师兄两眼喷火盯着自己，结果这门课俞璐顺利通过。俞璐知道这张桌子将会流传下去，成为日后师弟师妹争夺的一张宝桌。

而波波就没这么幸运了，他远远看见俞璐笔走龙蛇，频频示意传纸条给他，范剑走过去警告他，他谎称自己带来的唯一一支笔坏了，要找人借，范剑训斥道："上战场前不检查枪，那他还是军人吗？！"俞璐叫道："那他一定是将军。"大家忍俊不禁，但看范剑铁青了脸全忍住了。后面范剑注意力全盯着俞璐，俞璐没机会传纸条给波波了，波波懊丧地趴在桌子上睡觉，等着下次再补考。波波做梦也梦见自己在考试，梦里吓得心惊肉跳，醒来发现自己果然在考试！并且时间快到了，这下死定了，前后左右瞄，想看看有没有可以抄的，发现左右前三方还在埋头苦写，只有身后的卷子做完了，那家伙趴在桌上睡觉，波波抄了一阵没能抄到什么，因为这家伙睡觉不停翻脸，睡完左脸睡右脸，试卷给趴在上面的脸遮住了，好几处选择题的答案还给流出来的口水模糊了，波波很恼火，想痛打对方一顿。范剑提醒考生卷子还没写名字的要写上，波波正欲写名，忽然发现身后那家伙的试卷也没写名，波波灵机一动，把自己试卷上的空白处胡乱填满，然后趁其翻脸的一瞬间把试卷对调了，波波心跳加速，但面不改色，他冷静一下，写上自己的大名，他不停提醒自己要自然，要微笑。范剑一说可以交卷他就随大家交了卷，离开教室一刻，波波看见那个可怜的家伙还在睡觉。

波波心里骂道：他奶奶的，嗜睡如归的家伙，希望自己瞎填的答案能给他带来好运。

俞璐想起考试快结束时波波在那里优哉游哉地望着范剑傻笑，问道："考得怎么样？不错吧？刚才看你笑得这么开心。"波波答道："考得怎么样我不知道，你得问我后面那位。"

147

　　新学院什么都不多，蚊子最多，并且大得可怕。波波怀疑旧学院的蚊子搬迁时跟了过来，并与这里的蚊子交配产卵，导致新一代不仅有城市蚊子的狡猾而且还有农村蚊子的勇猛，以至无孔不入，大家的蚊帐多严密都挡不住，俞璐宿舍在一楼，更是苦不堪言。

　　波波的蚊帐搬迁时钩了一个洞，成为蚊子主要的攻击对象，每晚听到他边痛苦的呻吟边有节奏的拍打蚊子，杜子腾就说波波的情人又来了。

　　"蚊子啊蚊子！"——"啪"——"你为什么要咬我？"——"啪！"——"我与你远日无冤近日无仇！"——"啪！"——"我的血不新鲜啊！"——"啪！"——"要咬就咬腾哥啊！"——"啪！"——"他的血壮阳！"

　　大家为睡安稳觉想尽办法驱赶蚊子，电蚊拍，灭蚊灯，蚊香，黑璇风全买回来，连矫厚根也买了瓶花露水，杜子腾却什么也不买，俞璐一次发现他的蚊帐很脏，上面一点一点，黑黑红红的，走近一看，原来是给杜子腾夜间打死的蚊子残骸，这些蚊子死状很惨，有的头都镶进屁股里去了，仔细看好像是用嘴巴咬着自己的屁股。

　　"怎么也不洗一洗啊？多恶心！"

　　杜子腾不悦道："你懂个屁！我不洗是要让别的蚊子看见了不敢靠近。"

　　波波受不了，打算买新蚊帐，矫厚根说他还备有一挂，让波波拿去用，波波给钱，矫厚根不肯收，说自己的这挂蚊帐可能不怎么好用，波波一听更认定这是好东西，波波不知道有时候太诚实也是骗人的绝招。最后波波说如果不要他的钱就是瞧不起他，硬把钱塞给矫厚根，尽管波波换了蚊帐，每到夜里还是叫苦声不迭。

原来这挂蚊帐系不合格产品，纱眼太大。杜子腾说过一段时间就不怕了，等将蚊子喂得像朱逸群这么胖就进不去了。大家笑说是啊。波波骂道："他妈妈的傻逼，真到那时它们的儿子也该来找我了！"

最近，蚊子改变攻击目标，杜子腾帐上蚊子死况已不能吓退同胞，其实并非蚊子受启发，而是波波受启发，他晚上等杜子腾熟睡后起来把杜子腾的蚊帐掀开一角，从而转移情人视线。杜子腾不堪众多情人折磨，只好从家找来驱蚊土药。

今天两人吃饭回来，只有杜子腾在，窗户全被关上，阵阵烟雾从杜子腾床底飘出。

"我们被熏死，蚊子还不一定死！"波波边打开窗户边说，"太呛了！我们出去喘口气。"

窗户打开后蚊子从宿舍旮旯飞了出来，往外面冲出去，一会听到隔壁艺术系的人叫苦连天。

三人在门口，只见小强冲出来，叫道："妈的，哪来这么多蚊子？营养吸光了！"

波波说："农村地方蚊子就是多，生殖能力强啊！"

俞璐说："饭堂伙食这么差，小强能有什么营养喂蚊子啊？"

"是啊是啊！"杜子腾附和着悄悄把自家宿舍门闭紧。

小强抱怨道："伙食越来越差，量也愈来愈少，我瘦了好几斤。"

波波说："饭堂老板打着合并的名义把饭堂承包给下家，听说新老板顶手费花了不少，肯定更黑。"

刚吃饭回来的冯泉，恬不知耻地说："饭堂的副食品价格也越来越离谱，宵夜供应三块钱一根的台湾香肠还没我下面的东西长！"

小强道："俞璐，让你们夏主席向学校反映一下，民以食为天，伙食方面学校不要太黑了！"

俞璐说："他才不会理你，再说，治标不治本。"

波波灵机一动，说："喂，让你们艺术系女生去泡饭堂厨工，成功了我们伙食肯定改善。"

小强说："我们系哪有这种傻逼？"

俞璐说："我在电台听过Z大一女生写信上去说暗恋学校一个厨工，迟迟不敢表白，肯定是Z大的伙食也不行。"

据动物学家说，动物冲向食物的速度和食物的多少成正比，尽管学生冲向饭堂的速度和饭堂饭菜的质量一点都不成正比，但是每日三餐还是有很多人像子弹一样飞向饭堂。

148

睡前正聊着，艺术系学生在浴室唱起歌，那帮人成天惦记打游戏总是很晚才洗澡，他们大声地合唱着郭美美的《不怕不怕》，俞璐听着不对劲，原来歌词给改了："看见蟑螂，我不怕不怕啦，我屁股比较大，可以把它压扁啦。一个人睡也不怕不怕啦，我胸脯比较大，可以把它夹扁啦，我……"

俞璐打开收音机，闭上眼睛，习惯性地把耳机塞进耳朵。

149

体育课俞璐觉得自己变矮了，以前跳起来能摸到篮框，现在助跑还碰不到篮板。后来发现不是自己变矮，是学院变矮，学院所在地系填海所得，地基下陷厉害，每天都要填沙，俞璐恍然大悟学院为什么到处是沙丘。但后勤没常识，把海沙倒进双杆吊环器械场沙池，设备本身就劣质，如此一来加速了灭亡，个个摇摇欲坠。

150

周末俞璐回家，走了很长一段土路才到车站，一路被杜子腾和波波的情人袭击，到家有种胜利大逃亡的喜悦，他终于明白以前在市区宿生为什么一到周五就急忙往家赶，这种感觉难于言表。

周六他要到王老师的辅导中心。由于他能哄住学生，所以越来越受到器重，获得的课时也越来越多。

一次，一位家长来交学费。家长说："在学校四五十个孩子挤一起能学到什么？学坏吧！孩子老师在哪？孩子可喜欢他了，回去老念叨。"以往有家长来，王老师总是让俞璐他们回避，但今天听了这话高兴，她马上让孩子去屋里把俞璐请来，王老师让孩子向母亲介绍老师，但那太太怎么看俞璐也不像教育方面的人才，满脸孤疑。俞璐嗫嗫嚅嚅说一些客套话，王老师又帮着讲好话，家长只泛泛说过些时日请他喝茶的客套话。

151

俞璐与波波合买了一箱泡面晚上宵夜，杜子腾要来分一杯羹，俞璐不肯，杜子腾抱怨他冲泡面把桶装水用光，威胁下次不凑钱买水。杜子腾喋喋不休，俞璐担心宿舍其他人回来影响不好，便把他按到床上，问还闹不闹。这孙子连忙说："服了，服了，俞哥饶命。"俞璐放开他，结果一放开，他退到自认为安全的距离后又开始叽里呱啦，骂了大概五分钟，眼看面快要泡好了俞璐还是无动于衷，便开始唱起来："一个市区高富帅啊高富帅！欺负一个郊区穷屌丝啊穷屌丝！他要打死这个来自郊区的穷屌丝啊穷屌丝……"他翻来覆去，参照陕北信天游的唱腔，俞璐实在受不了。

波波也忍无可忍了，骂道："别唱了！他奶奶的烦不烦啊！"

杜子腾接着唱："两个市区高富帅啊高富帅！欺负一个郊区穷屌丝啊穷屌丝！他们两个要打死这个来自郊区的穷屌丝啊穷屌丝……"

两人无语。

为了保证宿舍和谐，两人联手把杜子腾按到床上，问还唱不唱，杜子腾又马上装孙子，使诈道："服了，不唱了，两位大侠饶命！"结果一松手，他却说："老大不在，否则二对二，你们就知错！"

俞璐说："未必，可能是三抽一，老大下午吃过我的糖。"

杜子腾一听又唱起来，如此来回数次，两人没辙，只得请他吃一包。此后每晚两人泡面杜子腾都来骗吃，一星期后，俞璐对他说："没了，就剩一包了，想吃自己去买。"

152

时间长了，俞璐发现杜子腾的聪明仅止于此，他学习异常用功却成绩平平。

一次杜子腾生日，家里给他捎来好吃的，他去车站取回来后想把东西藏起来，不幸给俞璐发现，让他拿一点分享，杜子腾死活不肯。

俞璐用威胁的口吻说："给不给？"

杜子腾说："昨晚吃泡面又不请我。"

"昨晚我只剩一包了。"

"一包也可以分我一半的！"

"你怎么不说我以前请你吃多少包？"

杜子腾耍无赖，说："以前的不算，就说昨晚的。"

俞璐更无赖，说："好啊，昨晚你闻了我方便面的香味，快把你的东西拿出来让我闻一下。"

杜子腾怕东西拿出来后俞璐会抢去更多，只好说："算了算了，分你一个梨。"

波波听了也来要，说："我那份呢？"

杜子腾又不肯，说："你可从来没请过我！"波波最无赖，恐吓道："不给我吃，一会大伙回来，我可是不会把你今天带了好吃的东西回来这个秘密说出去的哦！"

153

杜子腾怵了，只好又拿出一个梨。

154

杜子腾家里还捎来一箱面，他说以后不吃俞璐和波波的，但是杜子腾爸妈都是种地的老实人，买的是那种没包装没调料的素面，一点不好吃。

一次晚上俞璐问谁去饭堂吃宵夜，帮手打包一份肠粉加蛋。大家都想吃却没人愿意去，都叫对方帮自己打包，杜子腾是室长，最后被委以重任，由他去饭堂帮每人打包一份，其余每人多出五毛钱请他吃一份。几次下来杜子腾发现打包可以自己加酱油，于是拿可乐瓶偷偷灌了一瓶，加餐时给素面加料。

一晚断电后，三人点蜡烛一块吃面，快泡好时，杜子腾从床底下拿出一瓶可乐往碗里加，俞璐和波波正惊叹这种新潮吃法，方便面的香味把隔壁宿舍的小强吸引了过来，小强见三人吃得正香，问："还有没有泡面？给我一包。"

三人相视一眼，不约而同道："没了。"

小强不甘心，烛光下看见杜子腾手上的可乐，老实不客气。他手搭在杜子腾肩膀上，说："腾哥，喝什么来着？"

"酱油。"

"骗人，明明可乐嘛，兄弟间别太小气，先别对嘴，我倒一杯。"说完迅速跑回宿舍取来空杯，小强边倒还边抱怨不冰冻。盛满，小强一扬脖子，然后猛喷出来："哇，妈的！什么鬼？"

杜子腾说："早告诉你是酱油啊，还不信。"

小强自讨苦吃，骂道："干嘛拿可乐瓶装？你傻逼有毛病啊？喝酱油！"

第二天事情被老大传到二楼，傅贵知道后跑来，看见杜子腾就嘲笑他，杜子腾作势要打傅贵，傅贵怂恿大家一起细数杜子腾十大罪状，每人要说一条，傅贵先说了：随意放屁。

杜子腾狡辩道："我什么时候放过屁啊？我自己怎么不知道啊？"

傅贵说："还好意思，以前和你一个宿舍，难得人家美静来串门，你就放了一个屁，而且还是响屁，虽说响屁不臭，臭屁不响，但也要注意形象嘛，把我们宿舍的声誉败坏了。搞得美静到现在不肯接受我！"

"她不接受你关我屁事啊！哪有人不放屁的！"

大家笑道："就是关你屁的事。"

杜子腾说："哼！以后我家里捎来的红薯你们不要抢着吃！"

老大说："对，杜子腾现在放屁比以前更利害，简直就是'连环屁'。"

大家七嘴八舌，杜子腾委屈道："傅贵，我现在不和你一个宿舍了，干嘛还要说我过去的事？"

轮到俞璐，他记起杜子腾整天抱怨自己冲泡面把桶装水用完，就说杜子腾喝水如牛，把宿舍桶装水全喝光。说完自己忍不住笑了。

杜子腾坚决不同意，说这条绝对是诬蔑。

155

波波洗澡后把沐浴露忘在浴室，回去取时不见了，这是新买的"花世界"，花了好几十块，他回想从浴室出来时正好艺术设计的学生进去，怀疑是他们拿了，让小强帮忙。小强表示不可能找到，波波不死心，小强只好带他去艺术设计的宿舍一间间问。那帮人不是忙着打游戏就是忙着给女友打电话，对波波这位不速之客很不客气，表情像黄金周旅游景点的服务员——非常恶劣。

波波回来一说，大伙断定是艺术设计的学生随手牵羊，杜子腾说就算知道是谁，他也决不承认，更不可能交出来，让波波死心。沐浴露波波只用过两次，每次挤一丁点，充其量还没他晚上梦遗的流量多，所以和新的无异，波波心痛，当晚写了份寻物启事，希望好心人捡到能还给他。

第二天启事被撕，波波很恼火，又写一份，说了三点：一是如果拿错，请放回原处。二是如果是贼请迷途知返，因为贼没好下场。三则略带伤感，人一辈子不可能不碰到贼，但大学最后一年让自己碰上还是自己的校友将会成为一种莫大的遗憾。这个三无非是博广大同学的同情，不料当天下午又被撕掉。

吃罢晚饭波波又写一张贴出去，说自己的沐浴露虽然是名牌沐浴露，但对方实在不是什么好东西，用光自己的沐浴露也洗不干净人格，并警告对方小心被自己逮着，一但逮着就叫老大收拾他，还要让杜子腾放屁给他闻，还要是杜子腾吃了十天地瓜放出的连环屁。

晚上宵夜回来发现又被撕，波波恼羞成怒，骂道："他奶奶的，好啊，跟我较劲！"波波又要写，但墨水用光，只好去借，冯泉问波波给谁写情信两天能用完一瓶墨水，以为波波效仿古人要他的墨水喝。冯泉说黑色墨水没了，只有蓝色的要不要？波波说也行。

这次，波波称呼拿淋浴露的人为狗贼，问他是否知道"男盗女娼"的意思，并认为他不如妓女，同时怀疑他穿的内裤也是偷回来的。中午回来又被撕。波波后来想到自己QQ号也是盗回来的，这篇不算，中午重写一篇，内容无非谁撕谁是贼，称广大人民群众的眼睛是雪亮的。波波这样写企图拉拢群众，他还将纸背面涂了整整一罐浆糊，想这次肯定没人能撕。当晚波波放弃与大伙打拖拉机，偷偷躲在宿舍楼大门背后守了整整一夜，想看看到底是谁撕的，一夜无果，下半夜波波一听到什么风吹草动就从床上爬起冲到外面去，确信他的启事还在才肯回去睡觉，搞得大伙都没觉好睡。结果第二天天蒙蒙亮去看时启事又被撕了。

杜子腾说："波波，不能再贴了，我的浆糊给你用光了！"

波波很懊丧。

俞璐也说："算了，已经用了两瓶胶水，三罐浆糊了。再写下去，买胶水的钱也够买一瓶新的沐浴露了。"

大家说好话安慰波波，但是波波咽不下这口气，他问谁有快用完的沐浴露空瓶。矫厚根好心，把自己那瓶用剩一点的沐浴露送给波波，波波见瓶子挺新，接过来，把沐浴露全倒出来，然后开始在宿舍翻箱倒柜，找到什么液体都装进去，有矫厚根买的洗洁精，老大从饭堂偷的漂白水，俞璐晚上泡面喝剩的汤，还有杜子腾的洗脚水，要不是瓶口太小波波还想拿去让冯泉撒点尿。杜子腾把瓶子放到身后，想朝里面放个屁。俞璐说："算了，瓶口太小，放不进，别臭到自己人。"杜子腾不甘，夺过瓶子要再试，波波坚决反对，说杜子腾的屁太臭，真放进去就没人会要。波波最后把倒出的沐浴露倒回去，趁无人之际将东西摆到浴室。

波波让大家等着看好戏。矫厚根胆小怕事，毕竟自己提供的瓶子，弄出事来他就成了帮凶，劝波波说："这样不好吧，万一——"波波打断道："万什么一，善有善报恶有恶报，看他自不自重了！"

隔天，波波制造的"无良液"果然被人拿走。波波十分得意。俞璐夸道："从失败中夺取胜利，戏剧变成喜剧，好样的波波！"

156

为给波波买沐浴露，杜子腾当向导，带两人去附近一个夜市，这里的东西千奇百怪，价廉物不知美不美，日用品牌子众多，堪比世博会，沐浴露除了波波要的牌子没有，什么牌子都有，一些和波波原来的只也是一字之差："世界花"、"世花界"、"界花世"、"界世花"、"花界世"等等。但是这一字之差波波不肯接受，最终什么都没买。

本以为白走一趟，回来时在地摊上见到兜售声称是从工厂偷出来的各种名牌洗发水。波波一问价钱，价格低廉，甚至不到正价一半，但瓶子很脏。老板说："兄弟，实话告诉你，其实这些都是工厂失火时差点被烧掉的好东西……"

子虚乌有的工厂也因那场子虚乌有的大火倒闭了，最后发不出子虚乌有的工资，于是子虚乌有的厂长拿子虚乌有幸免于难的产品抵了子虚乌有的工资。

尽管如此子虚乌有，但仔细看，还是能看到瓶子上印有"海飞丝"字样。

最终波波购回数瓶，大伙都说波波捡了大便宜，为庆祝，宿舍全体出去吃宵夜。

波波那几篇寻物启事墨水没多少，但是向冯泉借来的墨水却用了不少，波波看着所剩无几的墨瓶忽然灵机一动，把宵夜喝剩的"蓝带"啤酒倒了进去，俞璐看见，说要给冯泉知道肯定杀了波波。波波说如此可以让冯泉的情信醉倒女孩，感谢还来不及呢怎么会杀他？

起初几天，波波也以为捡了便宜，不料头屑越洗越多。一天俞璐吃饭回来，看见波波在照镜子，最近波波常常揽镜自顾，俞璐问道："干什么呢？"冯泉不知从哪个旮旯冒出来，说道："波波思春了！"俞璐恍然大悟，以为波波交新女朋友了。波波放下镜子，叹息道："他奶奶的，这种水货，现在我连眉毛都生出头屑来了！"

157

学生处一开始还真派人挨个宿舍来检查卫生，大家被迫打扫，刚开始俞璐宿舍还算干净，后来根本没人愿意遵守开学时的约定做清洁，检查小组一来，俞璐就指挥大家把被子脏的那面反过来盖住床上乱七八糟来不及收拾的东西。

158

饭堂伙食像吴宗宪主持的《我猜我猜我猜猜》请来的女生质量一样，也越来越差。

俞璐起晚了，没吃到早餐，第四节课饿的不行，还没下课就拉波波直奔饭堂。厨窗里面春色满园，只有两个荤菜，俞璐点了一个五块钱的红烧排骨，师傅给他打的净是骨头，俞璐怀疑饭堂的菜也在娱乐圈混过，红烧排骨不过是艺名，真名其实就是烧骨。

俞璐一边吃一边骂，引得其他人跟着发泄自己的不满。

杜子腾说："昨天中午看见冯泉跟饭堂的人吵架。如果是打的饭有沙菜有虫，吵得凶点，饭堂师傅通常会息事宁人给重新打一份，但这次越吵越凶，原来是厨工打卡时多扣了他四块钱。以前，饭堂师傅经常会趁人不注意偷偷多按几毛钱，后来大家学乖了，不打卡付现金。但这学期饭堂只接受打卡，说现金交易不卫生，事实是饭堂收支不平衡，怀疑内部有人伸黑手，所以不准现金交易，以防家贼。"

波波说："其实饭堂师傅也不容易，一个月才几百块，饭菜不好学生骂，多打饭菜老板骂，我打过工，那滋味只有亲身经历过才会懂。"

俞璐说："无论如何也不能把这种不公平转嫁到学生身上啊！"

波波说："算了，不多扣冯泉的钱，他还不是用来买毛片。"

也是，想到受害者是冯泉，俞璐气消了。

患甲亢的师弟在做值日。搬迁前新任劳动部长找俞璐，问他能不能让出一个名额，俞璐得知是师弟康复回来想挣生活费，就全让了，其实现在辅导中心一天挣的钱比在饭堂干一个月还多，已经没必要了。

159

辅导中心新来一个叫王子文的男生，报的是提高班，王老师觉得人少硬把他放到培优班上课。他虽然笨，但肯学，且懂礼貌。

李帅渐渐被俞璐收服，所谓的培优班其实就是把课程提前学，所以学生成绩一开学显著提高。李帅家人又给王老师介绍来一个同事的儿子，王老师少收李帅五十元学费作为回馈。王老师现在不再提把李帅劝退，俞璐知道王老师实质一个彻头彻尾的商人，她关心的是如何才能获得最大的利益，她说李帅虽然顽皮，但要俞璐对他好，因为他给咱们介绍了学生。

新来的家伙和李帅一个德性，甚至有过之而无不及。

俞璐问他叫什么，那人把名字写得眉飞色舞，俞璐半天看清是两个字：范统。范统见俞璐直皱眉，大叫起来："老师，识不识字啊？我是范统！"俞璐说："不用你说，我猜也能猜到。"

难得李帅这种异类碰上范统这种同类，两人相见恨晚，惺惺相惜。他们常常联合起来欺负王子文。

俞璐心力交瘁。幸亏这学期不用出卷子，试卷都是在书店花几块钱买来的。

俞璐让大家把布置的试卷拿出来，俞璐看完用狐疑的眼神看着李帅和范统，问："你们答的题怎么错得一模一样？"

范统说："一个老师教的嘛，当然一样啦！"

临走时王老师把俞璐叫进房间，说中秋快到了给他一张月饼券算是她的一心意，还叮嘱他不能跟其他人说。俞璐知道这些月饼券都是学生送给王老师的。

160

晚上，傅贵宿舍和隔壁宿舍联机打CS，阳台跳进来一只小猫，它在宿舍走来走去不停叫唤，结果傅贵这边输了，他们把责任归咎给小猫，说要验证一下猫科动物是不是真有九条命，把小猫从二楼丢下去，当晚这帮人得到报应——老鼠全家出动感谢他们替自己除去天敌，为此举行了一夜的狂欢仪式。傅贵等受不了，半夜起床欢送老鼠，老鼠却不肯走，傅贵等棍棒齐下，折腾了整整一夜。

第二天他们宿舍集体迟到。这才是恶梦的开始，傅贵宿舍如猪圈，喝完的饮料瓶子堆积如山，发黄的内裤，发霉的零食，抽了一半的烟，打包回来的一次性饭盒随处可见。一到夜里老鼠就光顾，大家熟睡还好，一旦醒了就无法入睡，太阳初升老鼠才肯走，他们连忙补觉，结果再睡就起不来了。也许是CS打多了，也许是老鼠捉多了，他们面容憔悴，形容枯槁，更甚的是走路遇到建筑物他们总要小心翼翼地贴着边走，碰到拐角必定张望一下才敢继续前行。

两周后他们被老师警告，再迟到以后就别来上课了。

次晚，俞璐和波波看见傅贵和宿舍的人在找小猫。

傅贵说："每到夜里总有吱吱乱叫声，就是不知道老鼠藏哪里，把我好几百一瓶的增高钙片偷吃精光。"

俞璐说："不对吧，你的钙片是甜的，老鼠好像不吃糖。你把老鼠捉了丢下楼得了，再不用烟头去烫它。"

波波说："要不这样，你买一些安眠药回来放到瓶中，老鼠吃了就好收拾了。"

傅贵说："不行，就算晕了，我们也不敢碰，老鼠有毒的，再说你能保证所有的老鼠都吃吗？还是找到猫才能彻底铲除它们。"

俞璐说："别找了，上回你们这样虐待小猫，它看见你们都害怕，还肯帮你们抓老鼠？"

傅贵说："我什么时候虐待小猫了？我一向喜欢小动物的。"

俞璐冷笑。傅贵接着说："澳洲袋鼠啊，亚马逊鳄鱼啊，中国熊猫啊，谁送我，肯定收养，我怎么会去虐待小动物呢？"傅贵脸上的神情绝对可以替他毕业后在中国防止虐待动物协会里谋得一个重要职位。

傅贵宿舍一个人马上反对，说："我讨厌鳄鱼，拖泥带水的，叫人看了起鸡皮疙瘩。"

"我有说鳄鱼吗？"傅贵说，"我想说的应该是企鹅，北极企鹅（北极没企鹅）！"

波波慢悠悠地说："昨晚我见到小猫在教室里。"

大家听见马上把目光投到他身上。

"我把它轰出去了。"

大家齐声抱怨："你当时怎么不通知我们？"

"当时我和一个师妹在教室里，这猫虽然不是人，但总觉得它懂事，好像第三者，当着它许多话不好讲。"

事实波波有过给猫把情书捉烂的经历，所以对猫不抱好感，可惜波波当时思想觉悟低，没意识到这猫是位出色的情书批评家，对波波的情书进行了最彻底的文学批评——直接销毁。

"据说猫尿夜光的，你们晚上到处转转，哪发光就扑上去。"

161

国庆长假第一天俞璐和波波去旁边的科大玩。肖怡科大的，波波让俞璐约她出来一起玩。俞璐说没带她号码。

科大很大，两人沿着围墙走了半小时才到正门。正欲往里走，被保安拦住："学生证！"

波波假装找，一会说："忘带了。"

"住几栋？"

俞璐瞎编："14栋301。"

保安正欲放行，忽然停下把玩手中的手机，抬头看两人一眼，满脸狐疑："你确定？"

俞璐以为保安想试探他，一脸坚决："是啊！"

保安奸笑一下，说："14栋是女生宿舍，你俩怎么住那？"

波波说："哦，你听错了，是40栋，他普通话不好。"

保安说："实话告诉你们，双数都是女生宿舍，再说，40栋还未打桩！"

俞璐说："我也实话告诉你，我们是旁边师范学院的学生，来进行学术访问。"

一胖保安闻讯从传达室跑出，望一眼两人，厉声喝道："你俩到底干什么的？我看不是旁边的，那地虽不如咱，生源不至如此！"

俞璐想说你这是狗眼看人低，脱口只说："这是什么动物眼啊？"

保安没文化，听不懂。

"我们来找朋友的，他女朋友是这里的学生。"波波说完指着俞璐。

俞璐一惊，刘芳什么时候成这里的学生了，自己怎么不知道？

胖保安脑袋一歪，说："谁？宿舍电话几号？"

波波双手一摊："不知道。"

保安拿起的话筒狠狠砸回去，瞪波波一眼。

波波说："不过我知道名字。叫肖怡。"

俞璐恍悟，脸红起来，连忙偷拉波波衣服，小声道："喂，别开玩笑。"

"什么专业哪个班？"

波波说："不知道，只知道名字。"

这时远处一个女生走了过来，她注意这边很久了，从波波说出肖怡的名字开始，她说："两位同学找肖怡吧？"波波认出是上次与肖怡同来那女孩，女生跟保安说两人是她朋友，她从兜里掏出一个证，保安就放行了。

证件上名字赵飞燕。

赵飞燕掏出一个很炫的三星手机，她声音压得很低，俞璐没听清说的什么，但感觉她有意无意瞟自己，嘴角露出一丝不易察觉的笑意。

来到一处。肖怡扎着马尾，碎花长裙，伫站而待，一见面便笑容可掬迎上前。

四人在校园里慢步，并排而行。波波讲刚才的事，大家都笑。

肖怡说很高兴俞璐和波波能来看她，要请两人吃饭。

来到一处饭堂，春色满园，和自己学院差不多，俞璐顿时没了胃口，心想难怪肖怡和赵飞燕如此苗条。

赵飞燕说："今天菜不好，波波请我们上馆子吧。"

俞璐没想到波波马上答应。

四人来到饭堂对面的"大碗菜"餐厅，波波和赵飞燕很识趣，对面而坐，如此俞璐就直面肖怡了。

俞璐观察一下餐厅顿时明白为什么路上遇见这么多营养过剩的人，原来有钱的全在这。

菜还可以，但是还是对不起它的价钱。

四人边吃边聊，兴高采烈。

波波问："要不要喝点什么？"赵飞燕说："难得高兴，大家喝一杯怎么样？"

服务员送来两瓶啤酒。

波波吮喝着第一杯干了。几杯过后，俞璐发现赵飞燕的酒量绝不在波波之下，唯独肖怡不怎么喝，赵飞燕附她耳边不知说了什么，肖怡酒没下肚脸就红了，头愈发低。赵飞燕让俞璐和波波敬肖怡一杯，俞璐和她碰一下，她才勉强抿了一口，脸愈发娇艳了。

赵飞燕说吃完饭别急着回去，晚上有游园晚会。

吃饭路过的学生看到赵飞燕都会招呼一声。原来赵飞燕是他们酒店管理系学生会副主席，难怪人脉这么广。

波波说："学生会挺忙的，吃饭也歇不住。"

赵飞燕问："你们什么部的？"

"我们不是学生会的。"

肖怡问："你和波波为什么不加入啊？"

俞璐不明白为什么女生都喜欢问这种问题。他说："什么部长主席其实都是用金钱和时间熬出来的。"

赵飞燕说："听你口气挺瞧不起学生会哟！"

波波打圆场道："他不是这意思，来，我说个笑话给你们听，蜘蛛和蜜蜂订婚了，蜘蛛感到很不满意，于是问妈妈为什么要他娶蜜蜂，蜘蛛妈妈说人家虽然吵了点，但好歹是个空姐。"

波波不停讲笑话导致大家忘记吃菜。

结账时，波波和赵飞燕争着埋单。服务员说已经付了，席间肖怡借上洗手间去结了账，她知道如果等到现在，谁都不会让她付。

162

游园活动由科大团委承办，设计了许多游戏，有羽毛球拍托篮球跑圈，蒙眼一分钟跳绳，足球射汽水罐等等。许多游戏要求男女搭配，俞璐与肖怡一组，波波和赵飞燕一组，玩得很高兴。大家把赢来的票集中在俞璐手上，整晚下来全场最多票的就是他们。四人来到兑奖处，肖怡看中一对QQ玩偶，赵飞燕问负责的小师妹大奖是什么。小师妹说："就这对玩偶，六十张票换一个。"俞璐问："三十张票行不行？"

小师妹说："五十张不能再少了。"

俞璐说："我只有三十五张票。"

波波问："刚才我们不是有很多票吗？"

肖怡和赵飞燕也疑惑地看着俞璐。

俞璐说："快散场了，能不能少点票换一个给我，否则回去睡不着。"

小师妹为难了，说："师兄别这样，我做不了主。"

赵飞燕帮腔，小师妹耐不住硬磨软泡同意了。

大家问肖怡要哪一个，肖怡犹豫不决，男女造型都可爱，她拿不定主意。玩偶设计的惟妙惟肖，波波和赵飞燕也犯难。师妹紧张起来，说："三十五张票只能换一个"。俞璐从兜里掏出一叠票，丢在桌上，说："三十五张换一个，这里总共七十张，一张不差，当然是换一对，你点票，我还有事，告辞了。"小师妹这才知道上当。

三人反应过来，朝着俞璐跑的方向追了过去。

四人坐在足球场的看台上，欣赏这对玩偶。

后面几天俞璐呆在辅导中心。

俞璐见李帅两边的耳朵包了纱布，问他是不是和同学打架，心里纳闷，这架打得真神乎，别的地方没伤着，就两边耳朵受伤。

李帅低头不语。范统来劲了，说："老师，你有所不知，我们绅哥可牛逼了，考试提前交卷老师不让，他没事干把头塞进抽屉里玩，结果拔不出来，后来连抽屉一起抬去医务室，回来就这样子了。"

自从范统来了李帅的成绩每况愈下。最近一次单元测验李帅只得53分，俞璐直摇头，说下回分数这么低就不要写名字了。李帅说："考试分数太高那叫出风头。53哪丢人？班上还有考33分的呢！"俞璐大吃一惊，心想33分？不可能吧？问是不是班上历史记录。

李帅说："33分算什么，上次还有考13分的。"

一旁的范统一直不作声，原来考33和13分是同一个人，就是他。

当初讲公式时为记忆方便，俞璐告诉他们P=pgh用谐音记就是压强等于"老子爱吃"，如果考试时题目实在不会写，把公式写上去也是可以得一点分数的。但是李帅考试时实在是想不起公式怎么写，只记住了谐音，就把"老子爱吃"这四个字写在试卷上，还在下面又写了"老师你想想"。老师在卷子上批了一句："我也爱吃"。

两人不听俞璐讲题，不停闲聊，俞璐停下来，让李帅把一道题给大家讲一遍，李帅不肯讲，说他和范统是一样的，俞璐说那就让范统来给大家讲，但忽然想不对，李帅怎么知道自己写的和范统是一样的？妈的，被他忽悠了，俞璐不动声色道："李帅，还是你来讲吧！"

李帅说："老师，我说了万一你一会又让范统说，我和他的不一样怎么办？"俞璐说："这样很好啊！百家争鸣嘛，产生分歧才能促进学习进步啊！再说你怎么知道你的和他一样呢？"

李帅说："怎么不知道，我们都是你教出来的。"

俞璐来气了，说："李帅你别学范统说话，到底会不会？不会吱一声！"

李帅说："吱。"俞璐叹气道："你们考不上高中以后要后悔的！"范统说："我才不后悔，学这些有什么用？我妈小学没毕业现在不一样开宝马。"

俞璐骂道："你懂什么，我吃的盐比你妈吃的饭还多！"

范统不甘示弱道："我妈吃的醋比你吃的盐还多！"

一会范统借故上厕所，回来一嘴儿烟味，俞璐好心劝道："你没看到烟盒上的'吸烟有害健康'吗？"那小子马上翻开书，在扉页写上大大的："读书有害健康！"

俞璐对范统彻底失望。

164

辅导中心招来的学生越来越多，王老师为省下付给俞璐他们的工资，对能凑一块上课的就拼班，不能拼和人数少的班就按插到小房间，那没装空调，这帮富家子弟受不了，王老师找来一把古董风扇，那风扇真不是盖的，吹出来的风比挂台风还猛。

过几天王老师又宣布一项决策，说要扩班，要把另一个房间也用上，还打算搞晚自习，希望大家给她介绍一些在校大学生。庄宽把消息带回学院，夏建仁居然跑来面试，当然俞璐不可能让其得逞，王老师问他觉得夏建仁如何，俞璐说其是学生会主席，平日够忙的，不可能把心思放到这里。最后王没要夏建仁，新开的课全让俞璐上，现在俞璐从早干到晚一天可以挣到150元，当然这不足王老师一天收入的五十分之一。

165

国庆方木回来了，现在他绝口不提他学院的事。

166

长假后，波波忍不住又把电脑搬回来，还放到二楼冯泉的宿舍，使用他们的十兆宽带，作为交换，冯泉住进俞璐宿舍，俞璐本不同意，想到自己要用波波电脑就算了。波波说学生处上次检查卫生时说六人宿舍必须住满六人，不给冯泉住学生处也会安排其他学生过来，否则空出的床位费由五人分摊。

波波还说魏生津泡了个师妹，师妹每次来串门都会带上一个有几分姿色的女生，近水楼台先得月，把电脑搬上去方便泡她同学。如果能搬到那里住就更好了。

"你这是见异思迁，看见漂亮的异性就想搬去那里住！"

冯泉搬进来第二天波波就后悔了，冯泉受他宿舍同学的影响，最近养成一个毛病——睡觉时像猪一样打呼噜。波波打工时在噪间很大的流水线长时间工作落下神经衰弱的毛病，第二天便被吵醒，醒来见到受害者还有俞璐，说："你也醒了？"俞璐骂道："当然，又不是猪，睡七八个小时还不醒？"这句话把许多人激怒，纷纷醒来证实自己不是猪，也有人睡得更死，表示自己就是猪。

俞璐说："冯泉的睡觉姿势像将军。"波波没想到俞璐心胸这么广，给冯泉吵醒还夸他，问道："像哪个将军？"俞璐毫不夸张道："天蓬元帅呀！"杜子腾忍着笑，偷偷走过去，拿起冯泉的被子套到他头上，一会，从被子里传出哼哈怪叫。大家捧腹大笑。

167

波波老在俞璐耳朵念叨，俞璐只好约肖怡和赵飞燕出去吃了一次饭。

吃完饭，肖怡说先别回去，陪她散散步。由于肖怡长相清纯，街上派传单的都会有意多给两张。

俞璐："想知道我为什么长这么高吗？"

肖怡摇摇头。

"小时候我走路喜欢边走边跳起来摘树上的碗豆，现在这些树都不长碗豆了，全挂上出租房的牌子。"

肖怡不经意道："是啊。"

俞璐问："你怎么知道？"

肖怡顽皮道："你说我便知道啦。"

俞璐说："有个问题想问好久了，在我面前你从不说脏话，不想说还是真不会说？要不教你两句？"

168

第二天晚上肖怡打来电话，说要回请俞璐，俞璐不想和她纠缠，说吃过了，未经胃同意说谎，他肚子咕噜响一下表示抗议。

后面肖怡打来多次电话都没找着俞璐。其实俞璐就在电话旁，一听找他便朝波波摆手，波波把听筒放桌上为电信做足贡献，然后抄起说俞璐不知所踪。肖怡失望地挂了。

"这么好的女孩子你是怎么了？不要给我。"

"好，给你。"

波波骂道："他奶奶的，问题她不喜欢我，你这人真没心没肺！"

169

现在俞璐只跟熟悉的人聊，不熟悉的全删了。一天忘记隐身，肖怡发来信息问他最近去哪了，为什么不接电话？俞璐撒谎说每天在图书馆学习。肖怡约他去玩，俞璐说没时间。肖怡说她过来俞璐学院找他玩，还说会带上好吃的。

俞璐说那好吧。

结果一会肖怡又打来电话说决定不了买什么饮料，问俞璐喜欢可乐还是雪碧。俞璐说随便。

看来肖怡真要来，俞璐看一眼宿舍，惨不忍睹，学生会很久没来检查，现在的宿舍和开学时不可同日而语。

冯泉不知哪里捡来一张妩媚少女海报，连同陈慧琳，张娜拉等一起贴在宿舍门后，正对着自己的床头，一到晚上冯泉就洋洋得意道："看，这些少女脉脉含情地看着我睡觉呢！"

波波说："不是她们脉脉含情，是你自作多情，还少女，人家早少妇了！"

俞璐要冯泉把东西移到床头，冯泉说自己床头上有座右铭，不能贴东西，否则影响风水。

果然，冯泉床头不知何时用黑色大头笔写了：人不要脸，天下无敌。

俞璐无话可说，拉波波来鉴赏。波波问道："这是你座右铭？"冯泉说："不，这是我行事准则，我座右铭是'山无陵，天地合，才敢不英俊！'"

俞璐决定搞一下卫生，他让冯泉收拾床上的内裤，冯泉不肯，俞璐只好代劳，他找来一把扫把，用柄把劣迹斑斑的内裤撩进衣柜，冯泉杂物奇多，柜门关不上，俞璐猛踹一脚，忽然柜顶掉下一册子，打开一看，里面全是明星剪贴画，好些已经发黄，原来从前阅览室的好事全是冯泉干的，一些明星的脸上还有圆珠笔作的修饰。其中一页有两个身材名字很接近的女明星，一个佩戴着精心画上去的皇冠，头上粘着剪贴的鲜花；另一个青面獠牙被涂得面目全非，人物下方用黑笔写着：F冰冰那骚货怎能和我的L冰冰比！？

俞璐看一眼冯泉，感叹道："人至贱，则无敌！"

170

肖怡到了。她抹一层粉色的淡淡口红，婷婷玉立，楚楚动人。

她拎来一袋吃的，分发给宿舍众人。冯泉从她进门的一刻就口水直流，问道："记不记得我？"肖怡摇摇头。"和你网上聊过呢。"肖怡说："真没印象。"

"呵呵，没关系。哪儿人？"冯泉用笑掩饰自己的尴尬。

"广东。"肖怡低下头翻俞璐的书。

"缘分啊缘分，我们老乡！我也是广东的。"冯泉说。

波波说："晕，我们学院多数是广东的！都跟你老乡？"

俞璐记得上次冯泉网上跟女生聊天时说他是河南的，他恍然大悟，冯泉只要遇到漂亮女生，女生说哪里，他就会是那里。只要有需要冯泉可以是祖国任何地方的。

冯泉不理波波和俞璐，说："肖怡，还记得上次Q上我和你说过不同专业学生有不同爱情观这事么？"

"哦，是你呀！"

"对，是我！最近我又总结了一条：女生谈恋爱时会变傻，分手后会变聪明，所以说谈恋爱如复习考试。"

肖怡微微一笑，冯泉接着说："你也看到，除了俞璐波波以外，我算长得丑的了，丑是丑，但我丑得比较特别。'"

冯泉本以为肖怡会觉得幽默，然后夸他，不料俞璐插嘴道："谁不是说了嘛，'丑得特别就是特别的丑。'"

肖怡忍住笑。

171

肖怡让俞璐带她去参观一下学院，俞璐说自己学院就这么点大，让肖怡自己去。

俞璐出去上厕所，回来不见肖怡和冯泉了。

"波波，他们呢？"

"冯泉带她去阅览室了。"

"他想追肖怡！"

"是又怎样？你不是说不喜欢人家嘛。"

俞璐自言自语道："肖怡不会看上他的。"

"难说，你对人家忽冷忽热，她一时想不开可能就跟冯泉好了，到时你就伤心咯。"

俞璐虽然不想追肖怡，但更不想冯泉追到她，觉得他配不上。对于感情，人总是这样的。

俞璐赶去，肖怡在看杂志，冯泉坐旁边，冯泉见俞璐来了，眼中冒火。

这里的桌子是从旧学院搬来的，处处留着前人气息。

俞璐想哄哄肖怡，故意大声赞叹："快看，谁刻的一坨牛屎！"

冯泉语气生硬："你怎么能肯定是牛屎？猪屎，羊屎不行吗？也可能是人屎！"

俞璐回敬道："你拉这样的屎吗？"

"你看你，在漂亮女孩面前这么粗鲁，一点风度没有。"

俞璐正欲还击，冯泉又开始装神弄鬼："肖怡，不瞒你说，我掐指一算，你命中缺爱，但是别怕，这个我可以帮你。"

肖怡："吓？！什么？"

"我给你断断掌，保准无误。"

肖怡惊讶道："你会相掌啊？"

冯泉抓起肖怡的手，佯装看纹半天，仿佛俞璐的神经末稍在肖怡掌上，看得俞璐心里痒痒。

冯泉不理俞璐，半天连连叫好。

肖怡开心，说："你帮俞璐看看呗。"说完捏起俞璐的左手伸到冯泉跟前。

冯泉又佯装看一下。俞璐忽然记起什么，假装无知："刘大师，我命怎样？"

冯泉道："你生肖是？"

"猪。"

冯泉一听，说："不好啊，这种手纹原是不愁吃不愁穿的命，你却这么瘦，恰恰肖猪，只能说命不合理，注定一世劳碌啊！"

肖怡紧张地捉住俞璐的左掌和自己的右掌做比较："不是一样'川'字纹吗？有什么特别吗？"

冯泉不回答，反问肖怡什么生肖。

俞璐知道他要说什么了，抢先说肖怡属猫。

冯泉不假思索道："属猫好啊，属猫的人好！这就是问题所在啦，虽然同是'川'字纹，同是不愁吃不愁穿的命，但一个属猪，一个属猫，就完全不一样了，当然是属猫好啊！虽然人家肖怡和你一样这么瘦，但猫本身好动，所以瘦一点无妨，正好说明只需要通过一点点劳动就能不愁吃不愁穿！好命呐！当然是属猫的好——"

"对呀，猫还会捉老鼠呢！"俞璐打断道。

肖怡笑了。

冯泉被揭穿，一下愣住，铁青脸，衬得脸上青春痘乌黑发亮。人在谎言被识破竭力掩饰时就会不顾一切为自己辩解，企图挽回面子，冯泉说给自己算过命，他粗犷的外表下有一颗柔软的心。

俞璐得势不饶人，说："你以为你是螃蟹啊？我看螃蟹当不成了，倒是喜欢当灯泡！"

冯泉急了，忽然手机响起，接完电话便走掉。原来波波打来，骗冯泉说饭堂搞促销，他平日最喜欢吃的台湾香肠现在买一送一。

冯泉一走，俞璐就不说话了。

前门拒虎，后门狼又来了，沈京兵远远见到俞璐身旁坐着个靓女，两眼直发青光，他走过来："俞璐，这位是谁啊？怎么不introduce（介绍）一下？

俞璐不理他，眼里虽然没有沈京兵，但又提防着他。谁料此人脸皮和冯泉有一拼，他也不理俞璐，径直和肖怡搭讪，他问肖怡什么大学学的

170

什么专业。

肖怡讲学的英语，沈京兵道："英语专业好，我最喜欢英语了，看来我们有共同语言，其实英语专业找个喜欢英语的人结婚，两口子吵架用英语，外行人听不懂，多有taste（情趣）！"当初与师姐分手，沈京兵立誓再不找学英语的女生做女朋友，今天遇见肖怡，誓言立即烟消云散。

肖怡礼节性地笑。

俞璐说："现在的人怎么都喜欢做灯泡？！"

"你丫说谁？！"

肖怡知道沈京兵一走，俞璐又会冷落自己，打圆场道："都不想当，让我做。"

172

这周末开始王老师把原来教的大班学生给俞璐接手，这帮人现在升上初一了，依然被王老师的三寸不烂之舌忽悠回来。

第一次给他们上课很紧张，作自我介绍差点没出洋相："同学们，我姓俞，大家以后不妨就叫我王老师吧！"

学生下面窃窃地笑，幸亏王老师打圆场。

上大班课俞璐发现难得多，他就一道题提问："小林，请你判断。"小林站起说："我认为答案是错误的。"

"为什么？"

"因为前面小燕回答说正确，你没让她坐下。"

俞璐大窘。

课间休息时他们三五成群聊天，俞璐为了拉近与他们的关系，凑过去，一女生问他觉得"菊花台"怎么样？俞璐说没喝过，他们狂笑起来，搞得俞璐自己也莫名其妙。

一个女生长得很古典，不像汉族，俞璐问她什么族，她回答贵族。俞璐没反应过来，心里琢磨中国56个民族有这个吗？

王教师怕俞璐上大班课出乱子断了她财路，每次都旁听。这些学生很聪明，为了难住他们，俞璐找来许多刁钻题目，结果一次自己也做不出来，尴尬不已。经过这次，俞璐出题越来越有经验，专找那些能难住他们又不至于难倒自己的。后面更是管他什么怪题偏题会不会考学来有没有用，只要能难住他们拖延时间就行了，反正自己手上有答案。

173

学院门口新开一家饮品店，推出一元一大杯珍珠奶茶，大家给杜子腾钱让他去买，老规矩合请他一杯。买回后，冯泉说把咖啡兑进去更好喝，还说港式咖啡奶茶就是这样制做的。

大伙按冯泉说的去做，奶茶发生了质变，大家迟迟不敢喝，这时一只蚊子从床底飞出，飞到杯子的吸管上。

冯泉说："怕什么，蚊子敢喝我们还不敢？"说完带头喝了起来。

大家见状纷纷举杯。刚喝完俞璐肚子就疼了，连忙冲到厕所，一会，波波和老大也赶来，接着是矫厚根和杜子腾。大伙意识到是集体食物中毒了，妈的，给冯泉害惨了，奇怪的是冯泉喝得最多却没事。

为了解秽，波波特意带了一大叠报纸，分给每人一张。

一会，小强进来，看见俞璐宿舍全体一字排开，问道："你们想得真周到，居然在这开会！"俞璐忽然想：是啊！旧社会地下工作者为什么没想到？也可能因为这种方式不登大雅之堂，所以即使真有其事也不好流传开来。

古语云："不是不报，只是时辰未到。"冯泉进来了，拉屎那个臭好比国足的脚法。最夸张的说法是嫦娥原来住地球，一次不小心闻到冯泉拉的屎才跑到月球去，虽然对地球充满思念，但畏惧冯泉的屎臭一直没敢回来，牛郎织女一年才见那么一回也是因为这味儿。俞璐以前住宿舍，只要冯泉上厕所波波就会主动过去检查门是否关严，原来这么回事。

冯泉也知道自己屎臭，为解秽，唱起歌来："我们是屎，青春是水，请节约用水！"唱着唱着，声音忽然颤抖作激动状，原来是出恭不顺，好一会那厥屎拉出来后声音才恢复正常。大家没心思看报了，听说现代很多人生哲学是在厕所里思考出来的，蹲坑如厕时最容易突发奇想，波波说其实屎是很有意思的东西，很多东西可以比喻成它，波波提议每人唱一首类似冯泉唱的有关屎的歌，波波先来：爱情像屎，来了之后挡也挡不住。"俞璐说："爱情像屎，水一冲再也回不来。"老大说："青春像屎，每次都一样又不太一样。"杜子腾说："青春就像屎，有时努力了很久……"忽然没了下文，"扑"一声放了一个屁，才说："却只是个屁！"小强说："青春就像卫生纸，看着挺多的，用着用着就不够了。"

这时传来一把尖锐女音："有人没喽？"大家听出是清洁工声音。没人敢应她，她以为没人拖着水管进来，进来吓一跳，连忙逃出去，边逃边骂："现在大学生有病喽！开会开到厕所来喽！"

174

如果哲学真理真是如厕时思考出来的，那么真理与痔疮一般情况下是一起诞生的，因为思考真理需要很长时间。

175

冯泉为了减肥，曾经尝试过各种方法，钱花了不少，但一点效果没有，经过这次他却瘦了几两，他发现原来一冷一热的两种东西混一起喝了会拉肚子，从而能达到减肥的功效。从始他减肥信心大增，他甚至把煮熟的鸡蛋剥了壳放进冷咖啡里一起吃，或者把雪糕放进热咖啡里一起喝，他管这个叫做"拉肚子减肥法"。

176

周六庄宽忽然提出不干，他说搬学院后，一来一回辛苦不说，算上车费根本挣不到钱。王教师当然不同意，说课程过半，中途不教无法跟学生交待。庄宽坚持不干，王老师也坚决不同意，并威胁不结工资，庄宽差点和王教师打起来。事后王老师对俞璐说："你们学院这些人真不懂做人，上了一半才说不干，闹到你们学校去我也在理，对了，明天他要真敢不来，我就找你们学院团委，我以前在学校当的就是团委书记，我不信团委治不了他。"

王老师拿出手机给俞璐看别人给她发的短信，她信誓旦旦道："小俞，你看，教师节那天以前和我合作过的老师还向我问好呢。多少名师和我关系好着呢！"俞璐心想，她要讨好你是她的事，与自己无关，但不明白，像王教师这样性格的女人，喜怒无常又生性多疑，那人真在她这呆过为什么还会发讨好短信？

庄宽怕拿不到钱，第二天还是来了，临走王教师给每人一张月饼券，俞璐本想说自己领过了，但想起王老师的话，他只字不提，忐忑收下。

177

看到刘芳和朱逸群在饭堂一起吃饭，俞璐很难受——因为曾经坐在刘芳对面的是自己——但又不由自主的朝她的方向望过去。

学院举行女生篮球赛，俞璐去了，并不是看比赛，女生打篮球不好看，橄榄球打法，却是足球比分。俞璐寻觅的是刘芳，但不见踪影，问场上的郑红艳，她冷漠地说刘芳没参加。

178

学院开来一辆献血车，杜子腾去了，他带着纪念品回来，大伙见了心动，纷纷嚷着要去。

晚上卧谈会，俞璐说："腾哥为了纪念品才献的。"

杜子腾说："才不是呢，我是为了救死护伤！"

波波说："别打击他，他就这点好。"

俞璐说："他的血能救人吗？他的血有毒！他床底下那几千只死蚊子全是吸过他血的。"

冯泉说："你懂个屁！偶尔献点血对身体有好处。"

俞璐说："那你怎么不去？"

冯泉说："不用，我有痔疮，经常大便出血，抵捐血的量了。"

179

俞璐又开始逃课，能不去就不去，这里不比旧学院有电子阅览室，逃课也玩不了什么，但上课也学不到什么，所以还是不去为好。

这学期有一门《教师技能》的选修课，授课老师是黄阔，她是高完老婆，两人都是燕大中文系毕业，学生背后戏称他们作"高谈阔论"。

黄阔上课从不带教材，只带《读者》，课上给学生念上面的文章，俞璐上过两节课就不再去了，因为她一节课最多念七篇，俞璐呆宿舍一早上能看一年的。

其实俞璐也为将来作过打算，当教师普通话要考证。俞璐决心拿到这个证，所以普通话选修课一节没逃。但本学期这课特别少，一星期只安排一节，学院从来不会根据学生需求排课程，而是根据教师的要求，课程少教务处解释说是为了照顾学生实则方便教师在外面挣外快。

180

中午吃饭回来，杜子腾说："矫厚根今天真搞笑，在饭堂吃一口饭就看我一眼，我拼命喊他，他又不应我。"

波波说："是不是你看错了？矫厚根脾气一向好，从不摆架子。"

"不会看错，一块住两年了，怎么可能看错！"

这时矫厚根回来，他对杜子腾说："我今天吃饭时看到一个人长得很像你，在那晃来晃去像个猴子，还对我笑。"

大家狂笑不止，杜子腾骂道："蠢货，那个人就是我！你近视又加深了，赶快重新配眼镜。"

181

下午肖怡约俞璐逛街，俞璐骗她有课。肖怡只好和同学去，傍晚她拎着一袋吃的和赵飞燕跑来，俞璐陪她在操场的升旗台上坐，俞璐很喜欢吃她买的板栗，壳丢了一地，肖怡默不作声地把地上的壳一片一片捡起来装进塑料袋里。

俞璐只顾吃，让肖怡别捡了，说清洁工会扫，但肖怡还是很认真地捡起来。

赵飞燕与波波打完一圈拖拉机，过来说累了，要回去。肖怡说再聊一会，于是赵飞燕跟波波到不远处坐下。

吃着聊着，夜深了。突然前方射来一束灯光，巡夜的保安骑着自行车慢悠悠驶近，俞璐才发现肖怡靠在自己肩上睡着了，脸上还带着幸福的神色。俞璐有些动容，其实自己并不讨厌她，甚至还有点喜欢她，但是却下不了决心跟她一起。盛夏的蚊子飞来飞去，俞璐给她拍打蚊子时尽量轻手轻脚，不想惊醒她，一只蚊子狡猾的往她衣领里钻，俞璐不知道应该叫醒她还是让她继续睡。

不知是波波的话题吸引不了赵飞燕，抑或她们真的累了，赵飞燕又来催肖怡回去，见此情景忍不住笑了，赵飞燕说她们逛一天街，都累坏了，肖怡非说要带点吃的过来，天黑了，她不放心只好陪她来。

她轻摇肖怡，肖怡睡眼惺忪的醒来，发现大家都看着她，脸一下红起来。

182

学院贴出通告近日将有上级领导下来检查工作。

学院使出一切应对措施。电脑房空置了很久的饮水机全部装上从外面拉回来的加林山矿泉水，学院所有厕所临时装上卷纸，后勤安装时还问学院领导卷纸架装不锈钢的还是塑料的？领导说反正用不了多久肯定会给学生搞坏，这方面就不乱花钱了，塑料的就行。饭堂饭菜变好了，品种巨多，打菜师傅突然不会多收钱，有时还会故意少收。打饭处摆出两大桶饭，吃不饱的学生可以免费加，到了下午还有免费凉茶供应，一些跑到外面吃饭的学生知道后很后悔，伤心欲绝。饭堂附属小卖部也把台湾香肠加长，其实没加长，原来是一根切成两段卖，现在不切了，还临时停售啤酒，那个从农村雇来的未成年女童工化了个浓妆，凡有学生来买啤酒，童工按照老板教的说："我们店从来不卖啤酒，这东西伤身，同学，我建议你来盒牛奶，怎么样？"教务处在学院大门口用租回来的鲜花拼了"热烈欢迎上级领导莅临我院指导工作"的字样。

晚上俞璐和波波踢完球回来，发现宿舍多了几盆色彩鲜艳的花。

"谁买的哟？"

冯泉说："我搬进来得给宿舍做点贡献嘛。"

波波说："这花怎么这么像学院门口的？"今天踢球时俞璐一脚大力抽射，球飞到学院门口那堆花处，波波去捡球时工人还在紧锣密鼓的摆设呢。再看一下，俞璐确定这些花就是学院门口那些摆设无疑。

波波问："冯泉，你怎么弄回来的？我今天才看校工在摆。"

冯泉说："连阴茎都可以增长，这世上再也没什么做不到了！"

183

傍晚学院广播通知宿舍室长务必去开会，不得缺席，半夜杜子腾开会回来，大家问什么状况？杜子腾说："学院接上级通知很快有领导来检查工作，新学院要有新气象新面貌，不能再像从前，要求各个宿舍搞好卫生，近期学生处随时来突击检查，以后每月评一次文明宿舍，评上有现金奖励，具体要求宿舍干净卫生，东西放整齐，不能有杂物，床铺要干净整洁。"

老大骂道："靠，老掉牙啦！这些说过N多遍，评奖？还现金？屁都没一个！"

杜子腾说："哦，对了，还有，最重要的是不能讲脏话，杨伟特别提醒我们大三学生，说快毕业了，要给师弟师妹带好头，领导来时谁要说脏话给听见，影响了学院声誉该生不予毕业，同时该生所在宿舍也不能评优。"

波波骂道："他奶奶的！"

俞璐知道，现在连矫厚根都知道婊子是全球通用的，脏话普及到这种程度，哪有不说脏话的宿舍？波波最早骂人是说"他妈的"，由于一紧张就口吃，总是说成"他妈妈的"，骂人倒变成问候人家母亲，所以后来他升了一下级，改成骂人家奶奶，一骂人就说："他奶奶的。"像冯泉就更不用说了，骂起脏话口若悬河滔滔不绝，并且与时俱进，花样百出，像领导做政府工作报告。俞璐觉得冯泉如果说英语有骂脏话一半流利，等级考试肯定过，甚至可以到外交部去当发言人。艺术专业的学生骂脏话尤其厉害，简直出口成章，他们骂"傻逼"算文雅了，通常是要操人家老妈的，变态点的还有操人家老爸的，遇性欲强的还要操人家奶奶或者奸尸的。

俞璐说："为了顺利毕业我举双脚赞成。"

杜子腾说："既然大家同意，我宣布，现在起我们宿舍再也不许说脏话！"

老大马上响应："我靠！"

波波紧随其后，道："他奶奶的！"

杜子腾说："他奶奶的他奶奶的，他奶奶到底怎么了？你倒是说啊！"

波波已经改不了口，还是说："他奶奶的！"

184

这段时间学生会那帮人为了彰显自己的领导作用，吃饱饭没屎拉就召唤一下各宿舍室长，搞得杜子腾趿着拖鞋一天到晚跑来跑去，为日后去电信公司当业务员打下了深厚的基础。

中午老大在宿舍说："杜子腾说领导下午就要来检查卫生，床单这么脏怎么办？"

俞璐说："笨蛋，照平时那样翻过来应付一下呗！"

老大说："已经是翻过来的。"

波波骂道："他奶奶的，怎么没听杜子腾说过要检查？他这室长怎么当的！不给他发工资！"

老大说："我们好像从来没给过他工资啊？"

俞璐说："好了，大家不用慌。先把杂物用床单全包起来，然后塞到柜子里。没用的东西丢到垃圾筒。"

老大说："我们宿舍哪有垃圾筒？"这句话提醒了俞璐，俞璐说："那都丢到波波那个红色的袋子里。"

波波说："袋子烂了。"

俞璐接过，在下端打个死结。说："行了，装满给我，我要到隔壁当圣诞老人，好久没给艺术系那帮兔崽子送礼物了！"

185

上级领导来那天学院破天荒举行了一次，也是俞璐三年以来参加过的唯一一次升旗仪式。当天要求全院师生服装统一，俞璐穿起平时用来擦头发的校服，波波比较难堪，因为波波洗完澡总是用校服来擦脚，现在穿在身上才知道自己的脚有多臭，难怪球踢得这么烂。教师则穿上学院掏钱让服装厂连夜赶制的西服，男佩领带女戴领花。

仪式格外庄严肃穆，学院领导心想要是上级领导此时正好到达，能看到这宏伟的场面该有多好啊！但如意算盘落空，上级领导不仅升旗时没及时出现，升完旗还迟迟不见踪影，学院一众领导和从学院挑选出的一众漂亮女生一字排开，在大门口耐心等待，其间俞璐偷偷跑去看了数次，因为刘芳在这些女生当中。太阳可能知道上级领导要来，非常热情，苦了那些化了浓妆的女生和女教师，被泌出的汗水泡得妆容大毁花容失色，只好不停往返厕所。看得门卫室值班保安心花怒放，因为向来只有领导坐，他在旁边站的份儿，想不到也有倒过来的时候。如果说太阳灼人，那么冰雪肯定动人，俞璐看着眼下的刘芳，淡妆修饰，却比旁边那些浓妆艳沫的女生更骄艳。

苦等一早上，上级领导还是没来。院长让一部分人先去吃饭，岂料这时上级领导驱车赶到，原来教育系统一个共建单位某酒家今天早上分店开张，邀请上级领导去剪彩顺便试菜，上级领导却之不恭，只好从命，待上级领导酒足饭饱后，不对，应该是茶足饭饱，忽然想起今天还有公务在身。

上级领导的头头下了车，连说抱歉，说上午去一高中视察工作，害大家久等了。

院长紧紧握着头头的手，表示理解，说："公务繁重，能来我院视察是我院莫大荣耀，大驾光临，有失远迎！"说完偷偷让旁边的杨伟短信群发叫吃饭的马上回来。

上级领导开始视察工作，院长一干人等理应陪同左右。头头眼力非凡，第一时间发现鲜花拼的欢迎词，问谁题的字？院长欲说自己题字，再由后勤用鲜花拼出来的，忽然什么话都说不出，没到晚上陪酒时间，脸从额头红到脖子。原来采花贼不止冯泉一个，还有其他人，结果偷多了，鲜花拼的字形走了样，杨伟发现后叫后勤马上买回补上，校工没什么文化，又是临时领的差，搬起花见哪里缺就往哪里放，结果在"迎"字的中间加了一点变成字典里查不到的字。

头头还在问，这时谁也没敢吭声。

院长老脸拉不下，说他意思，但不料后勤安排的校工没文化。

头头摆手道："没事，没事，向来中国伟人提的字都有那么一点与众不同，这绝对不是错字，是风格。"院长偷偷擦额头的汗，说："哪里哪里。"头头说："就是那字！"说完用背在屁股后的手，指着多了一点的"迎"字，然后问身边的女秘书："张小娟，你是古典文学出身，你管这叫什么字来着？"左边的女秘书弱不禁风，不假思索道："通假字。"说完翻出笔记本。头头铿锵有力："对！"接着对右边说："谢娜，你是艺术专业毕业的，你说这叫什么字来着？"谢娜连忙答道："变体字。"头头落地有声："好！"秘书赶紧记下，头头又问："文辉，你搞计算机的，你说这是什么字来着？"紧随身后的文辉不假思索："我女儿今年十岁，网上管她们这代人叫九零后，九零后在网络上发明了一种文体，无论简体繁体数字符号或外国字只要读音相同就能用，网络称这种文体叫火星文，我看这个字就是火星字。"头头心满意足，说："有创意！"

186

院长因祸得福，有点古时候那个傻瓜用蟋蟀爬文章中状元的味道。

最终那位没文化的校工没有被学院辞退，反而当月在"学院教职工迎接上级领导莅临我院检查工作总结大会"上获得了特出贡献奖，这位始作蛹者拿着意外获得的200块奖金，心情如同古时把主人家的"福"字倒过来贴的仆人。

可惜当时大家沉醉在头头的风采之中，谁也没注意到头头还附在院长耳边说了句悄悄话："你这书法水平涨得像你让我买的那支股票那样高，晚上酒你可不能少喝啊！"唯独秘书跟随头头多年，光凭嘴唇扇动就能判断头头说了什么，可惜忘记记下来。

可见领导可以决定的不是一个人的命运，因为有的时候世界上任何两个人之间只隔着四个人。

187

这周，王老师不知用什么方法又把叶小丽忽悠回来，王老师笑着说以前有点小误会，以后合作依然愉快，然后发每人一张五十元电话卡。此后王老师常常给大家施一些小恩小惠，还会趁其他人不在的时候多给些俞璐，她让俞璐买个手机，俞璐说用不上，王老师说他们全有，买了每月给俞璐报销话费。

俞璐想想也是，现在连矫厚根，杜子腾都有手机，自己应该买一个。俞璐问大家什么手机最便宜，波波说小灵通，俞璐说这牌子出名吗，怎么没听过？波波说这是固定电话和手机结合的产物，好比现代人偷情产下的私生子，不具备两者的优点，但是缺点全齐。俞璐买回来发现，说是固定电话和对讲机的私生子还差不多，信号超差，还发不了短信，但胜在便宜，自己不打了几个电话，将就能用。

188

为丰富学生精神文化，学生处联系了几个书商在行政楼下搞书展，俞璐中午吃过饭跑去，砖头那么厚一本才卖十块钱，无疑全是盗版书，俞璐跟老板侃价，八块成交，回来宿舍门关了，他手上拿着书，掏不了钥匙，便大声叫开门，半天没人来开，俞璐知道这个时候肯定有人在里面睡午觉，又叫起来："开门啊，有没有人啊？"里面传来冯泉的声音："别叫了，里面没人。"俞璐灵机一动说："我买了好吃的，手没空拿钥匙。"话音刚落，门马上开了。开门的是杜子腾，他说："吃的在哪？"俞璐说："刚才一直没人开，我不小心把东西吃掉了。"

大家看到俞璐抱着一堆书，围了过来。

冯泉操一本说："黄书吧？"

俞璐见他拿的是《此间的少年》，不明白他怎么认为这是本黄书。

冯泉用扇凉法翻阅，想挑精彩段落，自主自语道："这少年要多小？这阴要多大？"原来冯泉把书名看成了《阴间的少年》。

波波骂道："他奶奶的，也不用脑子想想，世上有这样的少年吗？"

冯泉发挥阅黄色小说无数的特长，说："我在网上看的《灯草和尚》就是说这个，是不是改名字出白话本了？网上文言文的。"

189

书买回后俞璐逃课愈发厉害，大家受他感染也纷纷阅读，波波最喜欢看卫斯理，作者想像力虽然发达，但小说纰漏太多，写着写着某人物写死了，不能继续下去，胜在是科幻小说，作者就说这个人给外星人捉走了，写科幻的好处莫过如此，每每看到波波就骂："他奶奶的，哪来那么多外星人！"

杜子腾最喜欢看武侠，看了N本总结出学武之人为秘笈斗得你死我活，主要是因为古时候没有复印机。

190

俞璐无节制看书，作息颠倒，生物钟变得紊乱，早上醒来头很沉，于是又睡过去，再度醒来宿舍其他人不在了，他从枕头下摸出小灵通，十点正，第三节课开始的时间。精神空虚不是每个人都有，但肠胃空虚人人有之，看了几页书，饿的不行。

早餐早过，午餐时间还没到，饭堂冷冷清清，不算那只正在啃骨头的猫，就俞璐一个在吃饭。

熬到中午，俞璐又开始睡。中途口干醒来一次，他看见杜子腾也在睡，唤一声，杜子腾眯着眼问什么事。俞璐说："我习惯叫醒人家看着自己睡觉才香。"

肖怡开始隔三岔五来找俞璐，她具有中国妇女的美德，对俞璐宿舍很看不过眼，如果把过去的宿舍比喻成猪圈，那么经肖怡整理后就像高级宾馆的房间，她主动工作的精神和任劳任怨的程度与劳模媲美。有时俞璐还会指使她干活，一次俞璐叫她冲咖啡。波波看见了说："我记得你不好这口啊？"俞璐说："现在有条件嘛，要把这毛病添上。"说完喝一口，放下杯子，然后拿起书，说："肖怡麻烦把杯盖盖好别凉了。"

冯泉除了毛片还特喜欢看《奥特曼》，他花钱买回整套正版的《奥特曼》光碟，每星期在波波的电脑放一遍。波波说这是冯泉一种童年崇拜，在他内心深处渴望成为超人，但俞璐不这样认为，俞璐认为他可能得了狂想症，无论从哪个角度讲，冯泉都不像奥特曼，从体型上看，倒像那些被奥特曼揿在地上痛打的怪兽。

一天，波波的光驱不堪重负坏掉了，冯泉说不关他事，他看的毛片都是BT下载，很少用光驱。波波说："还不承认！上回找李进财要来的毛片光盘不知道传了多少个宿舍，花成那样了还往我电脑塞！快给我修好来！"冯泉塞进去一张《奥特曼》，居然图像清析，他马上叫起来："看到没？看到没！能读！你光驱没坏！"

矫厚根说："为什么我这张《C++》安装盘读不了？"

冯泉："我的是正版碟，你的是盗版，当然读不了！"

波波骂道："他奶奶的，现在成了只读正版，不读盗版，还说没坏？这样的光驱有什么用？难道我会买正版碟？！矫厚根，现在谁管学院机房？"

"林万斌师兄。你不会打公物主意吧？"

"公物当然可以人人伸手。"

次日上课，波波用一件衣服把自已的光驱包着带进机房。

过了几天，学院大一机房又发生了一起更严重的失窃事件。对此，波波说："看，我不偷，师弟也会下手。"

俞璐反驳道："你怎么知道是师弟？可能我们这届呢。"其实俞璐心里明白可能性极低，因为大三快毕业了，没必要拿毕业证冒险。

学院实行严管，出入机房要佩戴胸卡，卡上有佩戴者详细信息，如班级、姓名、宿舍号等等。

波波说："天天戴这玩艺和坐牢的犯人有什么区别？"

冯泉说："波波，你要学会辩证地看待问题，这东西太好了，以后追女孩容易多了。"

波波说："想得美！"

冯泉大义凛然道："兔子尚且撞死在树桩上，难道就没有姑娘主动找我吗？"

自从实行这个制度，一时间，出入机房的男生都有女生对其有意思的感觉。

一次，波波不小心踢到前排女生，女生回头瞪他一眼，波波回来说："今天坐我前面的女生盯着我胸脯看，不会对我有意思吧？看来还真给冯泉说中，胸卡可能会成为月老的红线。"当晚波波对胸卡进行改造，把名字改成"波必烈"，专业一栏写的是老板，然后又加了一个"大"字，想想太俗，又改成"经理"，最后又加一"总"字，年龄是"正当妙龄"，宿舍填的是"中南海"。

192

中午老大说："今天圣诞节，楼上出去聚餐了，我们也聚吧！"大伙以往五四元旦才聚餐，现在什么节都聚，连母亲儿童植树这些节日也不放过。

冯泉脑袋里任何时候装的都是与性有关的东西，席上他给大家讲圣诞节的来历。冯泉说很久很久以前，一个风雪交加的夜晚，一个老爷爷独自在路上走着走着，忽然摔倒。说到这里他故意停住问大家知不知道后来怎样。大家说不知道，催他快说，他才接着说："老人摔掉了自己的小鸡鸡，为了纪念他，从此人们管他叫'剩蛋老人'！"

193

圣诞过后学院将举行元旦晚会，波波说打算上台唱一首《2005年的第二场雪》，取缔刀郎在大家心目中的位置。

05年是刀郎的天下，大家都想像他那样一唱成名，所以许多人争着翻唱他的歌。没见过刀郎的人听着歌声会想象成一个浪漫的浪子在豪迈的唱着情歌。见过的人才知道原来是一个戴鸭舌帽的老男人扯着脖子声嘶力竭叫出来的声音，由于刀郎长年戴着鸭舌帽，很容易让人联想他脑袋怎么了？会不会是地中海或得了白发症不好示人。

俞璐曾很长一段时间以为《2002年的第一场雪》是庞龙唱的，之所以混淆主要是因为波波曾买回一张封面背景下着大雪却有两只蝴蝶翩翩起舞的盗版CD，久而久之俞璐把刀郎和庞龙给混淆了。弄清真相后俞璐追问《老鼠爱大米》是不是也是刀郎唱的。

沈京兵也打算登台，唱的是《女人不该让男人太累》，可惜师姐早已毕业，不知所终，否则可以回应一首《男人不该让女人流泪》。

傅贵想趁机向美静表白，他先是挑了王心凌的《爱你》，然后换成Beyond的《真的爱你》，再换成李宗盛的《我是真的爱你》，最后选了言承旭的《我是真的真的很爱你》。

冯泉选了董文华《春天的故事》，反复练习，感觉良好，后来知道有人唱杨千桦的《夏天的故事》，有人唱陈艾玲的《秋天的故事》，还有人唱马天宇的《冬天的故事》。故事太多，冯泉感觉不妙，最后换成《走进新时代》。

大家停下打游戏，开始不分昼夜地排练，以前是晚上才怪叫，现在整天都能听到他们的怪叫声。

下午滴血的嚎叫声把俞璐宿舍从午睡中惊醒，艺术系开始进行义演了："亲爱的爸爸妈妈，你们好吗——"此人故意把"吗"字拉得火车长。

俞璐忍无可忍，大叫道："乖儿子，爸好着呢！只是睡不着啦！"波波学着女声也尖叫道："宝贝儿子，你妈妈我也好着呢！你别来无恙吧！"

唱歌的人骂了几句脏话就哑火了，不料一会儿东山再起，他们把最近卫视台热播的《还珠格格》主题曲改了歌词唱道："你是疯儿，我就杀，杀来杀去，疯儿太多，杀不完——"

杜子腾立马用农民腔还击道："你是癫，你是光，你是唯一的智障，只能爱你，you are my superstar——"

194

月底是肖怡20岁生日，室友为她庆生，她打来电话，俞璐说："你宿舍同学去够热闹啦，我就不去了，我和波波都是穷学生，请不起这么多人。"

"我让她们不去，就我和赵飞燕，我生日当然是我请客。"

"好吧，明晚有空我就去。"

肖怡开心道："好，一言为定。"

挂了电话，肖怡又发来短信，交待了时间地点，最后的"切记"后面连用三个感叹号。

第二天中午吃饭时俞璐看见刘芳，忽然记起刘芳曾经说过迎新晚会要上台献唱，自己当时还答应献花呢！俞璐心血来潮想给她打电话，调出号码却迟迟拨不下去。

最后，他给刘芳发去短信，说现在小灵通可以发信息了，有空的话给自己回短信，一会刘芳回复说她在饭堂小卖部，俞璐激动不已，马上夺门而出，去到才发现她和朱逸群在一起。刘芳在朱逸群耳边说了什么，朱逸群独自离开。

两人沉默不语，刘芳打破疆局，说："最近怎么样？还经常逃课？"

俞璐点点头。

"为什么？"

俞璐欲说现在普通话课一节没逃，可话到嘴边又咽回去："你知不知道爱因斯坦上大学时也经常逃课？"

刘芳心想这人真是无可救药，淡淡答道："刚知道。"然后反问："你是爱因斯坦吗？"

俞璐无话可说。

"你去当天才好了！"刘芳以为他在赌气，骂完感觉语气重了，叹气道，"当然知道，但你也要知道，我们学院是培养人才的地方，不是培养天才的地方！"

"今晚上台唱歌吗？"

"哦？恩！你会上去给我送花吗？"

俞璐毫不犹豫道："会，一定！"冷不防朱逸群折了回来，刘芳与俞璐匆匆别过。

晚上俞璐和波波买了一大袋水果到科大。来到宿舍楼，肖怡正和室友话别，室友轮流和肖怡拥抱一下，然后依依不舍的离开，俞璐忽然泛起一丝内疚。

三人来到餐厅，赵飞燕早安排好，大家脸上的喜悦如何也无法感染俞璐，唱了生日歌，许过愿，俞璐借口出去，拦了一辆的士赶回学院，路上他让司机开到花店，买了十一支玫瑰。

来到礼堂，他向师弟要了一张节目表，说是迎新晚会，但师弟师妹明显比师兄师姐的表演欲强，目录上占了半壁江山。不会唱歌的几乎都是选周杰伦的歌，反正哼哼哈哈，大家也听不出唱的什么。

冯泉《走进新时代》是后来换的，《春天里的故事》练习多了，上台唱着唱着《走进新时代》，结果走进了《春天里的故事》。

刘芳化了浓妆，艳丽无比，唱的是王菲的《天上人间》，俞璐心很酸，待记起献花，朱逸群捷足先登，只见他西装革履，满脸红光，双手捧着一大束玫瑰，全场起哄，朱逸群的狐朋狗友故意疯狂尖叫，俞璐听见旁边的女生说她要晕了。俞璐连忙把花藏到身后。

195

俞璐拿着啤酒躺在操场的升旗台。波波找到他时地上全是空酒瓶，还有一束凋零的玫瑰。

波波说俞璐今晚太过分了。俞璐无言，两眼直勾勾望着漆黑的天空，波波直摇头，一声叹息，问俞璐怎么想的，俞璐回答得支离破碎。

俞璐有了给刘芳打电话的冲动，打去却是忙音，挂掉后再没勇气，他用字符编了一朵玫瑰发过去，然后盯着屏幕待回音，一会电话响了，俞璐很兴奋，显示的却是十一位阿拉伯数字，是肖怡的电话，她的号码俞璐虽然没存，但也熟悉了，俞璐没接，让电话响到不响为止，一会电话又响了，这次是刘芳打来，俞璐以为又是肖怡，接通吼道："别烦我！"

刘芳吓了一跳，不敢说话，好久才问："晚上有没有来迎新晚会？"

"恩，没有，没有买到花所以没去。"

忽然电话那头宿舍的电话响了，有人讲是找刘芳，刘芳说时间不早要睡觉了，匆忙挂断电话。

196

俞璐情绪极度低落，混混噩噩。他开始每天喝酒，只有被酒精麻醉，心灵才能安静，波波打着为他解忧的旗号来分享他的酒，俩人常常醉得不醒人事。

肖怡生气了。俞璐想在QQ上向她道歉，但她这次真的生气了，理都不理俞璐，QQ里只和波波聊。

朱逸群给刘芳送玫瑰在学院引起不小轰动，数天后他开一辆白色凌志回来，再一次引起轰动，连学院稍年轻点的教师都露出羡慕之色。冯泉在宿舍大吹特吹，仿佛车子是他的。俞璐不以为然。冯泉说："你们猜副驾上是谁？"说完故意看着俞璐，俞璐竭力装出不在意。

　　波波从衣柜里拿出喝剩的二锅头，骂道："该死的肥猪，敢跟我们贫道抢师太！太可恶了，俞璐，敢不敢去找朱逸群？敢就把这瓶二锅头干了，你只要说一句，兄弟我马上陪你去！"波波看着从不喝白酒的俞璐端起酒瓶喝水一般，不禁感叹："问君能有几多情，恰似一瓶二锅头！"杜子腾说："好诗，波波成李白了，闻酒成诗！"冯泉说："这算什么，我也会，问君能有几多情，恰似一群太监上青楼！俞璐你什么时候去也告诉我一声！"

　　俞璐很感动，想不到冯泉也有仗义的一面，以前对他的认识片面了。冯泉接着说："你以为我会眼睁睁地看着你去送死？"俞璐眼睛开始湿润，想上前握住冯泉的手冰释前言，不料冯泉接着把话说完整："我会闭上眼睛的！"

197

　　朱逸群开车带着刘芳在学院里转悠，刘芳愈发漂亮了，手上的腕表和脖上的项链折射出的光芒灼得同龄女孩心里直痒痒。

198

　　俞璐夜里根本无法入眠，为了能睡着，他每天绕着足球场跑圈，一圈接一圈，把自己搞得筋疲力尽，有时身体是累了，但脑子却异常清醒，一样是睡不着。

　　俞璐悄悄地觉得生活没有任何意义，他自认为是个聪明人，懂得什么时候该放手，事实他一直过于理性，遇上刘芳一下子变得感性，结果摔一跟斗就不能自拔。

晚上又醉了，他给刘芳打去电话，问能不能回到自己身边，刘芳叹口气，说："你以前从来没有说过爱我之类的话。"

"有，还记得我给你设计的商标吗？'WAN'拼音我爱你的意思。"

"我不要什么商标，我要你亲口说！懂吗！"

"现在说行吗？"

"太迟了！"

"难道就不能给我一次机会？"

"你知道一个女孩子最需要的是什么吗？"

俞璐沉默了。

"是安全感！我和你一起感觉不到。我承认你有才华，如果说你没钱我可以等，但你现在每天都在干什么？我们快踏入社会了，有才华不能当饭吃！"

俞璐一激灵，说："总算说出来了！其实我早看出来，你就是图朱逸群的钱！"

"哎，随便你怎么说。反正我们不合适，也希望你能找到合适自己的。"

俞璐沮丧到了极点。听到俞璐哀伤的声音，刘芳不胜悲怜道："何必这样，我虽然拒绝你，但不见得别的女孩也会拒绝。"

"哎，连你都拒绝了，还有谁会要我呢？！"

刘芳心想这人真是死性难改，一把挂断电话。

无数的委屈涌上心头，种种的不如意化作一腔悲凉。俞璐来到操场，连老天也不可怜他，哗啦啦的下起雨来，他觉得刘芳背叛自己，现在连老天也欺负自己，他一边疯狂地跑，一边咒骂老天。

也不知跑了多少圈，回到宿舍拖着一身泥水，波波问他下这么大的雨上哪了，俞璐没说话径直走到自己的床铺，爬上去，倒下来。

上帝是公平的，对动不动就拿生命要挟上帝的人，上帝决定惩罚他，其实要令人懂得珍惜生命，不是让其没命，而是让其大病一场，结果第二天俞璐发高烧，波波告诉肖怡，肖怡赶了过来。

俞璐迷迷糊糊，抓住肖怡的手不放，呢呢道："刘芳，别走，我会改，别走。"

肖怡很伤心。

但隔天肖怡又来了，她和俞璐在操场散步，她说："听波波说你以前有个女朋友？"俞璐知道肖怡其实向波波打听过自己的事，早知道刘芳的存在，却从来没问过自己，不知道今天为什么突然问了，俞璐淡淡地说："吹了。"

"你们为什么会分手？"

"不合适呗！

"怎么不合适？"

"很简单，你愿意与一个只会关心自己，极度自信，而又无上进心，又不成熟的人谈恋爱吗？"

肖怡不解道："当然不愿意，谁会愿意？"

"就是嘛，她也不愿意。"

肖怡叹口气："你为什么不去把她追回来？"

"人可以没有爱情，但是不能没有尊严。"

199

其实不能全怪刘芳。俞璐零星了解到，朱逸群频频向刘芳宿舍的女生送东西，让她们帮忙说话，从而使刘芳决心离开自己。

他只懂得对喜欢的人好，而忽视了喜欢的人身边的人，他从没讨好过刘芳宿舍的女生，也没善待刘芳带出来的朋友，关键时候，这些平日看似对两人感情毫无关联的人却起了致命作用。

刘芳室友收了朱逸群的礼物，齐齐帮朱逸群说话，什么心宽体才会胖啊，家中有房有车啊等等。当然坏话也有人说，不过是俞璐的坏话，郑红艳上次叫俞璐请她喝牛奶，俞璐碰巧饭卡没钱，她就记仇了，其实就算饭卡有钱俞璐也不会请，过往她与俞璐争夺阅览室座位，俞璐借陈粒的臭脚把她吓跑，俞璐把这事告诉了刘芳，让刘芳千万不能跟她说，闲聊时刘芳不经意还是让郑红艳知道了，君子报仇十年未晚，女子报仇十年就晚了，现在正是时候，大家你一言我一语说朱逸群的好，郑红艳见刘芳迟迟不表态，可能对俞璐还心存一丝牵挂，就说："跟这种人一起不会幸福的，现实点，找个多金的，哪怕是个猪猡给我都嫁！何况现在多金的不是猪猡，只是胖了点，没钱的猪猡不如哟！"

200

俞璐每天睡到自然醒，起床时间越来越晚，杜子腾说俞璐再这样睡下去，可能永远起不来。

白天睡多了，晚上俞璐怎么也睡不着，他听着收音机哼起来："反反复复，我孤枕难眠！"杜子腾听了说："再买一个呗。"

想忘掉不幸，最好的办法就是埋头苦干。俞璐疯狂看书，那些天，除了吃饭、跑步，就是躺床上看书，困了睡，醒了看，一本接一本，不分昼夜。书看完就看波波拿回来的报纸，评论说姚明享受十三亿人的呵护和关注不是一件轻松的事，俞璐很怀疑中国真有十三亿人去关注姚明吗？姚明虽高，但相信农民就不知道他是谁，假如某天一支火箭掉进田里，恐怕农民才会知道什么叫要命。不要以为穿十三号球衣就真有十三亿人支持。

俞璐再往下看，刘翔红了，比姚明还红，拳击界冒出个邹市明，这些都是与他年龄相仿的人，俞璐忽然觉得自己很没用，大二他跟着夏建仁听过很多专家报告会，每次在意的不是报告的内容，而是专家姓名前一串串定语的那份荣耀。以前看文专师姐借的各种传记，他常常从伟人名人身上找到激发自己的动力，也曾热血沸腾的想轰轰烈烈的大干一场，可惜这种动力只能维持短短几天。他找的借口是自己比这些专家名人年轻，比他们时间多。多可笑的逻辑，真不知道当时怎么会有如此愚蠢的想法？人的生命是有限的，终有一天，自己不再年轻，终有一天，自己会老去。

现在自己却一事无成。

201

第一届"超级女声"结束，这场马拉松选秀结束的同时朱逸群也结束了马拉松的学车，终于拿到驾照。朱逸群开始每天拉一帮同学到他家去吃饭打麻将。副驾坐的是刘芳，现在朱逸群的猪朋狗友见到刘芳全喊大嫂。

202

肖怡问俞璐为什么不上课。

俞璐说学不进去。

肖怡问什么时候开始的。俞璐说自从知道学这些东西以后出来只能混饭吃不能混菜吃就决定不再去上课了，这个同王朔知道自己只能当一辈子职员就不再去上班一个道理。不得不承认成人的不良影响在俞璐这里体现了。俞璐说自己现在只能靠写东西发财了。肖怡问他写出什么东西。俞璐不能容忍别人怀疑自己，说："实在不行，我，我就去写性爱小说。"

"哼，你有这本事？连女朋友都不要你了，你写谁啊！"

"写我和你行了吧。"

"你敢！"

"哈哈，你不是说我想像力丰富吗？说我有狂想症吗？我就用我丰富的想象力编出来，你等着当小说的女主角！"

肖怡一跺脚，哭着跑了出去。

波波骂俞璐，要俞璐追出去。其实俞璐心里也挺后悔，但嘴倔，说人都走了。波波劝俞璐说迟做总比不做好。于是俞璐追出去。

原来肖怡没走，站在走廊尽头抽泣。

俞璐走过去，说："别哭了。"肖怡听了俞璐的话并没有吭声，她大概记起在生俞璐的气，反而哭得更伤心。俞璐说："你再哭，眼泪都到流嘴里啦。"肖怡说："废话，眼泪有往脑袋上流的吗？"

俞璐马上跑到一米开外的墙角倒立起来。

肖怡破涕为笑。

203

天气越来越冷，公共浴室里一桶桶的衣服亦即将冬眠。

杜子腾是个奇怪的人，大冬天袜子也不买，只穿拖鞋，脚上冻出许多冻疮。公共浴室提供热水，他不洗，总是等大家洗完了才去洗冷水，一边往身上浇冷水一边喊痛快，表情非常享受，大家觉得不可思议。

一次学院柴油短缺，没热水供应，大家忍着不洗澡，俞璐踢了球不洗澡睡不着，杜子腾教他冲冷水，说当冷水浇到身上那一刻把水想像成是热的，并且大声叫出来就不会觉得冻了。在杜子腾怂恿下俞璐想试一试，冷水倒下去那一刻，俞璐立即发出杀猪般的嚎叫，从此俞璐觉得洗澡这方面杜子腾像条好汉，自己比不过。波波不以为然，说如果真是英雄，应该是一声不吭的，叫出来，只能算半条好汉，还说艺术系的学生都骂杜子腾缺乏教养，大喊大叫影响打游戏，还说旁边的科大全部宿舍都是独立卫生间带空调热水器的，自己学院真垃圾。

"生活好比强奸，反抗不了，不如好好享受。"冯泉不知从哪里引用回来的话，俞璐觉得很刺耳。

到了晚上，杜子腾好像不怕冷，通常只盖一条很簿的被子，大家啧啧称奇，每当这时，杜子腾就骄傲地说："我晚上脱光衣服，把内裤留着。"俞璐说："我以为你说脱光衣服，把内裤当被子盖。"

204

楼上开始打麻将，波波经常去，把电脑让给俞璐，但鉴于逃课的人越来越多，一到上课时间学院就断网。

傅贵与小强来串门，傅贵说："我从没看见有人比昨晚那四个打麻将瘾更大的了，宿舍关了电，点着蜡烛打一宿！"

俞璐问："你怎么知道？你们又不是一个宿舍的！"

傅贵说："我坐旁边看了一宿，肯定知道了！"

小强说："我们系一个小师妹设计的航展标志被采用了，这下要发财了！"

俞璐说："不是说艺术无价吗？为什么艺术家的东西都明码实价？"

小强说："艺术家也得吃饭啊！"

205

少年作家靠写作挣了很多钱，那些文字自己用屁股都能拉出来，俞璐又开始拼命的写，他知道再不写以后也不会写了。

下午老打瞌睡，去厕所洗了一把脸，回来还是瞌睡。俞璐想找个教室自习，去到教学楼发现教室全关着门，爬窗进去，看见魏生津和一个小师妹在调情。

一次在图书馆碰见刘芳，她与郑红艳正在讨论美宝莲与兰蔻哪个好。俞璐不敢走近，躲在角落。当刘芳走过他面前时，俞璐心跳厉害，头低得很低，刘芳眼尖，最终还是看见了，还大方地跟他打招呼，俞璐竭力装出不在意地问她最近怎么样。刘芳说挺好的，反问俞璐最近怎样，俞璐也说挺好的。旁边的郑红艳不停催促，刘芳匆匆离开。

她走远后，俞璐呆呆地站在原地看着她的背影。刘芳打扮越来越时尚，俞璐忽然觉得冯泉说得对，钱才是世界上最美丽的时装。

206

肖怡每次来特别喜欢和俞璐在校园漫步。一次她郁郁不欢，说看了一部很伤感的电影，俞璐问电影内容，肖怡说讲的是一个女孩从小为了爱情经历了许多磨难，最终还是没能和心爱的人一起。俞璐跳开这个话题，说："你也算漂亮，怎么没有男朋友？"

肖怡欲言又止。

"要不要给你介绍一个？你看波波怎么样？"

肖怡冷漠道："我又不是没人要，再丑的女孩子也是有人追的。"

俞璐心里一阵酸，是啊，再丑的女孩也会有人追，何况肖怡一点也不丑，还是漂亮那种。

"时间不早了，要不要我送你回去？"

她听了俞璐的话并没有吭声，良久，淡淡地说："不用。"

207

读书如吃东西，东西吃杂了会闹肚子，书读杂了会坏脑子，俞璐的世界观开始发炎。他现在唯一希望的是能把自己隔离出来，小说得以进行下去。

波波曾问他，花如此多的时间来写小说到底值不值，万一写好了不能发表呢？

学院又有征文比赛。俞璐学聪明了，自己看不惯，又不能直说的话就在稿纸上这样写：古代某位名士说过……

208

肖怡有两个星期没来了。倒是刘芳来信了，信是通过波波转给俞璐的。

内容如下：

俞璐：

为什么你一喜欢什么就死心眼迷下去？我希望你能克制自己！

现在，我非常担心你因为我而对他人的关心变得冷漠。

波波说你把整个心都埋到书中去了，难道你已经厌倦现实生活了么？你的天赋，你的才华，不是都可以带给你各种各样的快乐么？

拿出男子气概来，别再苦苦恋着一个除了同情你就什么也不能做的女孩，生活不单单只是爱一个人，人生还有很多可以追求的，不要把太多的时间放在这上面了。

其实你很优秀，真的！但我并不适合你，相信你会找到更好的！

刘芳

俞璐看完信很激动，马上给刘芳打电话，刘芳说有这么好的女孩子喜欢他，要他好好珍惜。原来肖怡跑去找刘芳，说俞璐仍然喜欢她，希望他们能重新在一起，刘芳说不可能，肖怡就让刘芳写信劝劝俞璐。

第二天肖怡来到，俞璐臭骂了她一顿。

肖怡说："我是想帮你，因为我了解你。"

俞璐冷笑道："吓？你了解我？！我自己都不了解自己，你了解我？你以为你是谁？以后不要多管闲事！"

肖怡哭着跑了出去。

俞璐过分了，但和所有气头上的男生一样会为自己的错误找借口做解脱，他转念一想，也许这样她就不会要再浪费时间在自己身上。

波波知道后骂俞璐："这么漂亮的女孩找上门都不要，刘芳不可能和你一起了，死心吧！你看她现在跟胖子一起多开心。退一步说，就算日后她回心转意，也不影响你现在和肖怡一起啊！我说你啊，在这个物欲横流的社会，装纯情就是对自己残忍。你可想好啦，过了这村没这店，别将来后悔！"

"算了，她再也不会理我了。"

晚上，俞璐想在QQ里哄回肖怡，但整晚她的头像都是黑的，俞璐以为她没上线，忽然发现波波的号里肖怡的头像却是亮的，原来她把自己拉黑名单了。

俞璐用波波的号问肖怡为什么要把他拉进黑名单，肖怡不说话。俞璐发信息说："喂，我加你QQ，你要通过。"

对方回："不通过。"

"你敢。"

"谁让你骂她。"俞璐问对方是谁，对方下线了。

209

这段时间，俞璐和波波在网上报名下乡参加生存大挑战。波波祸不单行，先是拉练时自行车爆胎，被迫退出比赛，后来自行车在学院又被偷，车子是向冯泉借的，骑行除了铃不响，其它地方都响，每千米掉一次链，破旧程度无异一堆烂铁，然而还是被小偷相中，替波波继续挖掘它的潜力。

在野外生存了几天，俞璐知道了水能载舟，亦能煮粥。铁铲不仅铲泥，还能用来煎鸡蛋。活动的最后一天在当地吃了一顿农家饭，在这里15块钱可以买到一只走地鸡，好客的村民还免费让人上他家洗热水澡。晚上大家爬上租来的牛车浩浩荡荡出发，去山后面的沙滩赏月，大家不停地高歌，俞璐第一次觉得这些平日粗俗不堪的歌曲如此动听。

活动结束时，一些女孩拉着当地村民在玉米地里照相，对着镜头摆出各种姿势，大喊茄子，村民听了直摇头，向旁边的老伙计说几句土话，大意指她们五谷不分。

210

早上，俞璐去吃早餐，见傅贵行色匆匆，问他干什么。傅贵说去上选修课，俞璐说何方神圣主讲，搞得连我们傅贵都行色匆匆。傅贵说今天老师宣布考试范围。

俞璐听了早餐也不吃了，尾随而至。

教师一进门，腼腆问道："我没走错吧？这么多人！"大家齐说："没有没有，教师英明盖世，怎么会走错呢！"

老师开始讲考试的重难点，半天俞璐听不出那些是重点，大家也一样，纷纷叫老师把重点画出来，老师说教务处规定不能给学生画出考试重点，只能进行系统复习。俞璐说："老师那你把非重点画出来就行了。"

众生听了，纷纷支持，连平日和俞璐有过节的也大声附和。

老师瞪俞璐一眼，然后惊奇道："咦，今天什么风把你也吹来了？"大三计算机专业分成软件和网络两个方向，平时太多人逃课，老师仿佛每天都会见到新面孔，所以任何老师混到这份上，也是得过且过，决不会拿自己的工作和学生过不去，但俞璐逃课是出了名的，已落入其黑名单。俞璐说："他们说你今天要点名。"老师说："他们是说我今天要宣布考试范围吧！"

俞璐手摸脑袋，讪讪地笑。

211

肖怡打来电话想和俞璐见面，俞璐不想去。波波问俞璐肖怡哪点不如刘芳。俞璐说说不清楚，但哪怕肖怡有一千万也不会娶她。但说着心虚，补充道："如果有一千零一万就另当别论，但她有吗？没有！"

212

期末最后一天，数据库老师追俞璐交作业，问他还要不要成绩，老师说全班就两人没做，俞璐连忙解释说："我不小心做到傅贵的电脑上了。"

教师说："哼，告诉你吧，另一个没做的就是傅贵！"

俞璐赶紧找矫厚根，从他电脑抄一些又从波波那里抄一些交去，由于混血儿保持了双方的优良特质，教师最终没认出来。

213

三天考试，俞璐作弊顺利。考最后一科《JAVA》程序设计时魏生津在抱怨："谁这么缺德，写了不擦干净。"原来他坐的那张桌子被人写满了答案，一般人都是用铅笔，这人却用圆珠笔，所以他擦不掉。

成绩公布，俞璐所有科目全部合格，其实老师打分也宽松了很多，毕竟最后一年了。

214

放假前一天，俞璐买来本市地图，组织宿舍大伙从板尖山翻进圆明公园，来到山脚下，见到肖怡也在，原来波波偷偷给她打了电话。

一行人成功逃票圆明公园，痛痛快快玩了一天。出去时，大伙在门口见许多人围观什么，凑上去，原来一个衣衫褴褛的老头在卖艺，游客把零钱丢到装二胡的破盒里，每年这个时候会有许多乞讨者在各景区出现，一年到头做尽坏事的人们想积德，所以他们的收入相当不错。

盒子里居然还有一张五十元，俞璐怀疑是老头自己放进去的。他见肖怡看得入神，开玩笑说："要不你也来。"

肖怡可怜巴巴地说："要真有一天，我向你讨，你给吗？"

俞璐愣住。

晚上回到学院，俞璐发现肖怡拉下东西在自己这，打电话过去，宿舍的人说她睡了。

第二天肖怡发来信息说她们今天要搬去广州了，余下的课程全部在广州校区上，还给俞璐发了一首歌作别。俞璐戴上耳机，点开这首叫《七月》的歌，旋律响起，感情开始泛滥。中国有画家，作家，音乐家等等，但没听说有感情家，否则俞璐肯定天下第一，人一旦矫情起来就会觉得所有悲伤的情歌都是唱给自己听的，俞璐听着听着潸然泪下，心里念着某人。

215

1月29日上午7时40分，56年来大陆航班首次正常途径降落台湾。俞璐与刘芳却彻底分开了。刘芳不再住宿舍，搬到朱逸群老爸给朱逸群买的四居室。

216

整个寒假俞璐呆在辅导中心，现在，他从早上8点教到晚上10点，一天可以挣到两百块，也不知为王老师创造了多少财富，俞璐虽然很反感，但自己确实需要钱，道不道德管不了这么多。教了这么长时间，俞璐渐渐得法，他认为自己很有教书的天赋，他听王老师说想当教师要有关系，自己没什么背景，所以拼命攒着钱。

他教的初一学生大部分进了各自学校的重点班。省教育厅规定中小学不得通过考试设重点班，事实当地绝大多数中小学从来不设重点班，这点俞璐可作证，只不过设实验班，培优班，加强班，数学班，英语班之类。

李帅那几个讨厌家伙搞得俞璐心力交瘁，有时公交车上站着也能睡着，他内心很矛盾，常常希望时间过得快点，但又不想青春就这样消逝。波波说的打工时的心态他算体会到了。

其实在中国当老师跟混帮派没区别，都是要唬得住人，才能混得饭吃，教得好学生不如哄得住学生，对王老师来说，这些学生做多少题没关系，一题不做也没关系，只要学生肯交学费就成。

王教师不在时俞璐经常和他们闲聊。

秦寿生说："我爸说了，考不上一中，买也要买进去，结交了那些同学，以后出来社会人脉广好办事。"

两个女生流露出羡慕的眼神。秦寿生竖起三个指头，说："才三万，我一年买衣服都不止这个数。对了，老师，你哪个大学的？"

俞璐吃了一惊，秦寿生得意道："我早看出来了，你这么年轻，哪有这么年轻的教师，肯定是在校大学生！"

王老师曾多次要求俞璐他们不能让学生知道真实身份，俞璐只好说："你多心了。"

"好，你说你是什么大学毕业的？"

"三流师范学院。"

"你不是说你很厉害么，怎么没考上Z大？"

"我从小没遇到好老师，当有我这么好的老师出现又没我这样好的学生了。"

217

两个女生在看小四的青春小说，俞璐挖苦她们。她们说："老师，你写一本出来才有资格说话。"

俞璐说："我写肯定比'娘娘腔'好。"

两个女生是那种在操场被球碰到会第一时间看衣服有没有脏，头发有没有乱的人，她们说："老师，你真写出来我们保证买来看。"

"那要牺牲你们哦，小说里不能全是好人。"

"为什么，难道我们不像好人？"

"要看你们学习认不认真，否则写到你们，我就实话实写，说你们是暴发户的子女，不爱读书。"俞璐把吓唬波波的招数使出，两个女生很受用，但李帅不吃这套，他说："等你写出来再吹！"

秦寿生说："敢把我写坏，告你侵犯我名誉权。"

俞璐对其刮目相看，秦寿生上过政治课还知道自己有名誉权，不像李帅，上次夹在物理书的政治卷，有一道题目是论述矛盾和统一的关系，他答道："矛盾是作家，统一是方便面。"

218

一次下午教室安排不过来，要提早上课，王教师让他们别回家，帮他们点了快餐。

李帅说："什么是绝望？吃这种只有两个菜的快餐就是绝望。"

秦寿生吃一口，说："世上还有比这更难吃的吗？！"吃第二口又说："靠！还真有！"

两女生吃了几口菜，饭基本没动就不吃了。然后开始讨论哪里的东西好吃。

"哇，那里好贵的！"

"是啊，一点点就要一百多块了！"

"要吃就吃好，我才不吃饱。老师，这么难吃的东西，你怎么吃得下啊？"

俞璐反问道："你们吃过蚊子炒牛肉没？"

大家一听来劲了。

李帅以为这个与众不同的老师肯定是吃遍中国，说的这道菜肯定是某个地方的特色小吃，说："好菜，就是没怎么吃过耶。"

秦寿生说："这菜怎么做啊？"

俞璐先想了想冯泉，再想了想学院宿舍和饭堂，才慢悠悠道："首先，你们要努力学习考上大学才有机会吃到这道菜，考上大学呢，去饭堂打一份熟牛肉回来宿舍放在桌子上，然后把上面飞来飞去的蚊子拍死，最后一起吃呗。"

219

王老师大儿子在看最新的《高考报考指南》，专业也与时俱进了，煤矿勘探变成能源工程，修飞机叫航空电子技术。他想报汽车一体化，俞璐为了让其清醒一点，泼冷水道："修飞机才是年薪百万，你的是修汽车，年薪顶多五万。"霎时他的态度发生沧桑巨变，决定报"全球金融一体化"这个新兴专业。

220

王老师从Z大、B师大招来几个大学生，要俞璐帮她去面试一下这些人，俞璐知道她的性格，不想惹麻烦，委婉推脱。

一个新招来的Z大学生衣着过于朴素，上班第二天被小区保安误认作小偷，直至领着来到王老师家里确认了身份才被放行。

221

王老师经常问俞璐用什么方法使得学生如此听话？还说等俞璐成为正式老师后，与他就不再是宾主关系，要好好合作，把辅导中心注册成正规教育公司，大干一场。

222

过年前才开始休息，俞璐呆家里打CS，他专门躲在暗处，用狙击杀人，一枪一个准，不知多少人死于他枪下还莫名奇妙。电视上说年初一不好杀生，他决定休息一天，与方木去小白家，现在小白在他们面前就敢和女友亲热，小白抱住她，说："来，亲一个。"女友看一眼俞璐和方木，哆哆地说："别这样，有人看着。"小白说："唔，没关系的，都是我的老同学。当他们透明就好。"女友矫揉造作地顺从。

俞璐记得上次那女孩不是这般模样，这次的整个范冰冰翻版。俞璐偷偷问小白："上次那个呢？"小白轻描淡写地说："甩了。你俩看着办，我一会要去看房子。"

"你要买房子了？"俩人问道。

"我爷爷说我们市房价很快要大涨，要买趁早，同学一场，别说我没告诉你们。"

回来路上方木一直流露出对小白的羡慕之情。

俞璐对此不屑一顾，说："有什么好羡慕的，不就有两个臭钱。女孩子还要有内在美才行。"

方木深深吸一口烟，然后弹掉烟灰，说："男人所说的内在美指的是胸罩里面，不是内心。"

俞璐惊恐地看着他，心中感叹：是啊，像方这样纯情的男生得不到一个女孩的真爱，而小白这种败类却可以玩了一个又一个。

223

春节期间陈粒给俞璐打过一次电话，说话越来越客气。

224

表彰大会俞璐和波波没去，学生处说不去的学生不能获得150元助学金，俞璐觉得学院很恶心，寒假挣的钱足够学费与零用，谁还在乎这点钱。

学院不再规定补考学生不能领助学金，俞璐觉得自己傻逼，当年竟然会为150元厚着脸皮找系主任理论半天。

大三作弊的人多，但补考的人也不少，因为众生都不学习了，与其冒险作弊不如等着补考，补考题目简单得多，即使不通过还有机会再补，作弊落下处分什么的，毕业证就悬了。

225

情人节，波波电脑放的是孟庭苇的《没有情人的情人节》，以往的这个日子，波波在外闲逛，总有人捧着一束鲜花在他身后说："让一让，小心碰坏了！"所以今年他哪儿都不去，躲在宿舍。单曲循环了一整天，第二天，他便搬到二楼魏生津宿舍去了。

226

辅导中心一个化学常常不及格的女生成绩突飞猛进，她学校的老师说想请俞璐吃顿饭，见个面。王老师知道后大吃一惊，替俞璐谢绝了。

文学社新出的刊物发表了俞璐的中篇小说，虽然被删去许多，但能认出是以前参加征文比赛时交上去的。杂志在宿舍传阅起来，大家都说好。杂志还刊了沈京兵一篇四百字短文，俞璐问他以往皆是大作，怎么这次只有豆腐块。沈京兵说："字数少的都是essence（精华），我学富五车，思想不是你们一般人能敬仰的！"

波波讽刺道："哪五车？垃圾车？消防车？救护车？黑箱车？自行车？"

沈京兵抓狂起来，道："学院没城墙，否则我会写出《围城》这样的novel（小说）。"俞璐心里叹息，这是自己曾有过的自负。

两个文学社的小师妹来找俞璐，赞小说写的好，追问他平时都看些什么书，小说为什么会有现代诗的风格，段与段之间不相接却能成小说，比蔡智恒还神奇。俞璐解释说小说原文许多敏感地方被删节了。

小师妹说原来负责文学社的老师跳槽了，临走前想办好最后一期刊物，清理旧稿件时发现了俞璐的小说，其实这篇东西她以前看过，觉得文笔犀利，但有些观点偏激，怕发了惹麻烦，当时压箱处理，现在即将高就，胆子也大，几番删节后文章终见天日。

小说使俞璐的知名度一下大了，许多人见到他都会主动和他打招呼，说小说表达了他们的心声。这些赞誉俞璐不以为然，他渴望的是刘芳的看法，不知道她看没看。

227

方木突然跑了回来，带回一同学，这厮名叫范发，嗜好四处游荡，大学三年足迹遍布祖国各地，俨然一个旅行家，他每到一处都会在当地银行填表办一张信用卡，所以他的信用也是遍布全国的。他老爸经营一小工厂，每月定期给他的信用卡还款，从不管怎样花。方木有幸结识这位旅行家，厮混一块，无心向学，期末接连挂科。方木破罐子破摔，开始逃课，跟着旅行家到处晃荡。

这次回来，他们在一家提供特殊服务的酒店下塌，还把俞璐叫去，俞璐漂洋过海来洗澡，他第一次住五星级酒店，不知道浴室那些花花绿绿的小袋子是什么，以为是新型沐浴液，想着不用就浪费了，全给打开，结果第二天结账才知道是付费洗阴液，害旅行家赔了好些钱。

228

3月19日山西发生矿难。聊起这事宿舍义愤填膺，纷纷谴责只管发财不管人命的煤老板，个个表决心发毒誓说以后遇到的姐只要是煤矿老板的女儿，管她长得再天仙也不泡，让她当老处女，孤独终老。就老大比较理智，打死也不肯发毒誓，还说煤老板的千金是看不起俞璐这些凡夫俗子的，大家吃不到葡萄所以说葡萄酸。大家群起而攻之，杜子腾要把老大抓去西伯利亚挖煤，老大年幼无知，天真地问西伯利亚有煤吗？杜子腾说没有就卖去西伯利亚打苦工。

229

俞璐躺床上看书，发现小灵通有一条未读短信，他脑海闪过刘芳，触电般从床上弹起，打开一看，是个陌生号码，问能否交个朋友，俞璐又想，刘芳会不会换了号码来试探自己？过多凭空揣测很伤神，俞璐决定直接回短信问对方是谁，对方回说是艺术设计的师妹，报了个名字。俞璐不认识去问小强，小强说只知道她高三就是预备党员，其它不太清楚，还说打听作什么，是不是想追人家？俞璐说不是，他不想让小强知道，依小强性格，这事肯定传播开去。

隔天师妹又发来短信，俞璐说没事就不要给自己发短信了，免得被人误会。

230

波波搬到楼上后天天打麻将，一次宿舍赢了钱，李进财提议即将毕业，以后挣大钱的机会多的是，这点钱不算什么，用来庆祝吧。于是向隔壁宿舍借来电磁炉，买回作料和烧酒打火锅。俞璐上楼叫波波去吃饭，波波让俞璐留下来一块吃，俞璐不想糟蹋钱，独自去饭堂。

天空飘起小雨，魏生津和庄宽在饭堂门口避雨，魏生津向俞璐招手，俞璐不想搭理他，但现在他毕竟和波波一个宿舍，看在波波份上，点头应和一下。魏生津拿着从饭堂偷出来的酱料手舞足蹈地说俞璐写的东西骂了学院帮大伙出了一口气，很解气。

俞璐心想早知在小说里也骂他一下。

魏生津说："以前你来我们宿舍都怪我脾气不好，说晴就晴，说雨就雨，多多得罪了。"

俞璐毫不客气，不依不饶道："难怪那会我动不动就感冒，原来你作怪啊！"魏生津满脸通红，一味诡笑。

雨越下越大，魏生津和庄宽担心晚了好东西被吃光，相继冲进雨中。

从前魏生津宁说自己得淋病也不肯分陈粒一点吃的，想到这里，俞璐恶意的提醒一句："下雨了，要打伞，湿身事小，淋病了麻烦就大了！"

魏生津雨幕中回过头来，说："没事的，我以前淋病洗个热水澡就好了。不过还是谢谢你，好兄弟。"

俞璐一脸坏笑，小声骂道："傻逼才跟淋病的当兄弟。"

魏生津头又回过来，说："什么？"

"没什么！"

231

今天上去没看见波波，只听见冯泉在走廊大声吆喝："打牌喽，一缺三啊！"

俞璐来到麻将房，麻将房就是傅贵宿舍，他宿舍上学期开始有的回家住，有的和女友在外面租房，剩下傅贵一个，冯泉趁机从家搬来一台麻将安置于此，后来越来越多人参与其中，铁架床全给拆掉，腾出的位置又添置了两台麻将，俨然一个赌坊。有时人实在太多，打不上的就跟着买马，赌额越来越大，大伙还在桌上铺一张被单，制造出无声麻将，通宵达旦的赌。

俞璐半天没看懂，波波赢了钱乐于授业解惑，冯泉输了钱，骂骂咧咧，不停的催波波出牌，叫他不要理俞璐。十圈过后变成冯泉一人赢三家，他心情大悦，红光满面，问道："谁去饭堂吃宵夜？"俞璐知道他下一句就是：帮我打包，说："我去帮你吃了如何？"冯泉脸马上黑起来。

232

小师妹代表文学社来邀请俞璐去参加座谈会。文学社规模虽小，但派头不小，开会地点布置尤其庄重，特别是社长装逼水平一流，说自己文学阅历丰富，经常在各大报刊发表文章，且每一次都比上一次有明显的进步，还常常获各种媒体邀请参加各种征文比赛并累累获奖。实际情况与此有些出入，社长所说的阅历丰富就是任社长无数届，文章发表过两篇，一篇是指出某期晚报一篇散文上有一个错别字，第二篇获发表的文章确有进步，不是指出一个错别字，而是两个。社长常年参加各种征文，稿子夹了票子一并寄出，便见红彤彤的证书速递回来，但从没拿到过什么奖品。

社长是听众师妹争誉俞璐校刊上那篇小说，出于好奇想认识一下才让小师妹去把他找来，话不投机半句多，社长觉得俞璐并无过人之处，拿出唬弄人的获奖证书炫耀起来，俞璐一眼识破，遂对其产生厌恶情绪。

一旁聆听两位文学"前辈"进行文学对话的小师妹涉世未深，以为两人是相见恨晚，说话愈发字字珠玑。

散会时，小师妹煽动俞璐向她们投稿，说刊物很需要俞璐的支持。俞璐知道依自己的性子只会越写越反动，搞不好把全学院的人得罪了，最后连毕业证也混不到。俞璐说："你们自己可以写啊！"

师妹说："师兄，我们写不出你那种风格，你比较有思想。"

俞璐假装老练道："有想法是好事，但想法太多了，像我这样时，你就恨不能平静的生活了。"

师妹见劝说行不通，便利诱，说："师兄，现在投稿有稿费啊，只要你投我们保证优先录用。"

俞璐笑了，这事若在一年前，自己肯定大受鼓舞，现在不会了，但他还是流露出一副贪钱模样，问："多少稿费啊？"师妹说："一般五十元一篇，像师兄你这种特别好的可以照顾到一百。"

233

师范生只要通过普通话考试就能申领"教师资格证"。其它一切额外要求就像小学思想品德课上的"爱祖国爱人民"口号一样空洞。

考试前，俞璐和矫厚根一块凑钱买了授课老师推销的磁带反复练习，波波不想当教师不打算考，俞璐知道现在就业形势严峻，波波不是不想当，而是当不了，因为波波有先天性缺陷——矮小和口吃，再努力也无济于事。

冯泉以前英语等级考试时，梦里讲的全是英语，这段时间变成普通话。

考试那天，俞璐由系主任和一个男考官面试。出来后听大家议论，说对话时如果考官表情难看，那么必死无疑。当人不能把握方向的时候，就会觉得谁讲的话都有道理。俞璐仔细回想，刚才男考官表情时而舒展，时而凝重，而系主任一直面无表情，甚至可以说冷若冰霜。

俞璐转展打听到她给自己打了83分，男考官只给78分，由于分数悬殊，要送上去复查才能知道最终结果，俞璐突然明白为什么整个过程系主任面无表情，忽然有一点感动。

234

最终俞璐80分，二级乙等。领证那天，几个考79分的在哭爹骂娘，大吵大闹。冯泉只得72分，发牢骚说面试考官里没一个是艺术系老师，对他们不公平。矫厚根也过了二乙，心情大好，劝他别放弃，还把自己的录音机借给他。于是冯泉开始每天晚上鬼哭狼嚎的练习，搞得俞璐又开始失眠，哪怕睡着也是在做恶梦，俞璐觉得考官给他72分绝对有问题，很可能是12分的笔误。

235

三月下旬开始实习，俞璐去了F小，同来的还有夏建仁、小强和两个英专女生。

中午，大家呆在会议室休息，聊着聊着就说起学院的不是。夏建仁听得直冒冷汗。四人从未如此合拍，两唱两和胜过诸葛亮，夏建仁威信全无，觉得这四人比学院全部女生加起来还难对付，他发狠道："给你们说个事，董斜川，知道么？都说不讨杨伟欢心给搞下来，其实是郑红艳搞的鬼。学生与饭堂开会不会怎么样，但她写了许多言辞难堪的投诉信偷偷往饭堂意见箱和院长信箱塞，所以两边一见面水火不容。"

一个女生说："我们英专早知道，向杨伟打小报告的也是她。"

俞璐问："她为什么要这样做？有仇么？"

另一女生说："以前班上一等奖学金一直是她拿，那个学期董斜川当副主席加了很多分，所以……。"

夏建仁打断道："郑红艳只是为奖学金，没想成全了我。"

"……"

236

F小安排俞璐和夏建仁跟着章海青，她十年前也是从师范学院毕业的。

小强则跟着一个女艺术家。小强拿自己的作品给她过目，中国搞艺术的向来互不欣赏，所以中午小强就抱怨了，他说："叫我要提高文化修养，靠，艺术家是不需要文凭的！"

237

教务处安排俞璐和夏建仁代体育课。俞璐第一次给学生上体育课，没东西可教，只好带着他们做游戏，低年级还行，高年级的孩子很不配合。回来与夏建仁一说，两人有同感。下午小强接到通知也要去代体育课，他骂骂咧咧，说这鬼学校的体育老师都干嘛去了！英专女生说旁边是校长室，大家声音小点儿。

再代体育课，俞璐让学生跑圈热身，这个方法好使，消磨了一点时间，课不再感觉慢长。后面的日子，教导处以各种各样的借口让他们代体育课，俞璐原以为实习是听课改作业，没想到要不停代体育课，一点东西没学到。俞璐与夏建仁去找章海青，章说安排一位教师的课给两人听，俞璐没察觉到她的语气生硬，还问学校是不是很缺体育老师，他们每天要代很多体育课。章见这小子愚钝未开，不悦道："是这样的，体育老师最近要培训。"俞璐知道这是假话，今天早上还看见体育老师在体育组的办公室泡普洱茶。

中午大家聊起此事很气愤，觉得他们误人子弟，作贱着F小的老师，大家心情很快好起来。

隔天代六年级的体育课，俞璐照例先让学生在二百米的运动场慢跑三圈，不到一分钟学说跑完了，俞璐没想到这帮小子这么厉害，早知多跑几圈。第二节课另一个班上来，俞璐就让他们慢跑五圈，不到一会体育委员报告说跑完了，俞璐大吃一惊，但很快冷静下来，不可能，比上一个跑三圈的班还要快，肯定不够数！俞璐让他们再跑两圈。不到一会体育委员又跑来报告："老师，我们已经跑八圈了，怎么不让停。"这回俞璐长了心眼，在一旁数着，他突然明白，这班人太狡猾，明明只跑一圈却说三圈，俞璐说："好，停下来，全体向后转，再跑三圈。"他们每次体育课都被俞璐唤来跑圈，早不耐烦，听到还要跑，纷纷抱怨，一胆大学生趁乱起哄道："老师，都八圈了怎么还要跑啊？"俞璐训斥道："还说！我让你们跑五圈，你们为什么要跑八圈？倒过来跑三圈，多退少补！"

238

夏建仁请俞璐在路边吃宵夜。夏建仁神色凝重，什么也不说，只是不停喝酒。后来俞璐感觉夏建仁喝多了，因为夏建仁开始拉着他的手说些莫名其妙的话。

"俞璐，你知道吗？感情是用钱联络的，友谊是用关系收买的，主席部长其实是用金钱加时间熬回来的。没劲，真没劲！"

俞璐冷笑道："真烦了可以退出来，我看你挺讨杨伟欢心的呀。"

夏建仁酒后吐真言，说："我为巴结他们送了多少礼啊！退出来？！"

俞璐的小灵通响了，肖怡打来的，说想见见俞璐，俞璐说好啊，什么时间从广州回来叫上赵飞燕和波波一块出来。肖怡说回来了，现在想见面。俞璐傻眼了，原以为她在广州才信口一说，没想到她会不声不响跑回来，正犹豫不决，夏建仁明显醉了，烤串吃不完还不停的点，俞璐边拉他，边搪塞肖怡："我现在外面陪一傻子吃宵夜，要不晚一点打给你？"肖怡说："真的？我在我们第一次约会，哦，不，第一次见面那个广场等你。"

夏建仁把放锅里烫的菜摆在碳上烤，俞璐怕他会把手也放上去，敷衍道："好吧。"肖怡的兴奋溢出言表："一言为定，今晚不见不散。"俞璐压根没听清她说什么，只"嗯"，"嗯"地应答，因为夏建仁真把手往架上烤了，俞璐连忙冲过去，电话那头传来"喂"、"喂"之后便是充满期待的"嘟嘟"挂机声。

幸亏及时，夏建仁的手才没变成架上的鸡爪，夏建仁使劲甩开俞璐，俞璐拉不住只好松手，夏建仁顿时失去重心，一个趔趄向后倒去，一辆收破烂的三轮驶来，这破车装满纸皮锈铁，严重超载，刹车不是失灵，是根本没有。只听一声惨叫，三轮车前轮从夏建仁左脚鞋面辗过，夏建仁酒全醒了，痛得龇牙咧嘴，抱着脚在地上打滚，俞璐吓得不知所措，驾车老头也吓坏了，从车上掉下来，软绵绵摊在地上。俞璐回过神，赶紧打120，救护车来到，现场进行包扎，老头一个劲用方言唠叨什么。

俞璐跟车去医院，然后通知夏建仁家人，待他家人赶到才回去，他筋疲力尽，正欲往床上倒，突然想起肖怡，转念一想，现在十二点半了，她等不到自己也该回去了，掏出小灵通才发现没电关了机，接上充电，短信涌至，除两条电信催交话费的其余全是肖怡发来，不外乎问怎么还没来？在哪里啊？我在麦当劳叔叔旁边啊等等。

最近一条是三分钟前发来的，俞璐连忙打过去，传来的是："对不起，你所拨打的电话已关机，请稍后再拨。"俞璐突然很害怕，跳着下楼，"乒乒砰砰"把楼道的声控灯全点亮了，不知多少人的好梦给折腾掉。

他拦了一辆的士，心跳得比车速表还快，今晚够倒霉的，千万别再出乱子。司机见他惊慌失措，调侃道："小伙子，这么晚了，满头大汗，赶着去约会哈？"俞璐没心情搭理他，不停翻查短信，短信没一条是说已经回家的，俞璐心跳越发紊乱。

俞璐跳下车，四处张望，没有肖怡的身影，他跑进广场，若大的广场空无一人，边上的麦当劳亮着灯，靠近，有个卷缩一团的黑影在瑟瑟发抖，定睛一看是肖怡，俞璐喊她，肖怡勉强笑一笑，这笑很不自然，她有气无力的说："怎么才来啊？"俞璐骂道："笨蛋，都几点了还等？！"

肖怡微微抬头，俞璐看清她，满脸倦容，面色苍白，忽然内疚起来，说："我送你回去吧。"

冷不防肖怡突然从身后抱住自己，俞璐愣住了，不知道如何拒绝，闪烁其辞道："别这样，我不可能喜欢你的。"肖怡松开俞璐，直视道："为什么？为什么？我有什么不好？我有什么比不过刘芳？"

俞璐发狠道："你有钱吗？你有房子吗？我是不会喜欢你的！当然，你有钱就不一样，这样，你要有一百万我就和你在一块，算卖身好了！"说完俞璐也窘了，不明白自己为什么会这样说话。

肖怡的泪水在眼眶打转，像夏天早晨花瓣上的露珠，轻轻一碰就会掉下来。

俞璐知道话重了，但转念想到，这样也好，让她不要浪费时间在自己身上。

肖怡的脸由恐惧变得狰狞，她盯着俞璐，仿佛不相信是真的，这时一辆的士驶来，肖怡倒退两步，然后转身冲过去，上了车，绝尘而去。

239

回去俞璐一夜心神不宁。

240

第二天肖怡给俞璐打来电话，俞璐感到很意外，在电话里肖怡的声音异常平静，她鼓励俞璐认真实习，希望他能当个好老师，能做自己喜欢做的事情。

241

后面的日子她没再出现。俞璐每天还是不停代体育课，现在和小强还要把夏建仁的分担了。暴晒几天人黑了许多，难怪体育老师都这么黑。夏建仁照了CT，医生说只是皮外伤，但担心旧患复发，要他在家里静养一段时间。

适逢F小春游，俞璐一伙跟着去了，目的地石头园。这天学校的体育老师全部都神奇的不用培训了。

中午老师吃围餐，原来预计每台8人，导游没算实习生，所以坐下就挤了，围餐是旅行社额外请的，饭菜份量少得很，鱼上来后摆在一个胖主任面前，转了一圈，到俞璐跟前就只剩下骨架，这时碗里夹得最多那位胖主任不好意思了，连忙说："哦，小俞还没吃。"说完假装要把碗里的鱼肉夹点给俞璐。俞璐不肯要，说客气客气。胖主任见状又说："没鱼不要紧，《百科全书》上说，蒸鱼的营养都在汤汁里，用来下饭，营养全都吸收了。"大家附和着笑。

俞璐动手从骨架上把鱼眼挖下，醮了点《百科全书》说的蒸鱼这道菜里最有营养的鱼汁吃了下肚。

席上，大家闲聊，最近的大新闻是"俞祥林"案，一位体育老师频频念俞祥林，引得大家看着俞璐不住的偷笑，不知情的老师就问旁边笑什么，旁边的就对着其耳语一番，笑的人越发多起来。

俞璐早餐没吃，现在又吃不饱，憋一肚子的火，现在给这个没头没脑的体育老师有意无意的中伤，心里恼火，怎么不念俞光中，好歹余光中也是个文化人啊！后来想想这些人大抵没什么文化，大师的东西看不进，平日只看传单晚报之类获取谈资。

当这位没文化却又喜欢假装见闻广博的体育老师第四次念错时，俞璐忍无可忍，说："老师您错了，这个字念'余'。"体育老师没想到会当众出丑，拿着打汤的勺站起来后张大了嘴巴久久不能落座。俞璐的冒失使他在许多教师心里留下了不可磨灭的印象，气氛相当尴尬，大家都不知道应该如何继续下去，还是主任厉害，连忙张罗众人，说："嗨，吃菜吃菜。"

其实，大家也只能吃菜，因为肉已经吃光，不一会，到了只差喝菜汤的程度，大伙显然还没吃饱。

一个老师说："房价再涨下去，以后的工资只能买一个门把了。"

另一个老师说："哪有这么夸张，你家的门把是金的还是银的？"

又一个老师说："一点都不夸张，我认识一个在市政府混的，家里有钱得不行，门把就要我们一个月的工资，不是金也不是银，钢琴烤漆而已。"

大家听了砸砸舌头。

这个教师露出胜利的神色，得意道："进口货嘛，当然要这个价。"

俞璐觉得这个情景似曾相似。

这时园里的保安跑来叫老师去维持秩序，说学生全玩水去了。此处只有石头可看，并不是什么机动游戏的旅游景点，学生吃过盒饭无事可干全跑去人工水池抓鱼摸虾。

大家顺理成章散了席。

242

教师招聘考试开始报名。一些同学去教育局回来说不让报，按报考条件，本地户籍的师范生大专文凭就可以报考，但现在学院合并了，新学院还没备案好，教育部官网上还查询不到，于是俞璐他们不能享受优待政策。

大家逼夏建仁去与学院交涉，夏建仁说陶红和系主任已经知道，院长也出面了。

晚上俞璐接到矫厚根的电话说可以报了。原来学院请教育局吃了一顿饭，所有问题都在酒桌上解决了。大家纷纷赶去，队伍从三楼人事科排到一楼走廊，负责审资料的老头不停发牢骚，说怎么前几天不来，挤最后一天才来，搞得连抽根烟的时间也没有。排在前面的李进财听了说："老师您先抽根烟吧，我们不急。"

243

队伍缓慢蠕动，俞璐排到下午才报上名，期间王老师打过两次电话询问情况，俞璐出了教育局给她回电话，王让他晚上来一趟。

晚上王老师对俞璐说招聘考试面向全国，这么多人报不好考，让俞璐找找人，俞璐说不认识什么人，王老师说如果能疏通当评委的向主任事情就好办了，她可以帮忙找人，但事成后俞璐要签一份协议，留在她那里服务五年。俞璐顾不得这么多，只能同意。王听了很高兴，叫他准备好钱，俞璐糊涂了，说："找人了还要钱？"

"当然。人家肯不肯收还讲交情深不深呢！"

"那要多少？"

"至少一万。"

王见俞璐犹豫不决，说："至于协议嘛当然事成才签，其实签了也没什么，你毕竟年轻，有约束反而有利于你成长。你说是不是？你放心，等你顺利考上后我们不再是宾主关系，算合伙人了，报酬肯定会上一个台阶。你也知道，我虽然跟评委熟，送钱疏通关系吃饭什么的还是免不了的，人家吃惯山珍海味，这饭钱也不是个小数目啊！"

俞璐不吭声。王厉害，察颜观色道："别紧张，饭钱我可以替你出！"说完诡秘的笑了，此刻蒙娜丽莎的微笑比起她来也不算什么。

俞璐心里清楚，这人是势利鬼，不会白帮自己，俞璐不想欠下人情被她控制着，说自己求人办事钱当然是自己出。

244

俞璐打给方术，方术说最近花销很大自身难保。

波波正在忙论文，大学毕业论文从来只看成品不看过程，其实也看不出过程，因为根本没过程。快到交货期限，波波忙着从各种网站上剪切别人的东西进行拼凑，俞璐来到时波波正在一个讨论区发帖，说该网站某文已经被他的论文收录，其他人不要重蹈复辙。

"波波，平日待你不薄，帮兄弟一个忙！"

"借钱免谈，其它任何事，哪怕上刀山下火海，两肋插刀在所不惜！"

"实在对不起，就是钱的问题。"

"多少？"

"一万最好，5000也行。"

"5000？！我全身没500，除非把我卖了！"

俞璐知道即使把波波卖了也不一定值这么多钱。俞璐说了招考的事。波波问什么时候要，如果不急，可以找他姐借，但最多两千，再多就帮不了。

245

周末，王教师那里来了一位客人，王教师说他是全国某数学协会一位专家级人物，王把专家的烫金名片递给俞璐，头衔一串颇为唬人，俞璐觉得这位专家之所以要在他的"数学专家"称谓前加上"小学"这样破坏影响力的字眼并非疏忽，而是国人认识的只有华罗庚陈景润苏步青这样的大人物，若不加，不禁会怀疑既是数学专家还全国有名，怎么不认识？但加了"小学"二字，范围缩小，限定在小学领域，谁说不认识也不足为奇。专家年近古稀，此行投资房产，王招待他住到自己家中，百般殷勤。俞璐难得见到王老师低声下气的时候。

下午，王老师神秘兮兮把俞璐拉到房间，说晚上向主任请她吃饭。原来专家与向主任有交情，向主任接到专家电话便说要尽地主之谊，王沾专家光跟着去了。回来对俞璐说，饭是吃了，但主任口风很紧，不好开口。俞璐很失望。王让俞璐别着急，说机会肯定有，只要见上一面就好办。这时王手机响起，王看一眼号码对俞璐说："你安心在这里，机会来了。"王进房间接了电话便匆匆下楼，是向主任打来的，原来王使了一计，吃完饭，她硬磨软泡要向开车送她回来，到家门口邀向上楼坐坐，向不肯，王故意把雨伞落车上，上楼时打给向，向只得把车开回来，王在电话里说不方便下楼，请向主任把伞送上来，向主任没想到此女子如此有心计，任王怎么说都不肯上来，于是王只能下去，在楼下王又苦劝向，王的意图就是引其上楼，因为俞璐在上面，只要上来就趁机介绍一下，对俞璐就算有交待了。可惜向始终不为所动。

246

2005年乙肝病原携带者可以报考公务员，同时取消身高、体重等限制，引得众生报名，老大也去了，但是专科只能报考一些很差的岗位。

波波让俞璐过去，来到，波波正在做《行政能力测试》题，他一天要做好几份这种试题，双眼布满血丝。他拆开机箱一侧，从里面取出一万元给俞璐，说："不够再说。"

"你哪来这么多钱？"

"我跟我姐说考公务员要钱疏通关系，正好姐夫炒股挣了就借给我了。"

"你要通过笔试，我也通过了，到时两人都用钱怎么办？"

"好啊，这样绝对是好事！到时我跟我姐说实话，她能不给？不给我就和姐夫说上次给的不够，是不是要看着老婆的弟弟辛辛苦苦考上，只差最后一步进不了国家机关？他总不会看着前面借出的一万块打水漂吧？"

俞璐很感动，说要请波波吃顿饭，波波说："别以为给你，是借你，别乱花！"

"对，对。我给你写个借条。"

波波想了想，说："不用了。"

247

在辅导中心，王老师当着俞璐的面打电话约向主任，被向主任拒绝，王老师叹气道："那天我如何苦劝，他就是不肯上来，早知让你下楼去帮我取伞。现在想见他一面难了！"

248

大家根本不知道教师招聘笔试会考些什么，每天漫无目地杂乱无章地复习，俞璐还担心会不会考微积分，连束之高阁的高数课本也翻了出来。考试开始进入倒计时，波波也开始为公务员考试天天熬夜，还报了一个考前辅导班。俞璐提醒他，熬夜伤身，为了不熬夜，波波也就只好通宵了!

249

五一考试，当晚成绩出来，俞璐没过笔试，无缘面试。

学院就赖月京考上，大家问她有没有找关系，她笑而不答，逼紧了，她说："笔试没过，找也没用!"

俞璐很失落，惚恍几天。王老师假装万般惋惜，劝其不要灰心，让他找学校代课。进一步说可以帮忙，但要俞璐继续留在她的辅导中心。

俞璐早识破她，说决定找工作。王紧张起来，说现在没找到合适的老师顶替，让俞璐上完这一期的课。俞璐念她有恩自己，学费都是这里挣的，好聚好散，应承下来。

250

实习结束，总结会上F小校长痛骂了他们一顿，说年轻人背后说人事非无非逞一时口舌之快，丢了品格并不能得到什么。原来校长中午就在隔壁休息，俞璐他们的闲谈全听见了。俞璐还希望能留下代课，哪怕天天上体育课也成，现在没戏了。

251

学院参加公务员考试的全军覆灭，波波回来说假如他是公务员考试负责人，他要取消'申论'这一项。

俞璐问为什么，波波说："'行政能力测试'足以证明考生的智商，为什么还要逼人写八股文?"原来波波平日《杂文选刊》看太多，辅导班教师临时灌输给他那些唱赞歌描绘祖国美好，哪怕现在不美好也要寄望明天会更好的申论得分技巧波波不以为然，他把多年看杂文看回来的毒草全部种满试卷。阅波波试卷的考官当然不会让波波这种洪水猛兽有进入国家机关的机会，用笔把他给枪毙了。

波波悲观地得出一个真理：许多努力都是没有结果的。

252

方木回来了，神情恍惚，掏出香烟一根接一根地抽。

他第一次失恋时学会抽烟，如果说抽的不是烟，是寂寞，那么他现在抽的也不是烟，是无奈。

方木又谈了一个女朋友，女生青春靓丽，时尚前卫，比方有生以来交往过的任何一个女生都要高档，高的还不是一个档次，是珠穆朗玛峰。令人意想不到的是女生主动追的他，方木如获至宝，奉若天仙，对其千依百顺，但是如此出众的女生在广州这样物欲横流的城市怎么会没有人追轮到方木的头上？室友一致认为他不可能交这样的桃花运。方木起初自己也不太相信，直至女生约他出去还觉得是做梦，用手搧了自己两巴掌，女生很惊讶，问其为什么要自残，方木说了自己的困惑，女生说喜欢他老实巴交，用情专一。方木信以为真，此后对她更是关爱有加，体贴入微。

事实这女生原是方木学院一个纨绔子弟的女朋友，纨绔子弟老爸是内地一著名煤矿老板。他是老板独子，继承了老板的所有特点，包括玩弄女人，其开宝马来上学，花费浩大终把女生追到，上过几次床，顿失新鲜感，遂又去追逐别的女孩，后来手机中与别的女孩花前月下卿卿我我的艳照不慎被女生发现，女生与纨绔子弟大吵一场，吵架后她情绪低落蹲坐在足球场，被方木看见，女生正在气头上，决定自暴自弃，她心想既然你能玩女人为什么我就不能玩男人，所以主动追了方木。

与方木在一起后后悔莫及，不是因为方木差劲，而是因为方木的性格和脾气太好了，女生看到方木虽然矮，长相丑陋，但为人老实巴交，能干专一，对她好得不能再好，还从来不提非份之想，也不过问她过往的事，不由对自己最初想玩弄其的想法感到内疚。

纨绔子弟草路走多终遇蛇，一次在酒吧调戏一衣着暴露的女孩，结果被女孩的男朋友叫来几个马仔暴打一顿，因此躺到医院里。纨绔子弟欲报仇，一打听才知道对方比他更纨绔，堪称酷玩子弟，背景比他那位草菅人命的暴发户老爹牛得多，人家老爷子是地方高官，分管的还是他爹的煤矿，有年过冬还用直升机空降棉被给儿子呢。

于是报仇的想法只能作罢。

躺医院的日子，平日被他玩弄的那些女孩谁也没来看他，唯独时任方木女朋友那女生每天都背着方木去医院照料他，女生把方木对她无微不至的关心悉数给了他，纨绔子弟躺了两个月，仿佛一下子长大了，收心养性。

纸终究包不住火，没有不透风的墙，一次方木的一位室友陪女朋友去医院堕胎无意撞见，眼尖地认出大庭广众之下与男生抱成一团接吻的女生正是方木的女朋友，但男的显然不是方木，方木的身高若与她接吻是要仰视的，所以才迟迟没有与她接吻。信息不胫而走，不日传到方木也知道了，方木并没有向女孩发难，因为他没有这样的资本，他只装作不知，一味地卑躬屈膝。女生也没有向方木提出分手，但依旧与其一起只是出于一种怜悯，试想一个男孩如此真诚地对待自己，自己根本找不到与其讲分手的理由！纨绔子弟伤愈即将出院，女生知道不能再拖下去，便把自己与纨绔子弟的事和盘托出，方木问她怎么想的，女生很为难，方木绝望地说会尊重她的选择，女生很感动，想方木给她一点时间，让他暂时不要联系自己，说无论最终决定如何都会给方木一个交待。后来纨绔子弟老爸的煤矿出事，他老爸不想绝后，把多年积蓄转到纨绔子弟名下，安排他出了国，女生跟着一并走了，据说去的澳大利亚。

方木始终没有等到女孩的电话，悲观地得出一个结论：许多约定都是没有后来的。

面临毕业，专升本还是找工作？方更希望离开伤心地，但是学习拉下太多，至今还有两门课没通过自考，现在连参加考试的勇气也没有了。

俞璐劝他回去，好歹混个毕业证，工作也好找。

方木说在外头三年花了家里很多钱，上学期学费还是找亲戚借的，不想再混日子。

俞璐说手头有点钱，可以借他。

方木听了沉默不语，他心里清楚，像他这种非统招生拿的自考文凭，要找一份好工作很难。

俞璐想起老狼的《麦克》，当初不理解老狼为什么会唱这样一首歌，现在明白了：

你总爱穿上那件

印着列农的衬衫

总是一天一天

不厌其烦举起你的伞

你总爱坐在路边

看着车来和人往

总是对着沉默的人们

发出些声响

麦克你曾经远远飘荡的生活

像一只塑料袋在飞翔

麦克你曾经像一条船

长满了离离贝壳显得荒凉

麦克你再度回到这城市

可曾遇见旧日姑娘

头上插着野花

身上穿着嫁妆

你总爱摊开纸牌

算那杯清水和女孩

总是一遍一遍

不厌其烦想她们的未来

你总爱攥着一把

冻得冰冷的钥匙

总是对着厚厚的墙壁

转过身发呆

254

　　除个别留校代课和一些与女友在市区租了房子的，大伙结束实习回到郊区学院。教务处给毕业生安排一门就业指导课，陶红主讲。由于上一届就业率极低，直接影响学院获得的财政补贴，所以今年特别成立一个学生处就业指导科，指导科给每个学生发了一本《毕业生就业概论》，这书大三上学期就发过，但第二天说搞错了，又收回去，现今再次发下，书封面写着最新版，也不知是哪年的最新，对于这样一本书，许多人是由始至终一页没翻过当废品处理掉的。

　　陶红教导大家说："求职时不要太厚道，简历必须突出自己的核心竞争力，大可不必有一说一，说假话不难，难的是把假话说到底，面试其实是有规律的，只要掌握其中的规律，把对方可能问到的问题用纸整理好并熟读，面试时背标准答案就行了。"

俞璐不以为然，但说到底，她也是希望大家能找到好工作，便不像平日那样抵触。

指导课考试是模拟应聘。大家为了得到好成绩纷纷去借西装。

冯泉回来了，他穿着深圳买的名牌西装站在大家眼前。

俞璐说："好酷的领带，哪搞的？"

"别人送的。"

"这次又是哪个大学的小师妹啊？"

"一位姑娘。"冯泉停顿一会，想想又补充道："她在深圳时代广场上班。"

大家听了，齐问："真的吗？"

冯泉一边学着打领带，一边说："当然，我付了她130元。"

杜子腾从柜子里翻出一身西服，他不动声色地说："这东西是按高级西装店的名牌西装式样缝制的。这种货在西区的专柜起码要二百多，这件是我爸买回料子去找村里的裁缝定制的，料子连人工一百块不到。"

大家看了都说仿的很像。

杜子腾自豪道："当然，十步以外绝对看不出我这件同冯泉那件有什么区别。"

矫厚根不知从哪里翻出一件，料子也相当高级，但式样陈旧，而且有一股浓浓的樟脑丸味儿，矫厚根对其狂喷花露水，进行香化。他想好了，万一陶红问起，他就解释说晚上蚊子多。

其实明眼人一看就知道是他父辈那代人的西服。

考试当天个个穿戴整齐，女生脂粉比平日施得更厚重，好迎合陶红这种粗人的审美观。众生中毒颇深，满以为只要通过陶红那一关便会有好工作。俞璐像往常穿着，给她涮了一顿。俞璐本来也想去借西装，冯泉整天在宿舍炫耀他的西服，又向大家吹嘘说谁想借尽管吭声，当俞璐真找他借，他问借这么高级的衣服是不是想泡妞啊，不是说不喜欢肖怡吗？怎么现在又借他的东西去泡她啊？俞璐看不惯他那种得瑟，忍不住说："不，我是想借你的西装装一下穷光蛋，好让肖怡死心，早点离开我。"冯泉生气了，结果可想而知。

255

许多科目没有进行考试就纷纷结束课程，学生不再需要绞尽脑汁想方设法作弊，任课老师根据平日的出勤率打出成绩，分数高低虽然有些问题，但保证人人合格，也没有人有啥意见。

大家开始着手找工作。

学生处给众生派发体育场举行的高校毕业生就业招聘会门票。大家在宿舍忙着填写毕业生就业推荐表，冯泉报怨这东西不好写，他说他个人特长太多，不知道应该如何突出，俞璐说可以代劳，冯泉满心欢喜把表格递过来，俞璐一分钟不到就帮他写好，并且很好的突出了冯泉的个人特点。俞璐写的如下：姓名：冯泉，年龄：人老心未老，性别：男，爱好：女。

大家哈哈大笑，一致认为非常精僻。

就业形式严峻，为了找到好工作，每个人的推荐表都夸大其辞，导致一个班出现了数十个班长，甚至一个学院有N个学生会主席。一向节俭的矫厚根也花几十块买来各式文件夹包装他的推荐表。俞璐觉得自己似乎也该做些什么了。周末他去辅导中心与王老师结算工资。王不肯，还说俞璐不要决定太早，说托关系给俞璐介绍一个学校代课，让他安心留下。

俞璐不肯，她利诱俞璐可以在外面找工作，周末过来兼职，报酬增加到一小时80元。俞璐铁下心要走，王老师见软硬不受，只好说还没找到合适的老师，让俞璐再帮她教两个星期。

俞璐的学生得知他要走了，很舍不得，纷纷问他要电话，俞璐一个没说。

256

就业情况不理想，指导科请来一位据说是大学生就业领域的专家来演讲，主题是："创业，29岁前做富翁"。这种标题相当诱人，当天礼堂暴棚，大一大二的也跑来了，专家所讲全是从卡耐基书中搬来的，非常具有煽动性，大家听得热情高涨，亢奋不已。

李进财在提问环节询问道："如何才能快速创业成功？"专家说："欲速则不达，其实不走弯路就是捷径，建议大家找到什么工作都先干着。"

杜子腾问："打工钱这么少谁愿意啊？"专家说："你要学会看菜吃饭，千招会，不如一招熟，创业前通过给别人打工积累经验是非常必要的。"

波波问："付出这么多，万一创业不成功怎么办？"专家说："撑死胆大的，饿死胆小的，一个经过独立思考而坚持错误观点的人比一个不假思索而接受正确观点的人更值得肯定。"

专家不亏为专家，说话无懈可击，大家对自主创业充满向往，个个摩拳擦掌，准备大干一场一展抱负，这时大伙想找的工作不好也不怕了，去他妈的，还找什么工作，创业得了。俞璐觉得学院是怕大伙高不成低不肯就，从而影响就业率，所以请来专家鼓吹一通，好让大伙倒茶扫地的活儿也先干着，当作是自主创业的前期工作。

257

上最后一次课时，王老师还想挽留俞璐，把她获得的一个全国什么数学委员会颁发的一等奖证书给俞璐看。其实她把自己在学校的一节数学课录了像，寄给那位专家，所以证书上面是正儿八经的公章。王老师还把证书上交学校，校长给她五十元奖励，她嫌少，又向新招回来的Z大学生抱怨半天。王说如果俞璐肯留下，就扩大经营，让俞璐成为合伙人。俞璐感叹她的智商并不高，为什么这么会利用人。以前流行说大学生给中专生打工，俞璐听了不信，如今算长见识，其实很多事情只有发生在自己身上才会确信。

258

课后俞璐与王老师结清账。结束这里的一场梦。

259

东西多了就不值钱，滥了就成垃圾，大学生也是这个道理。大家工作越找越心寒，感觉自己连一个中专生都不如。

仿佛大学沦为贩卖毕业证的机关，像矫厚根这类老实巴交的努力几年或许还能被灌输到固定的知识，但大部分人几年下来根本连字也没有多识几个。

高考没托扩招的福，就业倒遭了扩招的罪，学院为提高就业率，让大家开回接收证明，否则不发毕业证，一时间到公司倒茶扫地的学生徒增。

大家觉得老大找工作最麻烦，但俞璐不这样认为，他觉得老大是有特殊技能的人，应该到电视台去应聘做特技演员。

班上一些女生应聘回来大骂应聘公司的经理变态。男生争着打听是不是给经理吃豆腐了。女生说不是，面试好几轮，好不容易决定要自己了，让去见公司的总经理，总经理问她有没有男朋友，女生说没有。总经理说好，让女生去医院孕检，明天就可以上班。女生没听懂，以为让她去街道办开计生证明。回到公司，人事经理拿着她递上去的证明，说搞错了，这个可以不要，但医院开的无孕证明公司是一定要见到才会与其签劳动合同的。女生明白过来，面红得连郑均都不明白她的脸儿为什么这样红。女生把这事跟陶红说，陶红说没什么大惊小怪的，此举已是北上广这类发达城市企业招工的必经程序。

更多人连孕检的机会都没有，抱怨企业只看学历不看能力，只看脸蛋不看水平，如其受辱，不如自主创业。事实演讲后，没有几个人有资本有胆量去尝试的。

方木打来电话说找到一份工作，问俞璐要不要跟他一起干。俞璐问什么工作，方木说路灯柱子上看到一则招聘广告，符合两个条件不招，于是去应聘，结果被录用。一般招工都是符合什么条件才招，很少听说符合什么条件不招，俞璐很好奇。方木说，一是资产赛过李嘉诚，二是关系广过互联网。俞璐问具体干的什么啊，方木说人寿保险营销。俞璐问能不能挣到钱啊，方木说，你这样说就不对了，你看报纸没？前不久一个老板醉酒驾车，汽车撞进工地，压死四个地上睡觉的民工，睡觉都会死，怎么能说挣不到钱呢？

260

俞璐在网上找工作，由此认识了周叔。

周叔三十出头，澳门籍。他人脉颇广，时常能揽到大大小小的订单，然后在大陆找比澳门生产加工更便宜的工厂完成任务。

周叔接到一批纪念品订单，要找制作水晶摆件的工厂，邀俞璐一块去，俞璐问生产的东西是给什么人的，周叔说："什么人都有可能，大部分是去澳门参加会议出席活动的内地领导。"俞璐问："既然如此为什么不在澳门生产？"周叔说："首先那边不一定能加工，即使能，成本也下不来。早些年一个会，内地与会领导临走获赠纪念品，纷纷赞叹'澳门经济发达，生产的东西就是不一样，质量相当好啊。'其实东西运费比产品成本还高，折腾下来东西回到原产地，如果这些领导直接从他们市的工厂取能省下大笔运费。什么是经济差异，懂了吧！"

261

周叔联系的工厂在清县郊区，城区都如此落后，真不能想象郊区会是怎样？来到发现和城区是一样的，原来落后地区没有城区与郊区之分。此处土地相当肥沃，从周遭野草的繁茂程度及飞虫毒蚁数量可以看出。工厂门口公告栏上贴满招工告示。俞璐看到上面写的工资从500元到1200元不等,周叔说:"工资500至1200,那一定是500。"

旁边灯柱上贴满纸片,上面写着:日薪过千,月薪过万,公开招靓女,淑女,处女,型男,俊男,猛男。

办完事,周叔与老板喝茶聊天,俞璐雇了一辆小三轮观光,在一条名叫"狗不理"的村子下了,主要是路太烂,四野荒草丛生,车夫不肯开进去,俞璐自顾自进去,许多老人坐在树下闲聊,几个小孩在看一本用黄色塑料布反复粘贴的课本,俞璐打开背包,把买来车上打发时间的两本《故事会》送给他们。

到了饭点,从老人棋牌室走出来的全是青壮年,俞璐忽然明白这里为什么会这么穷,这里的人根本不从事生产,村里唯一经济收入就是靠把村郊土地租给外地人做厂房,然后日复一日年复一年混日子,待老了,就变成蹲坐村口那些嗟叹岁月无情的老人。

262

次日早上,两人来到顺德一家加工厂。接待他们的是老板的秘书,职业打扮,青春靓丽,她说老板出去前交待过了,她热情招待俩人,还领着俩人去车间看样品,秘书的光鲜与车间的恶劣形成鲜明对比。

她大学毕业来这不久,俞璐问学的什么专业,她说中文,俞璐顿时产生好感,想跟她聊聊,问她知不知道《钢铁是怎样炼成的》。女孩说:"哦,那是工程部的事,真抱歉,我负责销售,不管生产的事。"

老板回来,抽着烟,女孩靠过去,从他衬衫口袋摸出一盒软中华,抽出一支含到嘴里,然后把头靠过去,借老板的烟点着了火。

周生与老板握手寒喧,周向老板介绍俞璐,老板向他点点头。秘书递上名片,老板竟然叫李进财。李老板得知俞璐学的计算机,说他笔记本电脑上不了网,让俞璐看看。

李老板热衷买地下"六合彩"，经常上网看"内幕"，今天电脑上不了网，急死了，俞璐修好后，李老板当晚买中了三万元，他吩咐秘书在当地最好的一家农家菜餐厅包了一个大间请两人吃饭，饭桌上，李老板说这家餐厅的师傅烧的农家菜是远近闻名的，两人附和着说李老板的眼光肯定不会错。李老板一高兴，问要不要喝点什么。周叔连说不善喝。李老板不依，说："不喝点什么怎么算吃饭？来，别跟我客气，都喝一点，喝醉了我谁也不服，我只扶墙！"周叔说："那来点啤酒。"李老板说："诶，马尿有啥子意思，要喝喝白的！"说完转身叫服务员："服务员！拿两瓶42度诸葛亮！"

　　周叔怵了，说："这度数不行。"

　　李老板说："高了？那就拿38度的剑南春怎么样？"

　　俞璐说："不，低了。"

　　大家听了伸伸舌头。

　　俞璐接着说："我只喝60度的，没这度数我一般不太喝，没劲。"

　　大家瞪大了眼看着俞璐。周叔的眼睛瞪的最大。

　　俞璐慢悠悠的说："服务员，拿酒过来随带给我揣盆热水，我要把酒热一下。"

　　李老板哈哈大笑，竖起大拇指："牛，年轻人就是与众不同。"

　　平日李老板喜欢用言语调戏服务员，今天高兴，喝高后开始对女服务员动手动脚，搞得没人愿意进这个包间伺候，只有一个烧菜的老师傅进来看能不能获得额外打赏。老师傅见李老板丝毫没有打赏的意思调头就走，李老板大声叫起来："西裤，别走，加点茶。"李老板普通话不准，把"师傅"说成"西裤"，当然，"西裤"是不会加茶的。老师傅听不懂走了出去，李老板最要面子，见迟迟未有人来，发起火来，把玻璃台拍得哐哐作响，吓得经理连忙跑来道歉。

263

回到宾馆。这地方不比广州，一个香港的电视台都收不到，俞璐看着这些从未看过的节目觉得恶心，想快进，接拿着控器按半天忽然想起这是电视不是电脑。

周叔回来一直显得非常高兴，他跟俞璐说，刚才和李老板谈成了，李老板答应减价二成帮他赶起那批货，可是他忘了中国人的习惯，酒桌上的话只能信一半，有时一半都不到。

第二天晚上，李老板又在当地一家很有名的酒店包了房间唱K，李老板拿着麦克风不停唱刀郎的歌，停下后拉着大家喝酒，还说："你们怎么也不唱首歌啊？我家大女儿可喜欢唱了，大了准是歌星，有把的不仅会唱，还会跳！沙发都蹦烂好几张。"

觥筹交错间，周叔提起减价的事，李老板不承认说过。周叔直后悔当初没立字为据。

李老板虽然没信誉，但有性欲，而且还挺强，他起身道："你们接着喝，单我来签。"说完拉着两个陪酒小姐到酒店楼上直奔主题。

回去时俞璐与周叔讲起李老板的女秘书，觉得她挺可怜，周说："什么秘书，这些小秘其实就是小蜜。"

264

一个月以来，俞璐跟着周叔四处漂泊，不光挣到钱，见识也长了不少，起初俞璐每次回来就对波波吹嘘又上哪吃了，几星几级，后来俞璐自己也厌倦了，再后来觉得吃饭有时也是一种负担。

265

大家工作普遍很差，但碍于面子，应聘了收银的说自己从事的是金融业，同理收破烂的就说自己从事环保业。俞璐说自己是老板，他常常板着脸，自觉还对得起这个称号。

大家找的工作哪怕是一些打杂的活儿，就业指导科都把他们归类为成功就业的学生，让他们千方百计开回单位或公司的接收证明。

老大一直找不到事做。人家看到简历上的身高连面试的机会也不给他，杜子腾安慰他说："长得矮小好啊，现在房子这么贵，买个小的就能住了，工作再好挣的钱也买不起大房子！"

266

夏建仁通知照毕业照，俞璐才意识即将毕业，突然觉得校园一切亲切起来，思绪开始迷离。同样的还有波波，他想：结束了，用十多年争取回来的三年即将结束了！

照相当天两人都没去。他们去了曾经参加生存大挑战的小村庄，当作毕业旅行，当地不仅环境被污染了，连纯朴的民风也被污染，村民纷纷把家改成农家乐，上厕所都要收费，鸡价已经翻番，点了几个菜，农庄服务员还问要不要再来些什么，俞璐不悦道："不用，我们吃过饭才来的。"

267

毕业当天，学生处找来伤感的校园音乐在礼堂播放。许多学生合影留念，个别女生还哭了。

从杨伟手中接过毕业证一刻，俞璐觉得在中国读大学其实是一件很傻逼的事情。张菲回来了，他攒够了钱回来领毕业证。

隔天，学生处贴了一张告示，毕业生必须一个星期内搬离宿舍，猩红的大字撕裂了大家的心，回想入学时的欢迎标语还历历在目。

大家打包行李，发觉大学教材其实是买来的垃圾，宿管阿姨捡了几麻袋，大家纷纷醒觉，从校外叫来收破烂的，结果引发阿姨和收破烂的冲突。

268

晚上俞璐宿舍吃散伙饭，大家住在一起虽然只有一年，但经历的事情多了，感情还是有的，大伙要了很多啤酒，像平日滴酒不沾的矫厚根也喝了几杯，喝到后面大家变得豁达起来，连平日一毛不拔的杜子腾也争着要付饭钱，最后俞璐说："现在谁都没找到工作，花的还是家里的钱，老规矩，AA算了，日后谁第一个找到工作再请，大家说好不好？"大家齐声说好。

饭后大家围坐在篮球场，俞璐问波波有什么打算，波波说："再说吧。"

"钱用不上，什么时候还你？"

"？"

"你不会喝醉不要钱了吧？"

"哦，先放你那，我带着不方便，当存你这里，不收利息。"

俞璐笑了："不怕我花掉啊？"

"你命好，有时真羡慕。"

"羡慕什么？"

"没什么，好久没看到肖怡了。"

"是啊。"俞璐想起上次的事，这回肖怡真恨自己了。

第二天，波波去了深圳，他说那里才是天堂，充满美好等待他去经历，凭他的能力不怕混不到饭吃。

不久，大家各奔东西。

269

俞璐跟着周叔混。周叔向一个放高利贷的买了辆二手奔驰，有了车，两人不停穿梭珠三角，在城市之间短暂逗留，见形形色色的老板，与他们吃饭，喝酒，这些个老板平日刻薄员工，但把钱用在花天酒地，却毫不吝啬。

刚从学校出来，俞璐感觉到自由的快乐，不用再受学校那些条条框框的约束，做什么事都可以，可以疯狂地玩，可以无节制的大吃大喝，可以夜不归宿，内心的躁动得到释放，心像脱了缰的马，不听使唤的放纵着。他与周叔走南闯北的时候渐渐获得了一种可以应急的真实本领，有些时候俞璐甚至觉得文凭没用，当年对名校的崇拜灰飞烟灭，只是不经意间传统的力量还在隐隐地拉扯着他，他内心也在暗暗自我反抗。

人的成长往往接受三个方面的教育：家庭、学校、社会。有趣的是，后者似乎与前两者背道而驰。读万卷书不如走万里路，俞璐感觉从前自己的孤陋寡闻，他开始有新的世界观。

270

晃过数月，一天来到广州。一桩生意在香格里拉大酒店的夜总会里谈，北方老板最喜欢在这种地方谈生意。今晚喝的威士忌兑的冰绿茶太少，俞璐喝了两杯就受不了了，一个老板喝了十多杯后开始胡言乱语，说："你们知道世界上什么人最窝囊？"

这位曾经入过伍的老板自问自答，说："炮兵连炊事班的兵最窝囊：戴的是绿帽，背的是黑锅，还只能眼睁睁地看着别人打炮！"众老板附和着笑，其中一个老板故意拉着服务员的手对服务说："现在办事真难。"另一个附和着说："对！上面没人不行。"又有一个说："咳！有人根不硬也白搭。""操！根硬不活动不管用。""活动？寻得吐点东西才中。你说对不对？"服务员新来的，脸红耳赤，想出去，众老板拉着她的手不放，要她喝一杯才许走。

俞璐看不惯这些行为，他径直走出包间来到大厅，浓妆艳抹衣着暴露的熟女热情地跳着艳舞，灯光昏暗，俞璐有点眩目，忽然一个似曾相识的脸蛋窜入眼里，肖怡，对，是她。俞璐喜出望外，看着眼前的肖怡略施脂粉，在灯下如同幻影，酒精在俞璐的体内发挥着作用，他冲动得不能自制，产生亲吻肖怡的欲望。他走上前，拉住肖怡，肖怡看清是俞璐，神色迥异，脱开身就走，俞璐一把拉住她，拖她到角落。

俞璐看着她说："你真是长了一张不亲不行的好脸蛋。"说罢就朝嘴唇吻下去，在酒精地作用下愈发胆大，把手伸过她制服里，肖怡拼命地挣扎。

"你来这地方不就是为了钱，我现在有的是钱。看！"俞璐掏出钱往肖怡的口袋塞。

肖怡涨红了脸，"啪"地打了俞璐一巴掌，捂着脸转身跑开。俞璐脸上火辣辣一片，酒醒了大半，追出去，肖怡已经进了电梯，俞璐狂敲不止，一个保安闻声赶来，扭他肩膀："干什么干什么？小兄弟，这里不住人！"

271

天空飘起雨，小车雨刮启动，水被一层层刮去，前景忽而清晰忽而模糊，好像识破了几个月以来的快乐全是假的，但假的怎么会使自己如此难过。

车上电台播着一首几乎被人们遗忘的老歌：

月光如水洗去喧嚣

抚慰着将城市哄睡

我已疲惫人群已散

多少次有家不回

你就像从前一样

总是默默站在一旁

眼看我日渐疯狂

238

却从未看到你失望

无怨无悔如何回馈
蓝天下最美的花蕊
我已憔悴繁华已退
只留下你最后的安慰
当你说回家怎样
可知我已热泪盈眶
你还像从前一样
轻言细语秀发芬芳

醉人的夜晚在旋转
它总是让我流连忘返
你就像从前一样
总是默默站在一旁
你还像从前一样
轻言细语秀发芬芳

呜……留下……
呜……goodnight……

272

从广州回来，俞璐想给肖怡打电话，通过波波联系到赵飞燕，赵飞燕说俞璐绝拒肖怡后，肖怡干了很多撕照片，撕日记这类三流爱情剧才干的事，然后又默默地将撕得七零八碎的东西用透明胶小心冀冀粘好，揣在怀里嚎啕大哭。

俞璐照赵飞燕给的号码打过去，通了没人接，一直响着的铃声是赵节的《我的最爱》。

面对镜中的自己，俞璐越来越感到陌生的恐惧。他不再与周外出。他决心找学校代课。

俞璐给许彩虹打电话，师姐说她早就没代课了，现在在公司上班。

当年毕业教师招考，许彩虹笔试第一，面试却没过。许彩虹相当绝望，在家里哭了几天几夜，后来被R小一个来当评委的教导主任相中，招去代课，其时她投的简历被郊区一乡镇中学看中，也要她代课。一边是市区小学，省一级学校；一边是郊区中学，工资高许多。她无法权衡，犯了一切刚步入社会的年轻人容易犯的错——她竟把这事和同办公室的老师说了。这些八婆嘴，传话的速度比音速还快，主任私下找许彩虹谈话，说，当初她没考上正式老师，在那么多优秀老师里之所以看中她，是因为她笔试成绩是最好的，投来的简历也是最真诚的（事实许彩虹并没有给R小投过简历），所以才给她这样一个能实现自己抱负的机会，刚来两天就说要走，接二连三的换老师，对学生不好，向家长也不好交待。所以请她不要因为眼前的少许诱惑坏了一个曾经给她机会的学校的名声，答应的事情不要变卦，做人要讲诚信。

教导主任真不愧是教导主任，无愧于这个光荣的称号，这翻话把许彩虹教导得无地自容。许彩虹遂拒绝了乡镇中学的邀请，安心立命在R小扎根，哪怕只是一个代课老师！不久，校长一个亲戚的女儿大学毕业回来没考上公务员也想当代课教师，于是许彩虹便被主任辞退了。

273

鬼使神差，俞璐到了城郊一所农村小学代课，他焚膏继晷拼了命地努力。

国庆长假，波波回来当地，约俞璐出来，两人在一家咖啡厅见面。

眼前的波波西装革履，俞璐一下子没反应过来，问道："你是？"波波笑了，说："我是！"

两人热烈地拥抱一下，波波说："听腾哥说你当主任了。"

"是啊！"

"恭喜啊！当的什么主任？"

"还用问，班主任！"

"哈哈！"

274

两人回学院看了一下，听说学院又要搬了，将搬得更偏远，市政府在郊外的郊外圈下一块大地皮，决心要把学院办成名校。两人在饭堂吃了一顿饭，饭还是那样难吃，菜还是那样少。

两人在校园漫步，看见刚入学的新生屁颠屁颠地抬着从饭堂买的桶装水回宿舍。

两人坐在升旗台看师弟们踢球，波波说起当年带两人去传销集会的张月师姐。张月从事传销一年差点走上绝路，张月为了维持自己在组织里的地位不停找家人要钱，掏空家人又找亲戚借，借得不能再借，就开始骗，后来与家人闹僵了。组织说这是组织里每个成功人士成功前必须付出的代价，成功后每月拿着一百几十万的收入大家就不会再像现在这样看待疯子一样看待她了，她执迷不悟越陷越深，后来不单给骗财还给骗色，最终失身于组织里的老狐狸。伤过才知道痛，她终于清醒，不再发白日梦，洗心革面重新做人，向家人认了错，从低做起，晚上去电大进修，凭借原有的基础终学有所成，现在外企找到一份工作，上个月还结了婚，嫁给一个与他们公司有生意往来的老板，这人虽然长得五大三粗，但人品过得去，不嫌弃她的过去，其实公司和老公都是看中她一口流利的英语。

秋季将至，校园广播响起李晓东的《冬季校园》。两人不约而同沉默了。

275

波波说："这次来，我其实有个事要告诉你，那些钱不是我的。"

俞璐一愣。波波接着说："是肖怡的,是她把钱给我让我借给你的。"

俞璐突然明白了什么,说："你当时为什么不告诉我?"

"我告诉你,你还会要这些钱吗?是她不让我说的。"

俞璐很激动双手不住抖。

"别这样。"波波把手搭在俞璐肩上,说："我们不是故意要骗你,我们当时都是想帮你。"

俞璐一把甩开他的手。

"别碰我!"俞璐嘶吼道。此刻一股无从宣泄的情感在胸膛激荡,他从没想过事情会是这样,好几次提起把钱还给波波,波波都有意转移话题,尽管俞璐产生过疑虑,但从没想过钱是肖怡的,更没想过她会通过波波把钱借给自己,波波骗了自己!

276

当晚俞璐又一次喝得烂醉,波波一直陪着他。过去的事情在俞璐脑海翻腾,有些东西是要失去了才会懂得珍惜,爱情可能就是其一。

俞璐给赵飞燕打电话,她说那些钱是肖怡的学费,实习时曾见过她,她一直在广州一家五星级酒店兼职当助理,酒店的经理很喜欢她,说给她一万块一个月,如果她肯留下来。

"她曾经跟我说过,只要她有一百万你就会和她在一起,哈,多天真的女孩,她说只要在那里干一百个月,八年后她就有一百万了,那时她正好29岁,你还来得及娶她。这样单纯的女孩子,我也没见过,没想到给你这个浑蛋伤害了。"

俞璐已是泪流满脸。可惜分身乏术,否则一定分一个自己出来抓自己的头去撞墙,让自己血流满脸。

"像她这么好的姑娘你以为没人追?追她的人多着!我们不明白为什么她就是喜欢你?直到一次她说你们曾经是幼儿园同学,小时候她老被人欺负,只有你愿意跟她玩,还为她打架,说什么要保护她一辈子。哎,所以说，女孩子爱起来是无药可救的。这事我不告诉你，你可能永远也不会想到，你还真以为自己有多大魅力肖怡无缘无故喜欢你？其实都是童年阴影，她真倒霉怎么尽遇到你这样的同学？"

幼儿园同学？俞璐在空旷的记忆里苦苦搜索，好像是有这么一个人，残存的记忆碎片慢慢拼凑出一个又矮又瘦满脸自卑的小女孩。原来是她！怎么会是她？记忆中那个小女孩很柔弱，总是偷偷躲在墙角里哭，其实自己跟她玩儿也是为了多吃一份下午幼儿园发给每个小朋友的点心，自己有没说过保护她的话年代久远实在记不得了，就算有，孩提的事岂可作数？诶，可见自己小时候也不是什么好东西！记忆中断了，后来不知道怎的她就消失了，想不到当年的丑小鸭如今变成了小天鹅。

俞璐硬咽着想不下去，使劲一吸，将快要流出鼻孔的鼻涕一吸而尽，悲愤地仰起头。他忽然觉得其实所谓山盟海誓，只是年少的无知，当初自己喜欢刘芳的时候，也想过和她一辈子，放现在自己可能也做不到了，但是有一种东西叫感动，总算体会到了。

"她人现在哪里？"

"我不可能告诉你的，你记得曾经对她说过的一句话么，'人可以没有爱情，但是不能没有尊严！'。"

277

岁月改变了每个人，无法回到从前，只能任时光继续流逝。

278

通过拼搏，次年俞璐考上正式教师。暑假来临之际，波波给俞璐打来电话，问他听说没有，俞璐问听说什么？波波说朱逸群出事了，原来和刘芳同居后朱逸群愈发放纵，晚上经常瞒着刘芳到迪厅酗酒嗑药，老爸给找的差事不愿干，跟着一帮富二代飙车，结果一次醉驾，撞到了两姐妹，一死一重伤，要判十年，他爸本来不想管他，但朱是独子，朱妈苦苦哀求，以死相逼，最后他爸找死伤者家属私了，赔了一百多万。事后朱并没有反省，变本加厉，把他爸活活气死了。

若当初用对刘芳的心去对肖怡，结果又会怎样？俞璐陷入了沉思，可惜人生不能只如初见。

279

参加完新教师培训还有十来天假期，俞璐收拾好行囊，他确信一定会在某个地方找到她！

2008完